知音动漫图书·新阅坊出品
《漫客小说绘》书系

它们在岁月中浸染了成百上千年。

每一件，都凝聚着工匠的心血，倾注了使用者的感情。

每一件，都属于不同的主人，都拥有自己的故事。

每一件，都那么与众不同，甚至每一道裂痕和缺口都有着独特的历史。

谁还能说，古董都只是器物，都是没有生命的死物？

这是一本讲述古董故事的书，既然它们都不会说话，那就让我用文字忠实地记载下来。

欢迎来到哑舍，请噤声……

嘘……

139	第八章	海蜃贝
157	第九章	青石碣
173	第十章	烛龙目
189	第十一章	走马灯
207	第十二章	博压镇
222	后记	
229	附录	

目录 CONTENTS

- 007 第一章 银鱼符
- 023 第二章 影青俑
- 041 第三章 天光墟
- 059 第四章 子辰佩
- 079 第五章 唐三彩
- 099 第六章 苍玉藻
- 119 第七章 点翠簪

第一章
银鱼符

偷来的生命,又能维持多久呢?

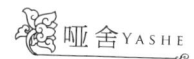

壹

刺耳的闹铃声在屋中响起,汤远过了好一阵才揉着眼睛从床上爬起来,睡眼惺忪地打着哈欠往厕所走。他动作麻利地踩着小板凳放了水、冲了手、刷了牙、洗了脸后,又拿着梳子对着镜子扒拉了两下头发,这才满意地对着镜子里那个可爱的小正太露齿一笑。

"臭美什么呢?快让地方。"一只大手毫不客气地拍上他的头,破坏了他刚弄好的发型。

"啊!叔你好坏!"汤远炸毛,捂着自己的小脑袋从小板凳上跳了下来,气呼呼地鼓起腮帮子。

"乖,小汤圆,我早餐都买回来了,在餐厅的桌子上,有豆浆、油条、葱油饼还有两碗小馄饨。"医生完全不把小朋友的小脾气放在眼里,悠然地拿起了香皂。

果然他的话音刚落,汤远小正太就如他所想的那样,一声欢呼便冲向了餐厅,随后就传来了叮叮哐哐的碗筷声。

医生有着些许职业洁癖,导致他在家洗手的时候都喜欢多花费一些时间。当然不至于像进手术室那样需要八步洗手法,也用不到医用洗手刷就是了。他低头仔仔细细地把双手洗干净,洗完再修剪了一下稍微长出来一点点的指甲,这才满意地用毛巾擦干。所以等他走进餐厅的时候,发现桌上的早餐已经下去了一小半,汤远正左手葱油饼右手油条吃得狼吞虎咽。

"慢点吃,细嚼慢咽对身体好。"医生暗叹了一声,心想这孩子被他从大街上捡到、送到医院救回来后,也说不清楚自己的身份,只知道自己叫汤远,有记忆以来就是跟师父一起生活,而他的那个师父也不知去向了。

想到这里,医生也不由得暗骂那个不靠谱的师父,这孩子肯定是从小被拐卖的,他甚至偷偷拍了汤远的照片发到微博上,请网友帮忙扩散下,期望能找到他的父母。可是若是据这孩子的说法,他很小就跟着那个师父了,两三岁的小孩儿和十岁的小孩儿差距是很大的,所以找到这孩子父母的可能性很小。

汤远当时只是被冻得厉害,救醒了之后压根也没什么医药费,在医院也没办法安排住院。一般来说按照这种情况,就应该去上报地区片警,开了证明之后联系儿童福利院收留汤远,然后警方会在庞大的数据库之中寻找有可能是汤远父母的人选。

而这是一个漫长的等待过程。

医生当时也不知道自己是怎么想的,看着神情怏怏的汤远,就心一软,跟前来登记资料的片警沟通了一下情况,就让汤远先在他家住着了。

好在汤远特别乖巧,也很懂事,一点儿都不会给医生添麻烦,甚至还有种在家里养了宠物等他回家的感觉,让医生特别有成就感。当然,说到宠物,医生至今依旧不习惯那条在他家里神出鬼没的小白蛇。

油条吃到一半,医生脸色难看地从裤筒里拎起擅自爬上他小腿的小白蛇。

"哈哈……小露露本来是在冬眠,可能屋里暖和,就醒过来了。"汤远一边干笑着,一边从医生手里接过那条通体白色的小蛇。

看着汤远怀里那条正懒洋洋吐着红色信子的小白蛇,医生心里不受控制地升起了惊惧之感。他下意识地皱起了眉。

他小时候在乡下长大,早就见惯了田间流窜的草蛇,已经可以做到熟视无睹了。他从不知道怎么现在的自己居然还会怕蛇?

可是就算他怕蛇吧,就这样手指头粗细的蛇,他一手就能捏死,怎么还会害怕?太荒谬了吧!

对,蛇是冷血动物,一定是刚刚冷不丁地爬上他小腿,那股寒气激得他吓了一跳而已。

那边医生正在给自己找借口,汤远就连忙跳下餐桌,抱着小白蛇跑到客厅的角落里,那里放着那个古朴的藤编药篓。汤远一边把小白蛇放回去,一边低声告饶道:"我的小祖宗唉,求你不要再搞状况了,万一这小叔发脾气,把我们扫地出门了怎么办?外面冰

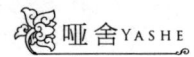

天雪地的！你可以冬眠，我没那能力啊！"

小白蛇优雅地在药篓里盘了几个圈，但并未睡觉，而是略带高傲地微抬头，吐出鲜红色的信子，发出咝咝的声音。

"啊？你说什么？我可不像哈利·波特那样会蛇佬腔。"汤远为难地用手指刮了刮脸颊。

小白蛇无语地翻了个白眼。

"难道是饿了？我看师父平时也不喂你吃东西啊……"说到这里，汤远忽然打了个冷战，因为他想起这白蛇确实是不吃普通东西的，而是偶尔会咬上师父的脖颈，并不是吸血，而是吸食灵气。现在师父不在，他要找谁给这美女蛇当储备粮？汤远讪笑了两声，决定当作什么都不知道，同手同脚地走回餐厅，继续解决他那碗还没喝完的豆浆。

见汤远回来，医生正从厕所重新洗了手出来，顺便监督着汤远也再洗了遍手，一大一小再次坐回餐桌后，都闷头继续解决剩余的早餐。

风卷残云之后，医生收拾了一下餐桌，见离他上班还有点时间，便推了推眼镜，对汤远认真严肃地说道："小汤圆，你这样下去不行啊，我昨天联系了那个片警，他说你这种情况是可以去学校插班上学的。我这几天帮你去附属小学问问，就离我们家一条街的距离。"

汤远被医生口中的"我们家"感动了一下，但随后小脑袋便摇得像拨浪鼓一样："上学？我不需要上学。"

医生愣了一下，因为汤远并没有说他不想上学，而是说他不需要上学："胡闹，哪有小孩子不去上学的？"

汤远指着书架上的那摞书，理直气壮地说道："这些书是我用你的图书证去市图书馆借的，你觉得普通小学能教得了我什么吗？"

医生顺着汤远指的方向看去，瞬间就被那一摞看起来高深莫测的书震得半响都说不出话来。小学生都已经可以研究什么星占学、震荡学说、阴阳五行风水学……医生的嘴角抽动了两下，拿他没办法，笑道："挑这些看不懂的书回来，怪沉的，你能拿得动吗？"

关注的重点完全不对啊！汤远忍着掀桌的欲望，鼓着腮帮子跳下桌子，噔噔噔地跑到书架前把那摞书放到医生面前，扬起下巴骄傲地宣布："随便考！"

医生狐疑地拿起最上面的阴阳五行风水学，翻到一页，刚说了几个字，汤远就顺顺畅畅地接着背了下去。医生眼珠子都快瞪出来了，不敢置信地连续考了几处，换了几本书询问，除了三本没看的书，其他的汤远都一字不差地背诵下来。

"你过目不忘？"医生合上书，用一种羡慕嫉妒恨的目光看着面前可爱的小正太。他一直以为过目不忘的人是小说里写出来骗人的，没想到现在在他面前就站着一个！

"马马虎虎吧。"汤远谦虚地挠了挠头，事实上他脸上的表情可不是这样的，简直鼻子都要顶上天了。

医生想了想，这样逆天的正太连他都受不了，就不要放出去祸害和刺激祖国的花朵了。"乖，叔去上班了，好好在家待着，中午饿了就打电话叫外卖，钱在玄关的抽屉里，除了去图书馆不要乱跑。"

汤远忙不迭地点了点头，外面那么冷，他才不想出去呢！

贰

虽然已经到了阳春三月，但外面的天气还是冷得让人难以接受。

医生加快了脚步，简直是小跑步地冲到了医院，换上了白大褂便跟着主任巡查病房。已经来了一阵的淳戈落后了两步，把一个病历夹递了过来，低声道："昨天晚上那个'程竹竿'又来了。"

医生闻言皱了皱眉，很快地接过病历翻阅起来。

"程竹竿"是那些小护士们给一个病人起的外号，能让护士们都有印象，还到了起昵称的地步，也就说明对方是医院的常客。"程竹竿"原名叫程骁，是一个很有气势的名字，但却得了很难治好的限制型心肌病。心脏本来就是人体最重要的一个器官，一旦有什么问题，都会引起各种并发症。就算是限制型心肌病中最轻的病症，最多也只能活25年，而程骁的病非常严重，才20岁刚出头的他最近10年来已经进出医院好几回了。

"原来不是我负责他的啊，怎么这回给我看病历了？"医生一边看着病历中的脉冲多普勒超声心动图，一边不解地问道。程骁的手术一般都是各个心胸外科的医生抢破头要去见识的，毕竟一个人的心脏能脆弱到这种地步还坚强地跳动着的实例，还真是举世罕见，医生觉得他没什么实力能获此殊荣。

"还不是你去年年初参加过他的那次二尖瓣成形术，你独立完成的逆行途径技术简直完美！完全看不出来是第一次做，所以主任才叫上你一起。"淳戈的语气略带羡慕嫉妒恨，用拳头捶了一下医生的肩膀，轻哼道："你这小子，非要我再这么详细地夸你一遍吗？放心，'程竹竿'这回住院不是你上次手术出了问题，而是又出现了新的并发症。"

医生翻阅二维超声心动图的手僵在了那里，什么二尖瓣成形术？什么逆行途径技术？他能说他一点都不记得了吗？

但若是仔仔细细地回忆，他的脑海里隐约还是有那么些不连续的手术画面，可是那些影像画面就像是蒙上了一层毛玻璃，朦朦胧胧的根本看不清。

抬手按了按微痛的太阳穴，医生觉得自己最近的精神状态有点问题，但他上个礼拜特意去体检部检查了一下身体，并没有发现什么异常。可能是他想多了吧。

把注意力放回手中的病历本上，医生从上到下扫了一遍程骁密密麻麻的病史，也不由得心生敬佩。

限制型心肌病最终都会引发心力衰竭或者肺栓塞而死亡，除了接受心脏移植外没有更好更彻底的解决办法。但心脏移植在国内属于大器官移植，由于思想保守，捐献者并不像国外那样多，有多少人都在排着队的时候不甘心地闭上了眼睛，程骁也是在生死线上来回挣扎着的其中之一。

"他这回的情况不妙啊……"医生皱着眉看着检查结果，超声造影可见微泡往返于三尖瓣，根据多普勒检查的结果，估算右心室至右心房的反流程度，这看起来就是三尖瓣关闭不全的症状啊。

"据说他马上就要排到移植名单的最上面了，可千万要挺住啊。"淳戈轻声道，却在下一刻牢牢地闭上了嘴。因为他们一行人跟着主任已经到了程骁的病房之中。

程骁家里还算有钱，只是父母在他年幼的时候已经因为意外而过世，他的爷爷去世前给他留下了一笔基金，他也是因为有了这笔基金才能负担得起自己巨额的手术费用。程骁的病房是单人间，他一个人孤零零地躺在那里看着窗外，整个人的身体因为水肿而虚胖，没有了往日的竹竿样子，甚至就像是正常人的体型，却让人看了无端端地生出怜悯唏嘘之感。

见医生他们进来，程骁收回了望着窗外桃花的目光，一张英俊的脸面色宁静，若是光看脸，就只有发紫的嘴唇和惨白的脸色才能让人察觉出来他身患绝症，走在外面的街道上绝对会因为俊帅而得到超高的回头率。他甚至还有心情和相熟的主任开了个玩笑，完全不在意自己岌岌可危的身体。

主任轻咳了一声之后便开始交代接下来的医疗安排，程骁的身体已经不适合药物的保守治疗，只能进行手术，但需要进行什么样的手术，还是要根据再次检查的结果而定。主任在满屋子的期待目光中，选了医生和淳戈两人负责。

医生在听到自己是第一助手的时候，便知道主任定是看中自己上次手术的表现。他理应直截了当地把事情说清楚，可是他并不想错过这次难得的机会，只是略迟疑了一下，便点头应允了。

接下来就是安排程骁再次做各项检查，医生和淳戈全程陪护，程骁对如此折腾也浑然不在意，只是在扫到医生胸前的名牌时，平静的表情才发生了变化。

"咦？原来是你，据说我上次的手术就是你做的，很完美呢。"程骁勾起紫色的唇，他的紫绀现象已经非常严重，甚至在手指的指尖都出现了深紫色。这是心肺疾病引起的呼吸功能衰竭的表征。

医生简直不能想象，一个连每次呼吸都非常困难的人，又怎么会露出这样轻松柔和的笑容。况且对方的夸奖更令他受之有愧，当下只能推了推鼻梁上的眼镜，公事公办地说道："一会儿我们去 MRI 室，你身上可有什么金属的首饰、手表，都要摘下来。"

"哦，我经常去检查，知道的。好在我还没有安过心脏起搏器，否则连核磁共振检查都不能做了。话说，我记得上次你没有戴眼镜啊，怎么换造型了？"程骁一边说，一边慢吞吞地从病号服的口袋里掏东西出来，结果那东西从他指缝间滑落，划过一道银色的弧线，伴随着清脆的声音掉落在地。

医生本来下意识地想要去捡，可是却在听到程骁的那句问话时，下意识地愣在了原地。

他会不戴眼镜？尽管前两年是做了治疗近视的手术，但因为常年都习惯了鼻梁上有东西，就算是平光镜他也时时刻刻地戴着啊。医生呵呵地干笑了两声道："可能是我在做手术的时候没戴眼镜吧。"

程骁耸了耸肩道："你觉得我在做手术的时候会看到你吗？"

的确，每次都是麻醉师先进手术室，等患者彻底麻醉之后他们这些手术医师才会就位。医生觉得太阳穴又开始隐隐作痛，他究竟忘记了什么？

淳戈粗线条地没有注意到医生的不妥，他弯腰把程骁掉在地上的东西捡了起来："哎哟，还是这枚小银鱼啊，你还随身带着，居然还没丢！"

医生忍不住朝淳戈的手心里看去，那是一条大概有大拇指长短的小银鱼，准确说来，这只是鱼的右侧身子，小银鱼的一半身体鼓起，而另一半是扁平的，那一半鼓起的身体雕琢得栩栩如生，只是那鱼鳞黯淡无光，一看就是颇有些年头的物件。那鱼嘴处还有一个圆环镂空，想来应是系绳子所用的。

"这就是程骁的宝贝小银鱼，据说是他爷爷留给他的古董，他向来都是随身带着的。可是这家伙还是个马大哈，走到哪里这小银鱼就被忘到哪里。好在常照顾他的那些护士们都认识，丢了也就给他送回来。"见医生感兴趣，淳戈也就随口八卦了几句，不过他却没把这小银鱼给医生细瞧。对于他来说，这条小银鱼哪里有什么好看的，重要的是程骁的身体检查结果。所以他随手便把小银鱼放到白大褂的口袋里，笑眯眯地推着程骁往MRI室走去："小银鱼我先帮你保管了，走，我们要抓紧时间。"

程骁看着淳戈的神色有些不自然的僵硬，在所有人都没有注意到的时候，他低垂的眼中有一抹阴郁的寒光闪过。

叁

"啊？今晚又不回来吃饭了啊？"汤远捧着电话筒，那语气叫一个依依不舍，"我还想晚上让叔你带我去必胜客呢！好吧好吧，那就下次再去，叔你也注意点身体，晚上不要忘记吃饭。好的好的，晚上我会锁好门的。"

汤远吧嗒一声挂断电话，看着外面微暗的天色，嘴了嘴小嘴道："小露露，看来我今晚又要打电话叫外卖啦。这回吃什么好呢？"他边说边回头，就惊悚地看到被他点名的小白蛇正拱开了窗户，动作优雅地要往外潜逃。

"哎哟，我的小祖宗！"汤远忙不迭地扑了过去，用小手拽住了小白蛇的尾巴，讨好地笑道，"可别乱跑啊！要是被别人逮到，就您这小身板儿，还不够别人塞牙缝的呢！您要去哪儿，我带您去呗……"

小白蛇嫌弃地看了汤远一眼，随后不情不愿地顺着他的手臂爬上了他的脖颈，作势地锁紧了一圈，然后用蛇尾指了指门口，一副不出去就誓不罢休的模样。

汤远迫于淫威，只好拿起钥匙，安慰自己这是出去觅食，而不是随便乱跑。

没错，主要是给小白蛇觅食……

汤远把衣领竖了起来，小白蛇正好绕着他的脖子两周，不仔细近看根本看不出来他脖子上挂着一条活物。事实上汤远也不知道自己该去什么地方给小白蛇找东西吃，他四处逛逛，在路边摊买了个煎饼果子，先填饱了自己的肚子。

肚子里吃了点东西，胃暖和过来了，汤远的心情也稍缓了些许。他一边吃着煎饼果子，一边看着车水马龙的商业街喃喃道："小露露啊，你要吃灵力，可是什么人会有灵力呢？像师父那么厉害的人才有灵力，可是就算找得到和师父差不多的人，对方也能那么一动不动地让你吃？"八成会被打飞到天边吧……汤远默默地把最后一句话和着煎饼果子吞下肚。

　　小白蛇并未回应，而是用尾巴尖甩了甩汤远的脖颈，指导他往那个方向走。

　　汤远认命地吐出一口气，飞快地吃完煎饼果子，闷头沿着商业街走着，直到他看到了挂着"哑舍"两个字的小篆体招牌。"不会吧！你是要找我师兄？可是我师兄不在店里啊，否则我就直接投奔他，不跟着那个医生住了……"汤远比较失望，但还是顺着小白蛇的意思，大摇大摆地推开那扇雕花大门走进了店里。

　　一进门，就被那股纯正的奇楠香气迷住了，汤远深吸了好几口气，暗叹自家师兄果然是财大气粗，也怪不得师父动了想要来投奔的念头。汤远觉得颈间的小白蛇正扭动着身体想要爬下来，吓得他立刻隔着衣服按住它。他隐约可以感觉到本来宁静的店铺内好像因为他的这个动作而起了一阵骚动，数不清的声音嘈杂地在他耳边闪过，当他想要仔细倾听的时候，却突兀地一下子归于了寂然。

　　汤远的视线扫过店铺内的摆设，目光越发炽热。他自小随着师父长大，师父手边用的器物无一不是珍品，把他的眼力也锻炼得极佳。这些器物在旁人眼中与赝品无异，但即使他没有入手感觉，也能认定这些就是价值连城的真品，大部分甚至比博物馆中陈列的东西还珍贵。

　　师兄果然很土豪啊！求抱大腿啊！

　　汤远的内心泪流满面，为什么师兄不在呢？在的话他就可以顺顺当当地把小白蛇扔给师兄养了，何必搞得像现在这样落魄？汤远越想越觉得不平衡，他的右手珍而重之地摸了摸身边的海南黄花梨官帽椅，椅子正面的一个木疖呈现的鬼脸是个活灵活现的狐狸面，五官惟妙惟肖，本来还是笑眯眯的笑脸，可是在汤远摸上去的那一刻变得惊恐万状。

　　倒是汤远反被吓了一跳，本来被他左手按住的小白蛇却抓住了他这一刻的失神，顺着他右手的袖子蜿蜒而下，眼看着便要从袖筒中冲了出来。

　　"小弟弟，你要来买什么？"一个低沉的男声忽然在汤远的身后响起，让汤远瞬间收回了手，也让小白蛇在冲出去的那一刻停滞了下来，迅速在汤远的手腕上盘了起来。

　　"呃……"汤远惊魂未定地看着椅子上的那个狐狸面重新恢复了笑脸，觉得自己刚

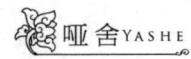

刚一定是眼花看错了！他抬头看了眼站在他身后穿着中山装的俊秀男子，不是他师兄，还是上次他和师父来的时候，在店外看到的那个负责看店的家伙。

陆子冈倒是很意外会有小孩子进哑舍，因为哑舍这种装潢和格局还是比较装逼的，只有上了年纪的人才会喜欢来纯欣赏，年轻的少男少女都极少进店，更别说是十岁左右的小孩子了。而且，他好像把对方吓到了。

想到这里，陆子冈的声音也不禁放柔，摸着汤远的脑袋柔声笑问："想不想上去坐坐？要不要叔叔抱你上去？"

汤远把小脑袋摇得跟拨浪鼓一般，表示他完全不想坐在一张会变脸的椅子上。他尽量让自己表现得像一个正常的十岁孩童，仰起小脸天真无邪地笑了笑，道："叔叔，我要回家啦，下次有空路过再来玩！"

有礼貌的孩子谁都喜欢，陆子冈想到了自家那个吵吵闹闹的堂侄，和面前这个男孩儿一对比简直就是个熊孩子！目送着那个男孩儿蹦蹦跶跶地离开，陆子冈把视线放在海南黄花梨官帽椅上，目光不禁一凝。

静默了片刻，他还是叹了口气，无奈地从衣兜里抽出软布，弯下腰开始擦拭。

官帽椅上有一个油腻腻闪着光的手指印。

熊孩子什么，怎么可能一眼就被人看穿？

他果然还是太天真了。

肆

汤远才不知道自己被人在背后默默吐槽了，他正抬起右手，对着袖筒里的小白蛇小声地问道："小露露，你是不是不只可以吸收人的灵气啊？连器物上的灵气也可以吸收？"

小白蛇在他的袖筒里难耐地扭动了几下，汤远连忙按紧袖口，立刻冷汗就下来了。

因为他忽然想起小白蛇在饿得实在受不了的时候，会以美女蛇的形象出现。若是在大街上给他来这么一下，那就有热闹瞧了！

#商业街上惊现美杜莎！#

#COSPLAY？！美女蛇拟真得直逼美国大片！#

#新型生化怪物来袭！还是中国龙组现身？！#

汤远表示他完全不想被当作微博热门话题的男主角好么！他急得团团转，下意识地就想要去找医生，毕竟这些时日都是受对方照顾，汤远也想不出来别的什么办法。实在不行，让医生给小白蛇搞点乙醚让它先昏迷着？

医生工作的医院就在附近，汤远上次还在医院被抢救过，所以还算熟识。此时天色已晚，他一个小孩子倒是很容易混进医院。汤远在楼梯间一边捂着鼻子表示对消毒水味过敏，一边爬着楼唠唠叨叨："今天不是黄道吉日啊，忌出门啊！小露露，要不我们换一天再来？好吧好吧，不要闹了……咦？你是想要在这一楼停下？"

汤远看了眼楼梯间的标牌，心胸外科住院处？不正是医生叔叔的科室？他说今晚值班，说不定正好能遇到。

暗自叫着好，汤远也顾不得会被医生抓包骂他胡乱跑到医院来，他连借口都想好了，甚至还在医院外面买了两个烤得热乎乎的红薯。

此时正是住院处开放探视的时间，走廊里来回走动的人还是很多的，汤远好奇地左右张望着，一下子没有看住右手袖筒里的小白蛇，竟让它钻了个空子，刺溜一下就跳下了地，然后飞速地沿着光滑的瓷砖地面向前滑行，无声无息地就从门缝钻进了其中一个病房里。

汤远心下暗叫糟糕，也不管会不会没礼貌，连门都没敲，就推开了那个病房，闪身而入。

医生刚吃完饭，科室内下午开了会，专门为程骁明天的手术研究了几个备选方案。毕竟有些病状通过仪器是无法检查出来的，只有等上手术台开胸之后才能知道面对的是什么样的情况。医生对自己模糊的记忆耿耿于怀，开了会之后，特意去实验室用模型练习了一下外科缝合技术。本来还对自己有所怀疑，但身体却在大脑下达指令后，像是有自主意识般，极其完美地完成了手术。有些高端的技术甚至他都只在珍贵的外科影像上看过，自己却能完成得干干净净，毫无挑剔之处。

简直就跟做梦一样。

医生到现在还有些浑浑噩噩，却也知道如果不出什么意外的话，明天的手术他确实能够完成。所以他心中大定，在护士来传话说程骁要找他的时候，也就欣然过来查房了。

只是……他刚刚好像看到一个熟悉的小身影。那个小混蛋不会跑到医院里来了吧？

医生双眉一皱，从白大褂里掏出手机就开始往家里打电话，果然很久都没人接。

脚步在刚刚看到的那间病房前停了下来，医生发现这正好是程骁的房间，当下收敛

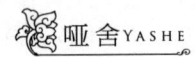

了胸中的怒气，深吸了口气才抬手敲了敲门，等屋中人应允后推门而入。

单人 VIP 病房内，只有病床前那盏 LED 灯发出昏黄的亮光，医生只简单地在病房内一扫，就发现屋内只有程骁一个人。难道是他刚刚眼花看错了？

程骁正低头把玩着那枚淳戈还给他的小银鱼，昏黄的灯光在他脸上打出了一个清冷的光影，令人观之心酸。

医生知道对方定是为明天的手术而忧心，便熟练地放柔了声音，用极为可靠的语气说道："明天是我们主任主刀，一切放心。"说罢还用一些专业术语解释了一下明天手术的几种准备。

程骁闻言笑了笑，但并未抬起头，只是淡淡地笑道："有时候我并不知道自己为什么要这么艰难地活下去呢。"

医生顿时觉得有些棘手，一般来说，这种劝慰的话，由病人的家属来说效果更好。可是程骁的家人都已经不在这世间，独剩程骁一人面对着永远都不消退的病魔。医生只要想到程骁那本厚厚的病历，就觉得肃然起敬。他虽然没有得过什么病，可在医院这种地方工作，也知道什么叫作生不如死。

他也知道此时说什么都是苍白的，也知道程骁此时叫他过来，只是想要在这个寂寞的夜里寻求他人的陪伴罢了。医生索性直接拉开病床旁的椅子坐了下来，在程骁惊奇的目光中，用医用消毒湿巾擦了擦手，拿起床头柜上的一个苹果自顾自地削了起来。

"这苹果是医院餐里送的吧？啧，个大红润，VIP 室的东西果然比我们医生食堂的东西好。"医生用朋友的语气开始闲聊，在转移程骁注意力的同时，忽然想起来他可以顺便问个问题，"对了，上次我们是一年多前见面的吧？当时就对我有印象了？"

程骁果然歪着头陷入了回忆，认真地说道："是的，你那阵没有戴眼镜，刘海也是往后梳的，所以我今天才一下子没认出来你。不过，你是不是遇到什么好事了？之前你才不是这样的性格。"

"哦？"医生的手一抖，本来削得薄薄的苹果皮断掉了，他不动声色地继续问道，"那时候我给人什么感觉呢？"

"虽然也是成天笑着，却给人一种拒人于千里之外的冷漠，就像是非常有身份的人呢。"程骁笑着打趣道。

"我以前那么欠扁吗？怪不得主任让我改改性格，多与人亲近呢，哈哈。"医生干巴巴地解释着，再次肯定自己那段时间定是出了什么问题。可是从程骁这里能问的已经是极限，有机会还是要从淳戈那里套套话。

病房内又恢复了寂静，医生削完一个苹果后，平均地分成了四瓣放在水果盘内，又拿起一个顺手削了起来。当年在上医大的时候，没少用削苹果来锻炼双手的稳定度，他甚至可以只用半分钟的时间就能削好一个苹果，苹果皮又薄又均匀，中间还都不断。而且这还是一个很好的让自己静心的举动，等医生从自己的世界中回过神后，才发现他把床头柜上的六个苹果都削好皮了。

"哈哈，不好意思，我一削苹果就会上瘾。"医生不好意思地笑了笑，"怎么办？我好像削得太多了。"

"没关系，这些都是今天三餐剩下的，我不爱吃苹果，都给你吧。"程骁很大方。

就算他再大胃，也吃不掉六个苹果啊！而且苹果削好了之后很快就会氧化，医生先说了声抱歉，便端着水果盘出去溜达了一圈，跟护士站的小护士们用苹果换了一些膨化食品。

程骁看着递到他面前的薯片，哭笑不得道："我的身体可以吃这些垃圾食品吗？"

医生用看白痴的目光看着他："你生病的又不是胃，而且术前禁食八个小时，手术是明天上午10点，没事，你现在还能吃。哎呀，你居然都没吃过薯片吗？太可怜了，吃两片没关系的。"

程骁看着面前散发着诱人香味的薯片，忍不住伸手接了过来，一时不注意，手中原来拿着的小银鱼却因为这个动作而掉落在地。

医生弯腰就要把它捡起来，因为病房内灯光昏暗，一时不知道小银鱼掉到了哪里，医生仔细看，才发现病床下面闪烁着些许亮光。

正在他要伸手的时候，却忽然听到程骁惊呼："别捡！"

与此同时，一个清脆的童音也在黑暗中响起："叔，你最好别碰那个银鱼符。"

医生一怔，也顾不得去捡那小银鱼，重新直起腰来，带着火气地看向那个从病房自带的洗手间中走出来的小男孩儿。汤远这小子果然在这里。

"你最好给我解释一下。"

汤远接触到医生眼镜片后冒火的目光，畏缩了一下，但随即挺起小胸膛，理直气壮地说道："叔，你知道这个银鱼符是用来做什么的吗？"

医生的嘴角抽了抽，他是想让汤远这小子解释下他为什么出现在这里，他根本不关心什么银鱼符不银鱼符的好么？但眼角余光里发现了程骁的脸上再无之前的平静，反而

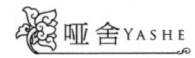

充满了焦虑不安。想起之前程骁也警告他不要捡,一时间好奇心大盛,追问道:"我当然不知道,可是你知道?"

"我当然知道!"汤远指了指自己的脑门,骄傲地暗示医生自己过目不忘的脑袋,开什么玩笑,他自小就被师父拎去看那些失落宝物的图册,当然无所不知。"鱼符一般就是手指头那么长,分左、右两半,中间有榫卯可相契合。左符放在内廷,右符由持有人随身携带,相当于是官员的身份证明。虽然说据传是唐高祖李渊的发明,可鱼符跟战国时期的虎符差不多,只是形状不一样,代表的权力也不同。虎符可以调动军队,而鱼符只是能证明身份罢了,自古就有之。"

"这银鱼符是古董?"医生皱了皱眉,觉得这样被人普及历史知识的场面非常熟悉,记忆中好像也有个人会如此耐心地为他讲解,可是当他想要回忆那人的长相时,却怎么都不能如愿,甚至连他的声音都记不得是什么样的。

"确实是古董,而且还不是一般的古董。"汤远盯着病床上的程骁,"本来我还不确定,但看你的态度,这银鱼符恐怕是上古阴司流落人间的。阴司行走人间,所需的阳气多数要从旁人身上汲取,而你不知道从何处弄来这银鱼符,却并不是阴司的身份,恐怕你用这银鱼符是偷取旁人的阳寿,转移到自己身上。若不是这银鱼符,你应该活不到现在。"

"胡闹。"医生闻言很是恼火,他是学医出身,自然不相信什么怪力乱神,"你的意思,是我们的手术做得不好吗?"

"并不是,手术做得再好,也要人体有能力承受。叔你自己心里清楚,他做了这么多次手术,还能活着就已经是个奇迹。"汤远耸了耸肩,他刚在洗手间听着那些手术流程,就觉得这程骁有问题。医生在家放着的医学专业书籍,他无聊的时候也曾经翻过。

虽然程骁的这个银鱼符经常丢在医院各处很奇怪,总是有人捡回来送给他,可也不能照着汤远的这种理由来解释啊!医生正想呵斥汤远不要乱讲话,就看到一条小白蛇弯弯曲曲地从床底爬了出来,肚子那里还明显有着一块鱼形的凸起。

汤远哀叫一声扑了过去,倒拎着小白蛇晃动着:"我的小祖宗哟!怎么随便乱吃东西?这银鱼符应该封印起来才对,您怎么给一口吞了啊?也不怕噎着喂!"

"啪嗒!"一个东西果然从小白蛇的嘴里被吐了出来,只是可惜掉落在地的时候,无声地碎成了齑粉。

程骁默默地看着地上的那堆银粉,无声地勾了勾唇角,再抬起头的时候,就已是毫无表情:"医生,我想休息了。"

医生尴尬得不知道手脚往哪里摆,他自然不相信汤远说的那些什么阴司阳寿的,虽然觉得这小银鱼碎得蹊跷,可也知道汤远这回是办了错事,连忙道了歉,拎着汤远和小白蛇就走出了病房。

屋内又恢复了死一般的寂静,程骁双拳紧握,不知道过了多久,才又重新张开右手。掌心里,是捏碎的薯片碎渣。

他看了许久,终于低下头,舔了一点点。

确实很好吃啊……

伍

淳戈推开休息室,正好看到医生正在翻看医书,而角落里有个十岁左右的小男孩正在低着头面壁思过。

"哎哟,多可怜啊!你也真忍心。"淳戈打趣道。医生暂时收养了一个小男孩的事情,相熟的同事都知道,有人理解,也有人不理解,但淳戈觉得那毕竟是医生自己的生活,他觉得 OK 就好。

"哼,欠教训。"医生觉得自己当时因为汤远信誓旦旦的鬼话而产生的动摇,简直可笑至极。淳戈之前就拿过那枚银鱼符,难道是早就已经被偷取过阳寿了?医生本来想问出口,但见淳戈疲惫的神色,顿时改变了主意。有这个想法实在是太可笑了,说出来肯定会被淳戈无情地嘲笑,他明天早上一定要去替汤远跟程骁道歉。

"还在看程骁的病历?早点休息吧,明天还要站很久。"淳戈打了个哈欠,揉了揉手腕按摩手部肌肉。

医生把程骁厚厚的病历本合上,他回来之后又看了好几遍,虽然程骁的心脏千疮百孔,还活着确实算是奇迹,但医学上的奇迹还少吗?医生站起身,打算拉着汤远去洗漱,却发现这混蛋小子哪里是在低头认错,正用脑门抵着墙壁睡得正香呢!

医生正想抬起手敲汤远的脑袋时,他和淳戈腰间的呼叫器同时响起了刺耳的声音。两人同时低头,在看清楚上面的文字时,不约而同地推门朝外奔去。

被惊醒的汤远用小手揉了揉眼睛,在搞清楚发生什么事后,不禁嗤笑道:"偷来的生命,又能维持多久呢?也幸好这枚银鱼符灵力并不是很充足,只能在持有者生命的最

后一天才能靠他人碰触来偷取对方阳寿,而且同一个人只能偷取一次,偷来的天数也是随机的。喏,幸亏刚刚没让叔上当,看来叔明天也不用准备手术了,一会儿就能跟我回家了吧。"

他脖颈上的小白蛇吐了吐鲜红的蛇信子,汤远立刻就泄了气,喏喏道:"小祖宗喂,看你这样,吃古董上的灵气也是可以的?但我们打个商量好不好?像我二师兄店里的那些好古董的灵气不要吃行不行?像银鱼符这种邪恶古董的灵气,随便你吃!"

小白蛇歪着头想了想,最终不甚情愿地点了点头。

"唉,但邪恶古董也不好找啊!以前我跟着师父,见他封印过许多强悍的邪恶古董,可惜都封在库里了……现世中可能不多啊……哎呀呀!我的小祖宗!我会想办法的!我身上的灵气不足!血槽已空!不要咬我的脸啊!好痛!"

第二章 影青俑

段兴智,记得我们的约定,我在天上,看着你。

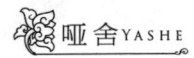

壹

正午的烈日炽热毒辣，刚经历战火的大理城中，触目所及都是残垣断壁。原本花木扶疏郁郁葱葱的街道血迹斑斑。碧波荡漾的洱海之上，还漂浮着数具被泡涨的尸首。远处青翠的苍山之上，冒着数道滚滚的浓烟，焚烧着战死或拒绝投降而被杀死的大理士兵。

城中到处是全副武装的蒙古兵，都梳着可笑的婆焦发式，对于这种类似于中原孩童留的三搭头，却完全没有人敢当着他们的面嘲讽，所有被驱赶到路边的大理白族百姓，均低头或沉默或低泣或压抑着胸中的愤怒，直到一辆囚车吱吱呀呀地从南门缓缓驶来。

高泰祥站在囚车之中，不禁暗自庆幸这帮蒙古兵们为了彰显他们的仁慈，早上还特意派人给他洗了个澡换了新衣，遮盖住了被用刑之后伤痕累累的身体。至少现在的他，除了衣着简单神色憔悴站在囚车中狼狈了点之外，还算有些大理相国的体面。

眼见着道路两旁自己的臣民们眼中闪过震惊与绝望，高泰祥心如刀割。是他和段兴智无能，在大理城破的时候没能与大理同生死，反而分别带兵弃城而逃，才让上天恩赐的大理古城遭受战火肆虐。

高泰祥一直认为，大理就是属于高家的。虽然不管从前还是现在，大理的皇帝都姓段。

大理国从第四位皇帝段思聪在位始，高氏家族取代董氏夺得相位，从此便权倾朝野，甚至在他曾祖高升泰时废段正明自立为帝。虽然在两年后把皇位又还给了大理段氏，但大理的权柄一直牢牢地握在高家的手中，代代相传。只要大理在位的皇帝有一点点不听话，就可以要求对方去无为寺避位为僧，换个听话的段家人来当皇帝。事实上，前前后后也有八位段家皇帝去无为寺出家了。

所以在大理，几乎所有人都知道，皇帝仅仅是个摆设，而真正掌权的，是当代的高家相国。

高家有祖训，永远不得篡夺段氏的皇位。高升泰曾经违背过祖训，至今连高家祖坟都没有资格埋进，所以尽管心有不甘，高泰祥也恪守着祖训，不越雷池一步。因为他知道，这世间没有哪个皇族能从一而终，如果高家篡了段家的皇位，终有一天别人也会把高家轻易取代。

可是这如今，眼看着整个大理，都要不复存在了。

看着街道两旁的大理百姓依次茫然地双膝跪地，高泰祥被他们的目光注视，甚至要比被头顶上火辣辣的阳光暴晒还要难熬，背上汗出如浆。

往日户户种花街街流水的美景，如今已是满目疮痍，花朵也凋零破败，囚车碾压着山茶花的花瓣，混合着青石砖之上残留的血迹，有种令人心悸的绝望。

远远的，就可以看得到道路尽头的五华楼，宏伟的建筑之上依旧可以看得到精美的木雕，这座南诏时期就建成的外宾楼，就算是忽必烈也没有下令毁坏，反而在大理城破之后，把大军驻扎在此处。而与往日不同的，便是五华楼上招展的旌旗，都是异国的文字了。

高泰祥的囚车吱吱呀呀地停在了五华楼前面的广场上，而他本人则被士兵带到广场上那个新搭建的木台之上。

这是要当众行刑，好给依旧怀有异心的大理臣民一个下马威。

高泰祥木着一张俊容，被缚的双手背在身后，背脊挺得笔直，正午的阳光当头而照，在他的身周形成一层金黄色的光晕，竟让人感到有种不容侵犯的威严，一时之间居然没有人敢上前迫他下跪。

可事实上，高泰祥现在全凭意志力站着，只需要一阵风就能被吹倒。全身筋骨都剧痛无比，但他依旧站得正气凛然。抬头朝五华楼上站着的那些影影绰绰的人群瞥了一眼，高泰祥隐约能看到在华盖之下，坐着一位戴着折腰样盔帽、身穿捻金锦的大汉，正是蒙古兵们的王爷，监国托雷的第四子 —— 孛儿只斤·忽必烈。

不多时，五华楼上便有人喊话，无非是劝降许以高官厚禄的车轱辘话，高泰祥这些天听得都可以背下来了。当传话的士兵都喊累了，广场一下子陷入了令人窒息的寂静，

几千双眼睛都在注视着高泰祥的选择。

若他选择投降,早就降了,若他想要提前结束自己的性命,又何苦遭受这样的侮辱。忽必烈想必除了下马威外,还打算把大理城中的反抗势力一网打尽。真是打得一手好算盘。

高泰祥英俊的脸庞上闪过一丝嘲弄,不卑不亢地朗声道:"段运不回,天使其然,为臣殒首,吾事毕矣!"说罢便闭目不言,引颈受戮。

不管如何,段兴智还活着,希望他能有机会,重振旗鼓,重回大理……

段兴智,记得我们的约定,我在天上,看着你。

刽子手得了五华楼上的命令,举起了手中的巨斧。

当空的烈日忽然被厚重的乌云所遮挡,顷刻之间狂风骤起,吹得旌旗招展猎猎作响,瞬间雷电大作,风沙扑面,随着倾盆大雨落下的,便是一篷血雨……

贰

哑舍沉重的雕花大门发出吱呀之声,陆子冈随后就听到了拐杖拄在地板上的声音,连头都懒得抬起来,继续专注地握着锟刀雕刻着手中的玉件。

馆长也不用他招呼,自来熟地把手里的一个锦盒放在柜台上,便小心翼翼地拿起手边的一盏茶碗,轻手轻脚地欣赏起来。开什么玩笑!看这釉色、毛口、泪痕,还有这芒口,一看就是晚宋定窑,而且还是少见的黑定,再看在澄清的茶汤中,碗底那清晰可见的叶片花纹,不用再做过多的鉴定,馆长已经确定这是一盏宋定窑黑釉叶纹碗。

双手不禁颤抖了一下,馆长连忙把手中的茶盏放回柜台上。造孽啊!这种品质的古董,就算在珍宝如云的"台北故宫博物院",也有资格摆在玻璃柜里让人欣赏。而在哑舍这里,就变成了随意泡茶使用的器具了。虽然本来这茶盏就是喝茶用的,但馆长无论看过多少次也还是适应不了。

馆长又是纠结怕碰坏了又是想要拿在手里摩挲,对着黑定茶盏发了会儿呆,才把视线转移到陆子冈那边,一看之下不由更为震惊地扶了扶鼻梁上的老花镜。

他这是眼花了吗?陆子冈什么时候有这么好的手艺了?难道当真被那个明朝的陆子冈附体了?

看这玉件上的牡丹花雕得，简直连花瓣上的脉络纹理都雕得清清楚楚，甚至连上面的露珠都让人有种泫然欲滴的感觉，再加之所用的玉料是和田玉的籽料，羊脂白皙，圆润光泽，连留皮的那点黄色也正好落在了牡丹花的花蕊之上，陆子冈此时正在用锟刀雕刻那里。

馆长完完全全看入了迷，也知道不能随意打扰，万一这一刀下去多半点力道，这块巧夺天工的玉件也许就毁了。他眼睁睁看着牡丹花的花蕊一根根地出现在眼前，附近颜色深的地方则被陆子冈的巧手雕成了一只蜜蜂，翅膀薄如蝉翼，好像下一刻就会展翅。

这个过程中，馆长是连呼吸都怕惊扰陆子冈，一直悄悄地放轻了呼吸声，所以直接导致陆子冈都忘记身边还有个人在围观了。当他雕完蜜蜂，在玉件的背面用锟刀刻了一首诗，并且顺手落了个子冈款后，这才抬起头，打算拿起手边的茶盏喝口茶润喉。

手这么一伸就扑了个空，他这才发现哑舍的店里多了个人。陆子冈眼见着那盏黑定叶纹碗放在馆长的面前，不用猜也知道肯定是被馆长大叔上上下下摸了个遍。他嫌弃地撇了撇嘴，从柜台里翻出来一盏和之前那个差不多大的茶盏，拿起茶壶重新给自己沏了壶茶。

即使面前又多了个宋定窑黑釉鹧鸪斑碗，馆长也没么激动了。他的神情都有些飘忽，他没看错吧？那么精巧绝伦的雕工！那么正宗的子冈款！若不是他亲眼看着这块玉件雕成，估计再加上一系列淬醋、褪光、染沁等造假手段之后，说不定他都会以为这是块明朝陆子冈的真品……

难不成，这哑舍其实是个造假货的铺子？

馆长立刻就把这个怀疑否定了，造假也是某一方面专精，总不可能所有古董看上去都像那么一回事。再说他从哑舍里得了多少好东西，总不能个个都打了眼吧？更何况，历代都有仿子冈款的玉件，只是面前这个小子雕得实在是太像了。

陆子冈可不管馆长心里都琢磨什么，他巴不得这大叔胡思乱想，从此离哑舍越远越好。这些天这大叔天天上门，也不说有什么事，都是顾左右而言他。喝了口热茶，陆子冈扫了眼今次柜台上多出来的那个锦盒，叹气道："馆长大叔，我都说了老板最近不在，你就算带着东西来找我也没用啊。"

经陆子冈这么一提，馆长才想起来意，连忙道："小陆啊！叔我这不是真找不到人帮忙了嘛！来帮我看看呗！"

陆子冈勉为其难地把馆长面前的黑定木纹碗拿过来洗了洗，重新给他倒了一碗茶，做出洗耳恭听的架势。说实话，陆子冈本是抱着打发时间的念头，但随着馆长用略沙哑的声音开始述说，他的神情也越来越严肃。

馆长年前的时候，因为腿脚不好，去了昆明疗养。不过他闲不住，没多久就和昆明的同好们搭上了线，不久之后就听闻大理古城出土了一座古墓，便按捺不住坐着火车跑了趟大理。因为身份的缘故，虽然没有直接参与大理古墓的发掘工作，但所有出土的古物他也都一一过目了。这座古墓在上报国家之前，就已经被当地人发现了，而且因为地域偏远，所以当考古人员封闭现场的时候，有一大部分古董都已经被人偷盗走了。馆长不死心地在当地流连了许久，倒还真让他买到了一个疑似从这座古墓中出土的瓷俑。

"只是疑似，因为我没有在出土的那些古物之中看到类似的瓷俑，只是用脱玻化鉴定法和釉面显微观察法大概推断了这个瓷俑的年代，和出土的古墓年代相近。所以我把这个瓷俑上交了，可人家没收，认为是我判断错了。"馆长搓了搓手，满是皱纹的脸上也写满了不是滋味，"所以我只好把这瓷俑带回来，原想着放在自家收藏室中，就当添个收藏品了，结果……"

"结果怎样？"陆子冈半晌都没见馆长继续说下去，倒是对这锦盒中的瓷俑起了兴趣。他洗过手后擦干，又拿起柜台里的薄手套戴了起来。用哑舍里的古物时他不甚在意，那是因为这些器物都是平时拿来用的。而这瓷俑有可能是出土冥器，自是不同待遇。

只见一尊手掌大小的影青俑正静静地躺在锦盒里。

影青也是一种青瓷，釉色微带青色，晶莹润彻，透明性强。影青一般都是以铁为着色剂，多在雕刻花纹的生坯上施釉，所以成器一般较为古朴大方。而面前这尊影青俑比较粗糙，虽然釉面光洁，但也有些釉色剥落的地方，可见烧制的手法并不是多么娴熟，但依旧可以看得出来这尊人俑身上的服饰和花纹。这尊影青俑双膝跪地，头颅微低，可惜的是眉目五官釉面破损剥落得比较厉害，已经看不大清楚原来的模样。这细细端详之下，陆子冈也知道馆长为何深信这尊人俑也是出自那个古墓的了。

关于大理古墓的发掘，身为业内人士的陆子冈也有所耳闻，那是一座大理贵族的陵墓，但由于许多重要的陪葬品被盗，再加之宋末元初时期兵荒马乱，大理皇位更替频繁，所以古墓的拥有者一时难有定论。而这尊影青俑的服饰分明就是大理贵族所穿戴，而且浑身上下的花纹繁复，偏偏中间围腰处那一块空白，意为不能有花花肠子之意，这是一个典型的白族贵族。

陆子冈倒是少见这样的影青俑，一时间爱不释手，但他没忘记馆长未尽的话，追问

第二章 影青俑

道："结果怎么了？"

"……结果，我最近总是在做噩梦。"馆长用手抹了抹脸，虽子不语怪力乱神，但自从几年前他收了那个越王剑经历了那场博物馆惊魂之夜后，便多多少少也信了些许，"我反复梦到一个人被行刑的场景，看周围的景色和旗帜，应该就是大理城被蒙古兵占领的时候。"

"高家最后的掌权人？"陆子冈略略想了一下，便从记忆里翻到了答案。他倒是一时想不起来那个人的名字了，但大理国异于中原的统治形态，让人印象深刻。大理段氏某种意义上更像是现代的日本或者英国皇室，没有实权，仅仅是个吉祥物，拥有象征意义。而高氏一族才是大理真正的掌权者，而被公开处刑的，那么答案也就呼之欲出了。

"嗯，是叫高泰祥。"馆长显然对这段历史知之甚深，"当年大理城破，大理的末代皇帝段兴智与高泰祥分开逃亡，高泰祥被擒，拒绝招降，被斩于五华楼下。不久之后段兴智也被擒，却低下了高贵的头颅。他被送到北方蒙古汗廷，去见蒙哥汗，蒙哥汗施以怀柔，赐金符，令其回归，当大理总管，继续管理原属各部。依我看，段兴智恐怕还高兴得很，这下少了高氏的桎梏，反而要更自在些。"

陆子冈挑了挑眉，他们这些研究历史古物的，在评论历史史实时，甚少加上自己的喜好判断，而馆长如此明显地表达了对段兴智的嫌弃，恐怕也是受了那些梦境的影响。陆子冈把影青俑在手中把玩半晌后，重新把它放回了锦盒，笑了笑道："馆长，我估计您这是日有所思夜有所梦，这影青俑也没有什么异常。"说罢，他无奈地摊了摊手说道，"老实说，就算是有，依我的道行，也看不出来啊。"

"没有什么异常吗？"馆长咂吧了两下嘴，"我倒是打算把这尊影青俑送去做热释光鉴定，但要在上面打孔还是舍不得。不过好在有釉面剥落的部分，前天送去做了成分分析，评估报告还没出来……"

陆子冈深切地觉得馆长这是在多此一举，也知道对方并不是指望他能有什么建议，又或者即使他有什么建议也听不进去，便老老实实地闭口不言了。

馆长却依旧琢磨着，最后决定还是遵循自己的直觉。一般出土的冥器阴气太足，都会放在博物馆展览。因为暴露在灯光下，还有不断有人前来参观所带来的阳气，才会让冥器身上的阴气慢慢退散。

决定了，下周的瓷器展，就把这尊影青俑放进去！

叁

高泰祥至今都记得，他自己选择自己的命运，也同时决定他人的命运，甚至整个大理命运的那一天。

高家的富贵绵延，权势滔天，也造就了一个盘根错节的庞然大物。在高氏家族内，每一代的高氏掌权人并不是像汉族那样看重长子嫡孙，而是能者居之。所以为了成为长辈们眼中合格的高家掌权人，高泰祥付出了旁人难以想象的辛苦和代价。

而大理段氏的皇位继承人事实上也是高家掌权人所选择出来的代言人，在高泰祥辅佐的孝义皇帝段祥兴去世之后，他的首要任务，就是在段氏子弟中选出适合继承皇位的那个人。

没有高家的掌权人会不享受这一刻，也许会有人觉得成为皇帝是人世间最尊贵的荣耀，但拥有选择谁来坐皇位的权力，把龙椅上的那个人控制在股掌之间，也许会更加让人内心的权力欲望膨胀到极致。

至少，高泰祥是乐在其中的，可还是有些厌烦。

虽然他非常的年轻，但能从卧虎藏龙的高家脱颖而出，也算是见过了许多鬼蜮伎俩。那些从早到晚都见缝插针一样，围在他身边的段氏子弟，就像是围着糕点的苍蝇，令他不胜其扰。

直到有一天，一个眉眼舒朗的青年站在了他的面前，浑然不顾他刚下战场的满身杀气，一句话也不说，就那样施施然地注视着他。

"为什么不说话？"高泰祥承认这个段兴智确实引起了他提问的兴趣。

"在下就算不说，高相国也知道在下的来意。"段兴智的唇边漾出一抹自信的笑容，那双眸中的光彩在阳光的照耀下，几乎明亮得让人移不开眼睛。只听他徐徐说道，"而且，高相国最终也会选择在下。"

"哦？那为什么我会选择你？"高泰祥闻言挑了挑眉，哑然失笑。

"因为，我会比你先死。"段兴智简单地说着。他的声音轻柔，却蕴含着一股让人难以拒绝的味道。

高泰祥收起了笑容，头一次认真端详起坦然站在他面前的青年。他没有说自己会殚精竭虑地为大理鞠躬尽瘁，也没有试图用裙带关系来套近乎，更没有用各种手段来旁敲侧击。因为，他知道他想要的是什么。

他是在向他承诺，他会比其他兄弟都容易控制，若是不好控制，便可以直接换掉他。

高泰祥眯了眯双目，缓缓点了点头。

"很好，这是约定。"

"这是约定。"

高泰祥从回忆中清醒，伸手抚摸着掌下的雕花栏杆，五华楼是大理城中最高耸最繁华的建筑，每一处细节都精致得让人难以置信，也许只有那中原的汉族人的皇宫才能比得上。可是就连那么强大的汉族人，也没能阻挡得了蒙古人的铁骑，壮丽的河山都在马蹄下被无情地践踏。而现在，轮到他们大理了……

身后的木制楼梯传来沉重的脚步声，高泰祥不用回头，也知道走上来的是谁。这是五华楼最高的一层，在大理国，只有两个人才有资格登上。

"相国，你带着士兵突围吧。"段兴智略带疲惫的声音从高泰祥身后响起，一双白皙而又沾染着鲜血的手按在了后者身侧的栏杆上。

高泰祥的目光不由自主地落在了那指缝的血迹上，确认了并不是对方受了伤，这才眯起双目道："那你呢？"

段兴智的眼神空茫，看着五华楼下仓皇的大理臣民，许久才叹了口气道："我与大理共存亡。"

"你甘心吗？"高泰祥冷冷一笑。在他的辅佐下，段兴智已经登基三年了，这个青年并不像他表现出来的那么无害。他有野心，虽然隐藏得很好，但在高泰祥眼里，基本无所遁形。

段兴智的薄唇抿成了一条直线，他怎么可能甘心，但危急存亡之秋，他又不可能看不清楚事实，欺骗自己一切还有希望。

"我们分开突围。"高泰祥淡淡说道，"这样，蒙古兵就只能分兵抓捕我们，至少，他们需要我们两个之中有一个人活下来。"

"为什么？"段兴智转过头，看着高泰祥皱眉问道。他问的并不是为什么蒙古人会留他们其中一个人的性命，不用想也是为了安抚大理臣民。他问的是高泰祥为何会多此一举。

回答他的，是高泰祥的微微一笑。

"反正我们有过约定，不是吗？"

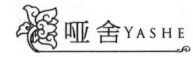

段兴智无奈地勾了勾唇，确实，他们有过约定。两个人分开突围，定是比高泰祥一个人突围的生存机会大。更何况就算高泰祥被抓，他只要投降，就完全可以拿回他原来所拥有的一切。

他还是想得太多了。

肆

窗外春雨淅淅沥沥，带着一股倒春寒扑面而来。

医生站在窗边，只觉得未关严的窗户缝中透出一种令他浑身战栗的寒意。

奇怪了，他什么时候这么讨厌下雨了？虽然会觉得下雨不方便，但也没到厌恶甚至到害怕的程度吧？

潜意识中有几幅模糊不清的画面一闪而过，医生皱了皱眉，想要重新抓回来看清楚，却一无所获。

"对着窗外发什么呆呢？下了夜班还不赶紧回家？是没带伞？"在一旁看报纸的淳戈指了指地上正在晾着的雨伞，"先用我的吧，反正我今天值班。"

"……谢了。"医生没法解释自己是害怕走进雨里，而且对于借伞这件事有种天然的抵触。不过应该是他多虑了吧。把关于下雨的疑惑抛在脑后，他走到淳戈面前拿起雨伞收好，顺口问了句："在看什么八卦？这么眉飞色舞的。"

"哎呀！说是有家博物馆最近有瓷器展，有人宣称去了之后，回家会感到喘不过气，各种体虚气短。我觉着吧，这应该是个炒作，谁让现在去博物馆的人那么少呢？"淳戈用手指敲着报纸，一脸的戏谑，"这不，媒体这一报道，去参观的人就多了，说不定还会弄个系列报道呢！"

"……也许人家真没炒作呢？"医生也不知道自己为什么会有这样的想法，正常人都应该如淳戈那样想吧。淳戈用异样的目光看着医生，不过旋即也理解地耸了耸肩道："也罢，知道你和那老板关系好，被他带得都有些神经兮兮了。对了，听你说过那家老板和博物馆的馆长好像有交情，有空可以问问内幕！"

"老板？"医生的眉头皱得更紧了，是哪家小吃店的老板吗？小笼包还是煎饼果子？

"就是商业街里那家哑舍古董店的老板啊！哦，对了，最近都不见你去那边了，是不是老板还没回来啊？唉，到时间了，去查房了。"淳戈也就是随口提到了一句，并没有放在心上。他抬头扫了眼墙上时钟的指针,把报纸一合,穿上白大褂拿起病历本查房去了。

医生觉得淳戈一定是把自己和谁弄混了,他又怎么可能认识什么古董店的老板啊?医生不在意地笑了笑,走出医院大楼,对着灰蒙蒙的天空发了一会儿呆,这才撑着伞走入雨中。

雨滴敲打在伞面上,发出闷闷的噼啪声。医生一时之间竟有些恍惚,再加之雨伞遮盖住了大半视野,等他发现的时候,自己就已经站在了商业街上。

哦,对了,是该买点早餐回去,正好给汤远也带一份,那小子这时候也应该起床了。

医生回过神,开始在商业街上挑选今天的早餐。小区旁边的韭菜包没有这里的好吃,但油条还是那边的好吃,豆浆太不好拿了就在楼下买吧,哦,不过看时间楼下的早餐摊恐怕都收了……

不知不觉中,医生的脚步就像是有自主意识一样,在他回神之前,在某家店铺前停下了,那扇雕花大门令人不禁侧目。医生抬起头,雨伞的边缘缓缓地上扬,两个小篆字就那么映入眼帘。

此时应该乖乖待在家里,等候医生爱心早餐投喂的汤远,却是打着一把透明的塑料雨伞,站在博物馆的门前发呆。

"小露露啊,你确定来这里有灵气可以吸?隔着玻璃柜也可以吸?话说,小露露啊,你是不是没去过博物馆啊?那些罩在古董上面的玻璃柜都是隔绝一切空气的存在啊!"汤远对着趴在伞骨上的小白蛇嘀咕着,一番苦口婆心,"而且今天我查了黄历,事实上是不宜出行的啊!"

小白蛇扭头朝他慵懒地吐了吐蛇信,咝咝了两声。

汤远只好熄了打道回府的念头,以视死如归的架势,一步踩一脚水坑地往博物馆的大门走去。而那条小白蛇也在他把伞放在门口伞架上的时候,闪电般地蹿进了汤远的袖筒里。

被冰得一哆嗦的汤远认命地拢了拢袖筒,对着询问的博物馆工作人员扬起一个可爱的笑容,宣称因为要写关于博物馆的文章,他特意跟老师请假来这里参观的。不管在哪里,汤远总会遇到许多问他为什么不去上学的好心人士,所以他也练就了随口用各种理

由来解释的技能。反正这些人也只是问问,不可能真的对别人的生活进行干预。这回也一样,汤远被放进了博物馆,本来这里就是开放给市民免费参观的地方。

不过因为今天不是双休日,而且又是一大早刚开门的时候,博物馆里的人少得可怜。再加上馆内空旷,通风良好,一进展厅内便觉得浑身一阵恶寒。汤远看着有些阴暗的展厅,不由自主地瑟缩了一下。

本来缠在他手腕上的小白蛇顺着他的手臂游走到了他的脖颈,从他的领口探出了头来,催着他上前。被奴役的汤远没有办法,只好揣着小白蛇在一个个展柜前慢慢踱步而过,时不时在某个展品前逗留几秒钟,旋即又扭头离开,看起来就像是一个孩子在随便看看,实际上是由他脖颈间那条别人注意不到的小白蛇在判断展品是否可用。

伍

馆长完全不知道博物馆进来一个无法无天的小祖宗,他此时正拍着报纸打电话给媒体,和他们争论报道的不实之处。什么呼吸困难,不会是记者怕没有噱头,特意折腾出来的报道吧!别以为他老头子不知道什么叫炒作!那帮记者是挖空心思想找新闻想疯了吧!助手敲门进办公室的时候,正好看到馆长在引经据典不带脏字地骂对方,便百无聊赖地站在那里等自家馆长骂了个痛快,好半天后才挂上了电话。

"什么事?"馆长的语气并不太好,他虽然觉得瓷器展中那尊影青俑有点问题,但这样被媒体捅出来用莫须有的原因昭告天下,他还是很恼羞成怒的。

"馆长,那尊影青俑的成分报告出来了。"助手适时地收敛表情,严肃地递过来一摞装订好的文件。

馆长赶紧接过翻了翻,最后视线停留在某一行数据中,难以置信地推了推眼镜。"氧化硅、氧化铝和氧化钙……"

"是的,馆长,那尊影青俑的成分确实有问题。并不是一般瓷器那样都是硅酸盐结构。"助手也觉得惊讶,"在自然界中,氧化钙的来源并不多,所以一般是选择动物的骨粉作为氧化钙的来源。那尊影青俑如果推断没错的话,应该是世界上第一件真正的骨瓷,这种发现完全可以推翻骨瓷是世界上唯一由西方人发明的瓷种这项定义!这比西方的骨瓷提前了五百年啊!馆长!这是跨时代的发现啊!"

馆长没有理会越说越激动的助手,而是摘下了眼镜揉了揉酸痛的鼻梁。

第二章 影青俑

怪不得他总觉得那尊影青俑哪里不对劲，原来是因为重量有问题。同体积的骨质瓷总是要比泥土烧制的陶瓷轻许多的，而且质地也有些许差别，手感也很微妙。

终于找到了那尊影青俑的问题到底在哪里，馆长心中的一块大石也落了地，他重新戴上眼镜，对聒噪激动的助手冷哼了一声道："天真的少年，这是个陪葬品，你觉得这里面的成分，会和西方一样是动物骸骨吗？"

助手的声音戛然而止，年轻的脸上写满了惊悚，立刻就觉得办公室里的温度骤降了好几度。

西方的骨质瓷之中用的是动物骸骨，那么……馆长的意思……那尊影青俑……是用……人骨烧制的？

而就在此时，离这间办公室不远的地方，走走停停的汤远终于在小白蛇的指挥下停了下来。

他面前的展柜之中，静静地跪着一尊影青俑。

其实就算小白蛇不用尾巴尖拍打他，汤远也会在这个展柜前停下来。

并不是因为这尊影青俑烧制得栩栩如生或者线条流畅，而是因为这尊影青俑被两条细细的丝线紧紧地缠缚住了脖颈，而两条丝线的两端都被牢牢地固定在了底座四角，乍看上去，就像这尊影青俑正在受刑。

"我勒个去……这种防震丝线的绑法也太牛掰了……"汤远怕在一尘不染的展柜上留下指纹，只是尽可能地凑在玻璃上细看。他也不是没见过这种防震丝线，博物馆中为了防止瓷器或者玉器因为地震而倾倒，导致不必要的损伤，所以在重心比较高的古董上都会固定底座或者系有防震丝线。但这样绑防震丝线如同绑犯人的方式，还真是头一次看到。汤远环顾了一下四周，吐槽道："不过这展厅摆得有意思，展览品都按照后天八卦图摆，阳升阴降，实为压制这尊影青俑……可是，还是看起来很奇怪，这种束缚的方式……我的小祖宗，这尊影青俑就算你不说，我也觉得有邪气冲天。但这样，你怎么吸它的灵气啊？"

小白蛇不屑地探出了头，可是吐出的鲜红的蛇信子还未碰到展柜的玻璃罩，就被汤远拽了回来。

"嗷！别咬，有人来了。"汤远把气急败坏的小白蛇塞回怀里，表面上不慌不忙地退了几步，看着冲进展厅的几个人。

很快，几扇白色的屏风便在这个展柜的四周竖了起来，几个保安站在了屏风外面，严禁外人靠近。事实上，整个展厅之内的参观人员，满打满算也就汤远一个。而且从屏风的缝隙间瞄去，汤远也能看得到工作人员正在打开展柜。记得冲进来的几个人之中有人拿着一个锦盒，看情况应该是打算把这尊影青俑从展柜之中回收不再展览的架势。

看这严阵以待的情况，汤远无奈地耸耸肩，低声和脖子上的小祖宗商量："小露露，应该是不会有机会了，我们还是换个古董吧？乖……你看那边有个元青花的罐子好像不错……唔……好好，我们再看会儿。"

再次屈服于小白蛇的欺压下，汤远做出一副好奇宝宝的样子，在安全距离外踮脚张望。反正他是孩子，孩子好奇也是被允许的，倒真是没有人过来让他走开。

陆

馆长也没注意到在几步外还有一人一蛇对这尊影青俑虎视眈眈，他想的是万一这尊影青俑被媒体知道是用人的骨灰制成的，估计又会掀起轩然大波。实际上在他看来，用人的骨灰还是动物的骨灰制成没有任何区别。用活人殉葬的习俗，到明朝的时候还存在呢，相比之下骨质瓷还能含蓄一些。况且，证明了这尊影青俑是骨质瓷，研究价值就更大了，也有可能真是那个古墓的殉葬品，暂停展览去继续鉴定比较好。

不过，馆长还是稍微犹豫了一下。因为他在办这个展览之前，由于不知道影青俑哪里不对劲，特意按照老板曾经说过的风水卦象摆放了展柜，而且那两条缠住影青俑的防震丝线也不是一般的丝线，而是经过符箓缠绕过的特殊丝线，是很久之前从老板那里索要来的。老板曾经也说过，一旦用上这种符箓丝线，不要擅动，最好等他亲自来取下丝线。

可现在已经知道了缘由，就没必要这样如临大敌了吧？而且老板现在也行踪不明，想让他来解除丝线也找不到人吧？虽然馆长宁可信其有不可信其无，但多半还是觉得自己有点小题大做。此时见玻璃柜已经打开，便挽起袖子戴好手套，亲自解开了丝线，打算回收这尊影青俑。

当绷紧的丝线瘫软下来的那一刻，馆长眼睁睁地看着那两条丝线微弱地闪了一下光后，便如同冰雪融化般，消融在空气中。还未等他反应过来，就发觉面前视线一花，等再回过神时，就发现自己站在一片虚空之中，而在他的对面，那尊影青俑不断地变大，一直增长到与正常人比例差不多才停止下来。

馆长正目瞪口呆，还想细看的时候，就见这具影青俑倏然间白光大作，消失在他面前。

眼前一花，馆长发现还是站在博物馆中，身边的助手小心翼翼地唤着"馆长"，而他手中正拿着那尊影青俑，好像是维持这个姿势有很长时间了。

怔神了片刻，馆长把影青俑放进了锦盒内，也不知道是不是心理作用，馆长总觉得这影青俑上的釉色黯淡了许多，就像是忽然失去了某种灵气。

馆长轻轻地叹了口气，也许，刚刚的那一刻，消散的是高泰祥的怨念。

不过也好，一切烟消云散。

在不远处，一个小男孩炸毛地低声问着脖颈上的小白蛇："小露露，你刚刚是不是做什么了？是不是已经把那尊影青俑的灵气给吃了？隔这么远也可以吗？随便吃不会消化不良吗？"

白蛇吐了吐鲜红的蛇信子，不屑地咝咝了两声。

她没有吃这股灵气，因为她知道，这股怨念，定是去找应该承受的人了……

柒

老板低头看着手中的涅罗盘，罗盘上的指针正在不安地晃动着，老板脸上的神情也在摇曳的烛火中阴晴不定。

"怎么了？出什么事了？"扶苏端着刚刚泡好的茶走了过来，关心地问道。他穿着一身素白汉服长袍，更显得他身姿挺拔宛如修竹，过长的刘海遮住了他半边脸的伤痕，露在外面的脸容看上去倒是英俊无匹。他特意用左手放下茶壶，把右手深深地藏在袖筒中。

老板并没有注意到扶苏的异状，他垂下眼帘，用手拨动了一下涅罗盘之上的指针，看着指针滴溜溜地转了几圈，最后安静地停留在了其中一个卦象上。

"好像……有什么东西醒了……"老板微微地叹了口气，伸手拿起一杯倒好的热茶，"公子可知俑否？"

"仲尼曰：'始作俑者，其无后乎。'为其像人而用之也。孔子谓为刍灵者善，谓为

俑者不仁，殆于用人乎哉。"扶苏倒是非常怀念这种与老板讨论的氛围，坐下来后双手交握抱胸拢起袖筒，笑着道，"俑其实就是刍灵，代替活人殉葬用的陪葬品。怎么忽然提起这个？"

"想起来以前遇到的一件事。"老板抿了口茶，便把茶杯握在手中摩挲。他们身在一处寂静的山庄，周围山峦连绵，他的眼神投往窗外苍翠的森林，像是回到了几百年前。"有一个傀儡一般的皇帝和一个权倾朝野的相国，在皇城被异族攻破的时候，分别率兵突围逃了。"

"哦？还有此事？"扶苏一睡两千余年，虽然醒来之后恶补了历史，但也不可能所有史实都巨细无遗地知道，闻言便极有兴趣地思索起来，"他们分兵而逃，定是想要分散异族追兵，但若是被敌方逼迫到皇城都被破了的地步，他们也跑不远的。"

"没错，他们不能同时被俘，所以是分开逃走的。"

"哦？不能同时被俘……这其中的含义，估计是异族其实是需要一个代理人来管理这个国家吧？所以……"

"是的，所以皇帝和相国，最后只能活一个。"

"那后来呢？到底谁活下来了？喏，这样说的话，先被俘的人，反而有最大的生还机会，因为他可以先投降。"

"那皇帝在登基之前，曾经和辅佐他的相国做了一个约定，承诺自己会死在对方前面。"

"居然还有这么窝囊的皇帝？好吧，最后死的肯定是那个皇帝了。"

"相国先被捕了，但他拒不投降，异族只好当着他的臣民，把他斩于众人面前。"

"……他，这是为了皇帝能活下来，所以才不给自己留后路吗……"扶苏闻言心绪极为复杂，在他看来一个权倾朝野的相国，居然能为一个傀儡皇帝牺牲至此，这根本是不可能发生的事情。不过他略一想，也能理解那相国的用心。权倾朝野的相国，肯定是宁折不弯，绝对无法忍受臣服于异族。所以他宁肯死，也要把机会留给皇帝，希望对方能带领着族人把他们的国家延续下去，哪怕只有一线生机。

"是的。"老板惆怅地叹了口气，"只是那皇帝最后也没活过几年，因为异族最终嫌他太过强硬，不好控制，便暗杀了他，扶植了他弟弟当代理总管……"

这下扶苏也不知道该说什么好，双目盯着已经微凉的茶，陷入了沉默。

老板想起了很久以前，那个苦苦哀求、想要赎罪的青年。

他把自己的骨灰炼成影青俑，永远跪在黑暗中，为挚友守墓。

那股怨念，恐怕是盗墓人无法承受得了的吧……

第三章 天光墟

如果你在天亮之前拿不回你的信物，
那么你就要永远留在这里了。

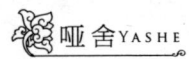

壹

"哎哟我的小祖宗,这么晚你要做啥子哟!"汤远半夜被小白蛇折腾醒。

他不敢不醒,小白蛇冰凉的身体使劲缠在他的脖子上,用一种无比简单粗暴的手段叫他起床。

汤远哑巴着嘴,回味着梦里刚吃了一口的炸鸡腿,摸了摸空空的肚子,觉得非常饿,饿得他都能吞下一只炸鸡了!他爬到床边撩起了窗帘,扫了眼天象,便低声嘟囔道:"这才是丑时三刻,还没到2点呢!叫我起来干吗啦!"

他回头去找小白蛇,却发现后者已经爬出了卧室,只好压下满腹牢骚,一边打着哈欠一边跟着它走出卧室,却赫然发现它停在了大门口,挺直了上半身,极有姿态地瞥了他一眼,俨然一副"本宫要出去,快给本宫开门"的霸气架势。

汤远知道小白蛇不会无缘无故地大半夜发神经,只好认命地找了件外套,拿了鞋柜上的钥匙和小钱包,还不忘给医生留个便签条。写的借口是他半夜醒来饿了,出去买个夜宵。

当然,他也不介意把这个借口变成真的。

汤远捏了捏兜里的小钱包,想着这大半夜的,街角有家24小时营业的肯德基,正好去买个炸鸡什么的……想想还有点小激动啊!

正在纠结是买奥尔良烤翅还是吮指鸡块的时候,汤远就发现小白蛇已经一溜烟地蹿

第三章 天光墟

了出去，吓得他赶紧轻手轻脚地穿上鞋关好门跟了上去。结果出了楼栋，小白蛇走的根本不是去肯德基的那条路，汤远懊恼地一跺脚，毫无选择地追了过去。罢了罢了，就等回来的时候再买吧。

凌晨两点钟，正是一天当中最寂静的时候，汤远以前是走惯山路的，倒也不怕走夜路。而且在他看来，这里的路灯都亮着，照得一清二楚，比起黑乎乎的山林来，简直就跟白天没啥两样，有什么好怕的？

只是他这样想，不代表别人这样想。

大半夜的，一个半大的孩子穿着白色的衣服在街上小跑而过，瞥到他身影的人，都出了一身冷汗，以为自己看到了什么不干净的东西，连忙转过头加快脚步而过。

汤远也没察觉到异样，半夜行人脚步匆匆也是很正常的，谁不想早点回家啊？汤远跑得一身汗，他体力很好，能让他都跑出汗，那至少也要大半个小时了。他哀怨地看了眼还在前面不知疲倦地游走的小白蛇，终于忍不住发牢骚道："我的小祖宗哟，你这是要去哪儿啊？如果太远的话早说啊，我们打车走岂不是更快一点？"

结果他话音刚落，小白蛇就反向蹿了回来，一头扎进了他的怀里，牢牢地缠住汤远的手腕。

汤远还来不及问它出了什么事，就听到后面有人出声拦住了他。

"这孩子，怎么大半夜的不睡觉在街上乱逛？你家大人呢？"

汤远转回头，就看到一个颇为眼熟的年轻男子正皱着眉看着他，一脸的不赞同。在他旁边还有个拄着拐杖的大叔，也很眼熟。这不是哑舍现在的店主和博物馆的那个馆长吗？

怎么这么巧就和这两人碰上了？汤远忍不住伸手到袖筒里，掐了掐小白蛇的七寸，这小祖宗真能给他找事，现在让他怎么回答？说他半夜睡不着出来跑圈？鬼都不会信好么！

"喏，这娃子，你家离这里多远？"馆长大叔敲了敲拐杖，努力装出和蔼的表情，不过在夜晚的路灯映照下，他的五官阴暗，显得更为吓人了。

汤远打了个冷战，不想说谎，低头嗫嚅道："我出来已经大半个小时了。"

"看样子是迷路了，我们先把他送到附近的警察局吧。"

年轻男子摸了摸汤远的头，牵起他的手，才发觉他的手冰凉，不由得放进自己的手掌里焐着。

汤远则因为他的这个动作吓了一大跳，因为这人差一点就摸到了小白蛇，幸亏只是差一点……这人好像叫陆子冈来着，和那个明代的琢玉圣手同名。

"时间来不及了啊，要不就先把这孩子带在身边，等逛完再送他回去。哼！这年头粗心的家长，也活该让他们着急着急。"馆长拄着拐杖霸气十足地说道。

陆子冈犹豫了片刻，也知道时间紧急，便蹲下身，笑着对汤远问道："小弟弟，你叫什么名字？"

"大叔，我叫汤远。"汤远坚决地纠正了他的称呼。

陆子冈的笑容僵了僵，轻咳一声掩饰了尴尬，才说道："汤远小朋友，你这样一个人在街上走太危险了，先和我们去个集市逛逛，然后我再送你回家好不好？"

汤远感到手腕上的小白蛇用尾巴扫了他两下，直觉小白蛇要去的地方应该和这两个人是同一个目的地。汤远转了转眼睛，勉为其难地点了点头，还不忘加了个条件道："我想吃炸鸡块。"

"这熊孩子，不会是想吃炸鸡块才跑出来的吧？"馆长一听就忍不住吹胡子瞪眼，毫不客气地就用拐杖打了一下汤远的腿，"行了臭小子，这大郊外的没肯德基那么高级的店，先陪老头子逛下集市，回头再给你买。吃吃吃！就知道吃吃吃！"

汤远摸了摸腿上被打的地方，馆长没用力，倒是不疼，不过汤远觉得他绝对是迁怒了，看来馆长家里也有个不听话的熊孩子。见陆子冈牵着他往前走，汤远便装乖地仰起头，好奇地问道："大叔，我们这是去哪儿啊？哪里有集市啊？这还没天亮呢！"

"你可以叫我陆叔。"被大叔的称呼叫得很心塞，忽然觉得自己又老了好几岁，陆子冈按了按额角，一边走一边耐心地解释道，"我们要去的是一个卖古董的集市。"

"骗人！卖古董怎么可能是大半夜的来卖？不是说好了灯下不观色的吗？"汤远立刻忍不住反驳道，要不是他确定这两人的身份，这时候他就该怀疑他们是拐卖小孩儿的人贩子了。

"哟呵！你这娃子居然还知道什么叫灯下不观色？"馆长一听就来了劲，放缓了脚步走到汤远的另一边，低头感兴趣地问道，"这句话是谁教你的啊？"

"你们还没回答我的问题呢。"汤远才不会那么容易地被套话，瞪着一双大眼睛不允许馆长换话题。

"咳，其实说起来，这种天亮前摆摊卖古董的集市，是流传下来的一种古老集市。最开始是因为卖旧物不能见光，在白天就让人看出来有问题了啊，所以这种集市还有个别称，叫……鬼……市。"馆长故意拉长声音说得很阴森，想要吓吓汤远。

结果汤远却一脸星星眼的表情，仰着头追问道："鬼市？听起来还是挺带感的啊，不过又不是有鬼在卖东西……最开始是这样的，那么现在呢？既然都知道卖的古董有问题，为什么还天不亮就来买啊？"

"最近古董市场在拆迁，一些店铺便直接就地摆摊，又因为白天城管在，所以只能在这个时段开集市。"陆子冈解释了一下，还真是有点看不惯馆长忽悠小孩。

"切，这个原因还真是一点都不酷炫……"汤远失望地撇撇嘴。

"好吧，要酷炫一点的原因么？"馆长摸了摸胡子，嘿嘿笑道，"确实是有些见不得光的原因，这里会有些出土的冥器卖。因为没法在白天交易，在一天最黑的时候，双方一手交钱一手交货，都看不清楚对方的面孔，这样才安全。"

"真的假的？！"汤远瞪着大大的眼睛，对这个解释心里倒是信了几分。

"咳，当然忽悠人的成分更多。"陆子冈连忙解释，"大多都是骗人的，很多人在这里买到的都是赝品，只是就算被骗，还是会有很多人来淘东西，就像是即使知道彩票的中奖率很低，也会有人长年累月地买一样。"

汤远又失望地耷拉下小脑袋。

"其实这种集市还有另一个称呼哦！"馆长显然是与小孩子相处很有经验，立刻又故弄玄虚了起来。

"啊？比鬼市的这个称呼还酷炫吗？"汤远挑了挑眉，没抱太多希望。

馆长神秘地笑了笑，却停下了脚步，扶了扶鼻梁上的眼镜，直起身向前方看去。

汤远这时才发现貌似在聊天中，已经走到了目的地。

在他的面前，隐隐约约可以看得出来是一条古老的小巷。巷子两边的残垣断壁前，有着各种摊位，每个摊位旁边都点着一盏电灯或者煤油灯。点点灯火从小巷里蜿蜒而去，可以看得到稀稀落落地绵延到很远。在忽明忽暗的灯火之中，隐隐约约看得到里面熙熙攘攘，有着不少人影在晃动，一打眼看过去，就像是他们骤然间破开了时空的缝隙，进入到了另一个世界。

"这种鬼市，一般都是在废墟上出现，在天亮的时候，就会彻底消失，变为原来的废墟。所以也有个很形象的别称，就叫天光墟。"

"……果然很酷炫。"

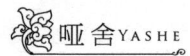

贰

这么酷炫的地方，既然来了自然要逛逛的。更何况自家小祖宗大半夜的不睡觉，把他折腾出来为的就是逛这个天光墟。汤远饶有兴趣地跟着陆子冈和馆长混进鬼市中，左顾右盼地看起来。

既然是无证摊点，所以卖什么的都有，汤远看到了许多稀奇古怪的东西，远到红山良渚玉，近到手表眼镜古董照相机，真是应有尽有，让人看得眼花缭乱。

没有人高声喧哗，都是低声交流，或者直接用手比画，整个市场上看起来人影憧憧，却诡异的安静，配合着暗黑的夜色和幽幽的灯火，让人不由得遍体生寒。

馆长却是一副如鱼得水的模样，他先是随意地低头左右扫视了一下，似乎是看不上这些地摊货，拄着拐杖慢悠悠地往前走着。

汤远注意到，馆长其实并没有在看摊位上的那些古董，而是在看那些摆摊的摊主。看来确实是经常逛鬼市的熟客，知道这些摊主哪个有真货哪个是在卖个热闹。

手腕上的小白蛇并没有任何动静，汤远也就安静地被陆子冈牵着手，跟在馆长身后慢吞吞地晃悠着。只是过了没多久，馆长的脚步一顿，望着某个方向怔神了一下，像是看到了认识的人。

陆子冈顺着他的视线看过去，却见人来人往，正分辨着哪个是馆长看到的熟人，身边的馆长就拄着拐杖健步如飞，朝那个方向追了过去。那速度快得陆子冈都没反应过来，而且他还要顾及汤远，几个晃眼就走散了。

陆子冈尝试着在人群中寻找馆长的踪影，可是努力了一会儿也就放弃了。因为大家穿得都差不多，几乎都是深色的外套，夜色之中根本分不清谁是谁。不过走散了也不怕，他们俩都有手机的，有事自然可以互相联系。倒是陆子冈生怕汤远走丢，紧紧地攥着他的小手。

汤远原本想要按照小白蛇的指示往前走，这下都没法加快速度了。没什么办法，汤远只能一步地跟着陆子冈，极有技巧地引导着对方朝小白蛇想要找的摊位走去。

陆子冈也是走走停停，对于之前在国家博物馆工作的他来说，这些摊位上的物品根本不能吸引他半分的注意力，更别说许多"古玩"在他看来都仿得有些可笑。据说是独一无二的犀角杯，在隔着不远的摊位上就有另外一只一模一样的。据说是某个老宅子传下来的珐琅梳妆盒，和淘宝某爆款很相似。还有据说是什么老坑翡翠，实际上一看就是经过化学药剂处理过的 C 货。

若不是馆长非要拽着他来，陆子冈是绝对不会牺牲睡眠时间大老远跑到这里的。也许馆长有熟悉的摊位，会有什么好东西，可惜还走散了。

正在陆子冈百无聊赖，考虑要不要打电话联系馆长的时候，他发现手里拽着的小孩子忽然停下了脚步，不管他怎么拽都不走了。

这里又没有什么吸引孩童的好玩物事或者好吃的，陆子冈没太在意地朝这个摊位扫了一眼，就赫然睁大了双目。

这个摊位看起来和其他的没有什么区别，都是零零散散放了许多物件，但陆子冈却一下子就注意到角落里放着的那些玉件。他蹲下身，在一众玉件中挑出了一块玉佩。

这块玉佩雕着互为顾盼的一龙一鼠，线条流畅，雕工古朴，看上去甚似汉八刀的雕工，可是玉质却并不是羊脂白玉，而更似春秋战国时期的玉质，还有颜色颇深的沁色。可是这种子辰佩据史料记载，应该是汉时兴起的款式。

老鼠又代表着子时，龙为辰时，这两个时辰是半夜到清晨之际，这后半夜是一天当中最黑暗而且是人类最容易死亡的时间，所以玉匠便把鼠和龙两者雕刻在一起，合称"子辰"，乃保平安之意。而到明清时代，子辰佩还有了望子成龙的说法。

不过不管这子辰佩有什么寓意，陆子冈一把这玉件拿在手里，就觉得喜欢。这里光线太暗，根本无法确定是不是真正的古物，但千金难买心头好，陆子冈便朝摊主询价，反正若是太贵他就不买。

摊主穿着一件黑色的长披风，因为夜风寒冷，便把风帽也都戴着，在幽暗的灯火下也看不到摊主的脸容。这摊主并没有说话，而是伸出右手打了个手势。陆子冈倒真觉得不贵，便决定买了。

正想掏出钱包付账，身边的那个小正太却从摊子上捡起一个脏兮兮的同心结，一脸期盼地朝他看过来。陆子冈瞅了眼那同心结，虽然编得极为细致，但上面的丝线都脏得看不出原来的颜色，最后和摊主讲了讲价，直接算作了搭头，不要钱白送。

那小正太高兴极了，还为了表示互不相欠，特意从兜里翻出来一颗水果糖递给他，算是交换。陆子冈本不想要，但觉得这孩子应该被教养得很好，已经懂得买东西需要付出代价，倒也没拒绝，随手把那颗水果糖放在了口袋里。

汤远喜滋滋地把同心结揣在了裤兜里，他还在纠结万一自家小祖宗挑了个太贵的东西买不起怎么办，结果真给他省钱啊！

小白蛇也趁着他的这个动作刺溜一下钻进兜里，迫不及待地盘住了那个同心结。汤远心满意足地站起身，琢磨着回去的路上是不是还可以顺便去买个肯德基什么的，却忽然觉得周围有点怪怪的。

虽然还是人来人往的市集，但走来走去的人怎么忽然间都变成了古装？

汤远眨巴着大眼睛，使劲揉了揉又睁开，随即整个人都不好了。不会是他没睡醒，又做梦了吧？

陆子冈也发现了周围环境骤变的情况，狠狠地皱了皱眉。经历过许多不可思议事件的他，没有简单地把眼前的情景归结为梦境或者是幻境。他在付过钱站起身的那一刹那就发现了不对劲，在第一时间就立刻低头看向买东西的那个摊位，却发现面前的人已经不是原来的那个穿着披风的摊主了，而是一个混血少年。

那少年五官深邃，鼻梁直挺，眼窝深陷，一看就是拥有外族血统。他穿着一袭黑衣劲装，头上束着发，却看起来不过十四五岁的模样，也是一脸惊讶地看着他们。

"这是什么地方？"陆子冈下意识地问道。

"天光墟。"那少年立刻回答道，随后看着一身现代装与周围格格不入的陆子冈和汤远，笑得一脸灿烂。

"这里是真正的天光墟，欢迎两位客官大驾光临。"

叁

"两位客官想必是去了鬼市，才来到这里的吧？这里才是真正的天光墟，想要买什么东西都可以买得到，应有尽有，是所有人梦寐以求的梦幻之地！"这混血少年搓着双手，一口流利的汉话，说得倒像是招揽顾客的店小二。

听着这混血少年口沫横飞的话语，陆子冈的头有点疼，不过也大概听懂了，他们应该是误入了另一个位面，而这个位面才是真正的天光墟。之前也许鬼市之中也曾经有人误入过，所以鬼市才有天光墟这个称号。

陆子冈抬起头左右顾盼，发现不光是周围的人穿着古装，连道路两旁的坊市建筑在暗夜中也能隐约看出古式建筑的轮廓，绝对不是他们之前所在的那条狭窄的小巷。而夜空也像是被层层的乌云所笼罩，别说是繁星，就连本应出现的明月也不见踪影。

"是不是疑惑你们为什么会来到这里？"那名混血少年站起身，收起笑容一脸凝

第三章 天光墟

重,"你是不是买了什么东西?"

"嗯,刚买了这块子辰佩……"陆子冈看着对方变得严肃的表情,下意识地就伸出手,松开攥着的子辰佩给对方看。陆子冈一抬眼就注意到对方的双眸中闪过一丝利芒,正暗叫不好,那混血少年却丝毫不客气地一把抢走了他手中的子辰佩,连自己的摊子都不顾了,反身便逃,几下起伏就消失在了黑暗中。

陆子冈火冒三丈,立刻就想去追,他却只是狠狠地朝空中一挥拳泄愤。这种情况下,他也只能自认倒霉,不可能把汤远一个人扔在全是陌生人的市集,更何况这里还到处透着诡异,明显不是寻常地方。

反正被抢的是没花多少钱的玉佩,又不是比较重要的手机。陆子冈想到手机,立刻就掏了出来,想要联络馆长,却发现如意料之中的,这里根本就没有信号。

看来这问题是真有些严重啊……陆子冈锁紧了眉思考着。

汤远是整个人还没反应过来,他正好奇地看着忽然变幻的四周环境,还没看出个所以然呢,陆子冈的玉佩就被人抢了。他看了看那混血少年飞一般的速度,又低头瞅了瞅自己的小短腿,便打消了帮陆子冈追贼的念头。

"哎呀呀,这回是赫连那小子捡便宜了吗?"

"又来新人了?这不是两个人吗?赫连那小子不会是抢了两个信物吧?"

"应该只来得及抢走一个,那么另一个是不是这人手里发亮的铁片?"

"看起来不像,不过我们也可以抢来试试。"

……

周围那些不怀好意的谈论隐隐约约地传到了陆子冈和汤远的耳中,令两人霍然变色。这天光墟究竟是什么鬼地方?怎么这么不友好?

不过这些人也不过是嘴上说说,脸上讪笑着,却还真没有一个人敢上来对他们做什么,都保持着五步以外的安全距离,围着他们窃窃私语。

"好了好了,别围着了,别吓到人家。该干什么就干什么去!"一名手上拿着折扇的面容俊秀的少年排众而出,围观的众人一阵呼喝,也都看在他的面子上渐渐散了,自顾自地去继续逛集市了。

这名俊秀少年转过身,陆子冈才发现他不过是十八九岁的年纪,面如冠玉,一双凤目微微上挑,头顶的发髻只是用一根树枝随意固定住,这本是乡土村民的做派,但观他周身气度却是有一股说不出来的潇洒隐士之风。

"这位兄台,来天光墟,千万不要随意拿出你的信物。"俊秀少年勾唇笑了笑,立刻让人感到如沐春风,"天光墟奉行等价交换的原则,虽然墟主颁布了法则,不许在天光墟有任何明抢暗偷,但还是不断有人忍不住触犯。"

"信物?墟主?"陆子冈敏感地抓住了其中两个关键词。

"看来二位是误入此地。"俊秀少年语带同情,"天光墟乃是一个市集,是超脱时空之所,只有凭信物才能从鬼市出入,而且是从历史中的任何一处鬼市都有可能。"

"什么?"陆子冈震惊地低呼道。历史中的任何一处?也就是这天光墟实际上是存在于四维空间?不受时间的约束?

他早就注意到了,周围的那些路人的服饰来自不一样的朝代,有人穿着先秦时期的深衣,还有人头戴长冠身穿袍服一身汉时服饰,也有人穿着魏晋南北朝那样长袖翩翩的峨冠博带;有头裹幞头身穿圆领袍衫的唐朝官吏,还有头系方巾身穿白布襕衫的宋朝学子;有戴四方平定巾身穿大襟袍的明朝男子,更有顶着半秃头顶脑后梳着大辫子穿着马褂的清朝人。甚至仔细看,还有穿中山装的老学究……

这也太乱套了……陆子冈一时觉得有些伤眼,这种画面就算是在电视剧里也看不到好么!

"放心,虽然大家都来自于不同的朝代,但在天光墟禁谈国事,一切有可能影响历史进程的话都没办法说出口。"俊秀少年应是惯于接待像陆子冈一样的新客人,所以说得极为娴熟。

陆子冈迷惑于眼前服饰混乱时代错乱的市集,但很快就收回了视线,问着自己更在乎的事情。"那什么是信物?是可以出入天光墟的东西?我们进来是靠了信物,那么我的玉佩丢了,是不是就出不去了?"陆子冈不是傻的,那个混血少年上来就抢了他手中的子辰佩,就足以说明其重要性。

还未等俊秀少年回答,远处便响起了一阵喧哗和惨呼声,正是刚刚那名混血少年跑走的方向。不一会儿,一名身穿铠甲腰间佩刀的年轻军士便拖着那名被打得鼻青脸肿的混血少年走了过来。

"岳甫,那玉佩有没有拿回来?"俊秀少年见状,立刻扬声问道。

不知道是不是自己的错觉,陆子冈觉得这大半市集上的窃窃私语声,在俊秀少年问出话之后,立刻就戛然而止。市集上大半的人都在等那名军士的回话。

"已经被同伙拿走了。"那年轻军士话语中还带着愤恨。

市集上又恢复了叽叽喳喳的说话声，随着那军士走近，陆子冈也看到了那人大概二十出头的年纪，身材魁梧，浓眉大眼，五官端正，穿着一袭黑衣劲装，浑身上下都是骇人的煞气。

"如果我拿不回那枚玉佩，那会有什么后果？"陆子冈觉得他应该问清楚才好。

"天光墟天光墟，天光一亮就消失变成原来的废墟。"俊秀少年一脸同情地看着他，"如果你在天亮之前拿不回你的信物，那么你就要永远留在这里了。"

肆

"当然，岳甫肯定会帮你把那块玉佩找回来的。"那俊秀少年仿佛像是没说过方才那句危言耸听的话，立刻又善解人意地安慰道。

被称为岳甫的戎装军士也没反驳，而是看着混血少年把他自己的摊子都收拾成一个包袱，拽着他朝前面走去。俊秀少年示意陆子冈也跟上。

陆子冈别无选择，只能拉着汤远跟在他们后面，据说这叫岳甫的戎装军士是负责维护天光墟治安的，抓到触犯法则的人就丢到街角的监牢里去关禁闭。当然像混血少年这样的，还要到执法处逼问他同伙的下落。陆子冈抱着车到山前必有路的心态，拉着汤远顺便逛了下人来人往的市集。

脚下的道路是踩得反光锃亮的青砖，街两边是盏盏亮起的风灯，那些摊位所卖的东西乍看上去，和之前鬼市上没什么区别，都是各种各样稀奇古怪的物件，但大家都不是用货币银两来购买，而是以物易物。除了这些路边的摊位，街道两边居然还有一家家店铺，看起来也是类似的古玩铺子，不断有人进进出出，还有的铺子没有开门，大门紧闭。

陆子冈看着看着，就不禁神色一怔。

他刚才没看错吧？刚路过的那家店，怎么挂着的匾额上写着的是"哑舍"两个字？虽然看起来像是没开门，但那牌匾和外观装饰，和他接手的哑舍一模一样！

陆子冈还想走过去仔细看两眼，但俊秀少年和戎装军士两人已经越走越远，他只能咬了咬牙，把疑问抛在脑后，拉着汤远追了上去。

汤远当然也看到了那家"哑舍"的铺子，也没怎么太惊讶。如果他家师父没忽悠他，那么他二师兄应该也是个活了许多年的妖孽。若说他二师兄没来过这个天光墟，他倒觉得奇怪了。不过看着这里的哑舍也没开店，汤远也有点失望。若是他二师兄在这里，倒

是有个靠山什么的……

陆子冈也已经体会到这一点了，连忙追上那俊秀少年道："在下陆子冈，敢问兄台如何称呼？"一路上，因为自己和汤远的奇装异服，陆子冈已经收获了很多视线的瞩目，而且大部分是不怀好意的。相比之下，这俊秀少年还真是可结交之辈。

"在下郭嘉，字奉孝。"俊秀少年回过头把手中的折扇一收，拱手一笑，一派儒雅风流。

陆子冈和汤远两人脸上的表情同时僵住了，都怀疑自己的耳朵出了问题。

郭奉孝是谁啊！人称"鬼才"！三国时期最牛叉的谋士啊！可以说曹操曹孟德最开始的基业，都是靠着郭嘉郭奉孝的计谋一点点积累起来的！而他的英年早逝，也直接导致了曹氏集团走下坡路。

若是郭奉孝还一直活着，那三国谁笑到最后简直都不用想了。而陆子冈也不觉得会遇到有人与这鬼才同名同姓甚至同字的，这天光墟本就是不寻常的地方，遇到不寻常的人也就不是什么意外了。

经过了一年的各种穿越历史，好歹也见过皇帝遇过将军，陆子冈的心脏也很强大，他甚至开始在脑海中搜索"岳甫"这个名字，很快就有了答案。"这位岳兄弟的名讳，可是'东有甫草，驾言行狩'的'甫'字？"

"正是。"岳甫言简意赅地吐出两个字，随意地看了他一眼就收回了目光。

陆子冈肃然起敬。

岳甫这个人在历史上确实没有郭嘉有名，但是他的祖父和父亲，却是人尽皆知。岳甫是岳云的长子，岳飞的嫡长孙。岳飞父子含冤被害时，岳甫仅仅四岁，便随着叔叔、祖母和母亲流放岭南。而后却在岳飞莫须有的罪名被平反后，袭神武后军统制，之后官拜吏部尚书，是岳家后人中最牛叉的一个。虽然其中也有蒙祖荫的缘由，但所谓烂泥扶不上墙，岳甫本人也是将门虎子、可造之材。

陆子冈算了算，岳飞沉冤昭雪的时候，岳甫应该至少有二十五六，那么看他现在的年纪和他面上坚毅阴郁的表情，就知道这时他应该还在岭南待着。而再看向他身边的郭嘉郭奉孝，历史上郭嘉二十多岁还在当隐士，这时候肯定还没遇到曹孟德……这种时空错乱感简直要把人逼疯啊！

也不知道旁边那个被抓住狠打了一顿的混血少年全名叫赫连什么……还真不敢问……

第三章 天光墟

"两位在这天光墟待了多久？"陆子冈按下心中的诡异，正色道。

"天光墟之内无岁月。"郭奉孝笑了笑，"此处应是处于时空缝隙，只有身怀信物之人才能看到天亮的光线，没有信物之人，就只能身处这漫漫长夜，永无天亮之时。"

"那之前说的天亮这里就变成废墟，实际上是对身怀信物、可以自由出入的人说的？"陆子冈很快就反应了过来。

"没错，天光墟感受不到时光的流逝，所以也就不会有饥渴疲惫的感觉。"郭奉孝刷的一声张开手中的折扇，无奈地浅笑道，"所以也就没法判断在天光墟内的时间，不过，岳甫来得比我早。"

对于郭奉孝的说辞，岳甫并没有任何补充，显然他所知道的也并不多。

"那你们就没想过要离开？"陆子冈扫了眼表面上唯唯诺诺，却一直贼眉鼠眼四处张望的混血少年。天光墟内一直都是黑夜的情景，这样压抑的环境，再结合方才周围路人看他和汤远的目光，陆子冈也能猜得出来那所谓的信物有多抢手。

这也不能怪他对郭岳两人不信任。

汤远身上还有一个同心结呢！陆子冈自己的信物被人抢走，却也知道活该自己随便轻信他人，但汤远多无辜啊！本来就不该来这里的，他必须保证把他完完整整地送回去。

陆子冈的质疑清清楚楚地摆在脸上，郭奉孝却丝毫不在意地扑哧一笑，摇头叹道："看兄台之前听闻我二人姓名的反应，可是曾听说过我们？"

"这……"陆子冈刚想说郭奉孝谁人不知？却发现自己根本发不出声音，竟连做口形示意都不可以。

原来这就是法则的力量，只要在天光墟，就不能说出扰乱历史的话语，竟是真的。

郭奉孝不急不慢地摇着折扇，轻笑道："虽然不可说，但你们的表情已经告诉了我们，我们以后会很有名。出名到很多人都认识我们。

"既然历史注定我们会出现，那么就是说我们迟早会走出这天光墟的，那还急什么？而且无论我们在天光墟里待多久，出去的时候还是当时我们进来的那个清晨。

"这里虽然压抑枯燥，却是天道所无法管辖的地带。在这里就等同于长生不老，什么时候厌烦什么时候再出去呗。

"所以别看这里这么多人对信物有兴趣，跃跃欲试，想要离开，实际上外面还是有很多人费尽心思想要进来呢！"

郭奉孝这一番话，倒是把陆子冈的戒心打消了大半，而且把他的好奇心也挑了起来。

他们边走边聊，陆子冈无奈地吐槽了一下他和汤远其实原来根本不认识，只是恰好捡到了他而已，倒是害得这孩子也跟着他一起进天光墟了。

郭奉孝倒是觉得一切皆有缘法，倒并不是谁拖累谁。

"天光墟里奉行等价交换原则，也就是以物易物或者是双方用约定好的方式交易，如果违背，就会受到法则的惩罚和执法队的抓捕。赫连这样的明显就是太得意忘形了，生怕你们会被别人提醒。若是换了我，肯定趁你们不明真相，随意用摊子上的东西跟你们换了。"郭奉孝摇着折扇，笑眯眯地说着。

只是这种话，陆子冈听起来也完全不觉得安慰，只能无奈地笑笑。

而汤远却从郭奉孝的只言片语中，听出来其中蕴含的提点。这里奉行等价交换的原则，也就是他们也可以从天光墟中交换一些东西拿出去。要知道外面鬼市可是赝品遍地，但这里却都是真正的古董！也怪不得有些人会抢破头地想要进来。

边聊边走，几人很快就走到执法处。陆子冈因为还要跟进他那块玉佩的下落，所以便跟着岳甫拽着混血少年走了进去。鉴于执法处里面的场面会太血腥少儿不宜，陆子冈便托郭奉孝在外面看着汤远。

汤远一路上都没怎么说话，越来越觉得自家小祖宗这次玩大发了。而且说来也怪，到了天光墟之后，小白蛇钻进他的兜里就安分了不少，都没怎么扭动过。他正犹豫着是不是把手伸进兜里看看小白蛇的情况，就发现郭奉孝弯下腰，摸着他的头顶笑得温文尔雅。

伍

明明是再和煦不过的笑容，可是汤远却在对方的笑容中感觉背后直冒寒气，下意识地就想尖叫想要挣扎跑开。

"嘘……不要怕。"郭奉孝把合上的折扇竖在唇边，声音低沉优雅，"我不是要抢你的信物。

"也别告诉我你的信物是什么哦，小弟弟。不是我想要，而是这话一出口，就不能保证有没有第三个人知道了。"

"只有没说出口的秘密，才是秘密。"

"其实，你也要防着点同行的那个人，毕竟只有他才知道，你身上究竟什么才是真正的信物。"

"他要是抢走你手里的信物,你就要永远留在这里了……"

汤远一边听,一边心底发寒。

再简单不过的几句话而已,虽然听起来是为了他着想,但细思恐极。

这个人,简直就是玩弄人心的魔鬼。

若是换了个人,汤远也许都不会这样去想。

但郭奉孝是谁啊!那可是操控东汉末年局势的幕后黑手!虽然现在看起来年纪还轻,但单单这几句话,就足以看出他的谋略已经初步成型。

谋士什么的,都是心很脏的。才套出话来知道他和陆子冈是素不相识,便开始挑拨离间。

汤远仰起头,做出一副天真无辜的模样,瓮声瓮气地说道:"陆叔不会抢我的东西的,他难道不怕被刚刚的大哥哥抓起来?"

郭奉孝挑了挑眉,这孩子是真听不懂,还是假听不懂啊?他说得难道还是太隐晦了?

这孩子也有十岁了吧?怎么还这么傻啊?看这白嫩嫩胖嘟嘟的脸蛋,一看就是养尊处优,刚刚那个年轻男子也是,手上只有个别指节有茧子,别说武器,估计就连重物都没拿过。

和平年代的孩童,就是傻白甜啊。

跟这样的孩子说话,简直是对牛弹琴!

看着汤远纯真的眼神,郭奉孝一时也有些气闷。在他那个饿殍遍野礼教崩坏的年代,这孩子若是走在路上没有旁人保护,恐怕都会被那些饥民当成两脚羊煮了吃了。所以在东汉末年,就算是五六岁的孩童,都被现实磨得古灵精怪。

这破孩子一副毫无危机感的模样,实在是让人不爽极了。

郭奉孝觉得牙根都有些痒痒的,但在对方清澈的目光中,奇迹般地收起了心底的那些算计和图谋,伸手揉了揉汤远柔软的发顶,叹气道:"傻小子。"

傻小子你妹啊!

汤远低着头在心里吐槽,这郭奉孝的目的,看起来倒真不像是要从他这里夺走信物,可是又不能确定。就像是猜拳的时候,对方说会出布,结果相信对方的话,万一对方说

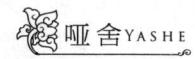

的是假话出了石头，出了剪子岂不是输定了？可是若是不相信对方的话，就只剩下了两种选择，比起正常情况下的三种选择，输的概率又增加了17%。所以说……和玩心眼的人交流真的是太累了！

尽管心里在呐喊着，汤远也克制着自己想要掏兜查看小白蛇情况的念头，继续一副天然呆的模样发问道："天光墟是什么都有卖的吗？有烤鸡腿吗？"

郭奉孝尽量让自己的声音不那么别扭地回答道："这里没有时间流速，在这里的人也不会感到渴或者饿，所以没有卖吃喝的地方。"

"你们真可怜。"这回换汤远用同情的目光看着郭奉孝了，虽然不渴不饿，但肯定会馋吧。

郭奉孝的嘴角抽了抽，刚想说几句挤兑这熊孩子的话，就看到汤远低头在裤兜里翻找着什么。郭奉孝早就觉得如果这孩子身上有信物的话，肯定就是揣在兜里的，见他掏兜，便眯了眯双目，扫视了一下左右窥探的那些路人们。看到接触到他冰冷目光的路人们都怯懦地别开了脸，郭奉孝满意地重新收回视线。

只见面前的男孩儿从裤兜里掏出一小块物事，剥掉了上面亮晶晶的薄纸，露出里面指甲大小的一个黝黑的丸子。

这是中药丸子？这孩子还生着病呢？怎么看也不像啊！郭奉孝正疑惑着，就看着这熊孩子把那药丸举到他的嘴边，笑嘻嘻地说道："喏，这个给你，交换什么东西你随意给，我都没意见的。"

不要吃陌生人给的东西。这句话郭奉孝小时候就被教导过，但看着这孩童笑得可爱的脸庞，还有唇边疑似香甜的味道，郭奉孝不由自主地就张开了嘴。

入口即化，一股醇厚柔滑到无法形容的感觉在唇舌之间弥散，郭奉孝立刻就愣住了。

汤远笑弯了眼睛，对于古人来说，巧克力豆的杀伤力一定很强悍，更别说这家伙在天光墟不知道有多久都没吃过东西了。还好他口袋里还有糖！医生那家伙特别爱吃甜食，弄得他也习惯了在衣兜里塞各种各样的糖块。

不是说等价交换嘛！一颗巧克力豆而已，就买通了一个天下闻名的鬼才谋士欠了他一个人情，汤远觉得他这笔生意做得简直是太赚了。

天光墟什么的，果然是什么都可以买卖，看来他也有做生意的天赋嘛！

汤远志得意满地扬着小下巴，双手习惯性地插进了裤兜，结果笑容立刻就僵住了。

郭奉孝还没从"牛奶香浓，丝般感受"中回过神，却也敏感地注意到了汤远骤变的脸色，低头看着他从裤兜里掏出来……一条手指粗细的小白蛇和一团乱糟糟的绳子！

怎么还能带活物进天光墟？郭奉孝想要开口问，却又舍不得张嘴。他都有多久没有吃过东西了？他实在是不记得了。

汤远垮着小脸，期期艾艾地眨巴着眼睛问道："这个……信物要是改变了形态……还能发挥作用吗？"

郭奉孝的脸黑了一半，指着还在和一团脏污的绳子纠缠的小白蛇道："你别告诉我，说信物化形了。"

看着那快把自己身体打成死结的小白蛇，汤远无奈地伸手，把它从绳子中解救出来。他早就该知道，自家小祖宗看中的东西，能留下才怪呢！叹了口气，汤远把那团绳子在郭奉孝面前晃了晃："这原来应该是个同心结。"

郭奉孝唇齿间还留着那股香甜的味道，正所谓吃人嘴短，而且以物易物的等价交换是天光墟的惯例法则，郭奉孝就算是不想蹚这浑水，也必须要走一遭。谁让他嘴馋吃了人家的糖呢！

他用折扇敲了一会儿脑门，才艰难地建议道："我带你去找个人，看看能不能把这同心结重新系起来。也许还能用。"

汤远双目一亮，偷偷比画了一个"V"形手势。

真是没白投资啊！

陆

因为时间紧迫，郭奉孝便找了认识的人进执法处去给岳甫和陆子冈带话，就带着汤远去西边的那个红墙宅子了。两人的信物都出了问题，自然是要分开行动比较好。

谁知道天亮是什么时候，万一陆子冈的玉佩被人率先用了，或者是汤远的同心结因为被拆开了，原来的效用消失了。

汤远倒是不怎么担心，他到底是小孩子心性，想得没那么多，跟着郭奉孝在天光墟的街市往回走，一路上左顾右盼倒是恨不得自己多长两双眼睛。

郭奉孝瞥见他没心没肺的样子，心中嗤笑。这破孩子真是心大，估计若是真出不去了，恐怕就要哭爹喊娘了。

"咦？"就在郭奉孝摇着折扇各种腹诽的时候，他身后的男孩儿竟轻咦了一声，站

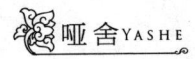

住了脚步。

"看什么呢？还不快走？"郭奉孝有点不耐烦地催促道，"想要看什么一会儿回来再看，说不定以后会让你看到吐也不想再看。"

汤远没在意郭奉孝的毒舌，而是盯着一处店铺的门扉发着呆。

他双眼视力都是1.5，确信自己绝对没有看错。

刚刚走进去的两个人中，有一个人身上的风衣随着他的动作翻开了少许，露出了底下那件极其眼熟的黑色改良衬衫，看得出那上面栩栩如生的赤龙一爪！

不会吧？他那个二师兄也在天光墟？

第四章 子辰佩

我不想望子成龙,只想自己的儿子按照自己的意愿而活。

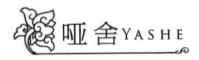

壹

扶苏觉得这一晚过得很奇妙。

先是和老板跟着洛书九星罗盘的指示,来到了一处黑暗中的鬼市,又被塞了一枚长满铜绿的秦半两,瞬间就来到了另一个世界。

纵使早就被老板告知了天光墟的异常情况,心里也多少有了准备,可是当他亲眼看到这光怪陆离的景象时,还是免不了吃了一惊。

各个朝代的人穿着各式各样的服饰穿梭游逛在一个集市上,简直……不能更伤眼!

扶苏终归是见过大场面的秦朝大公子,只是揉了揉太阳穴就恢复了一脸平静。其实看久了也还好,不过还是大秦帝国的深衣好看,例如刚刚走过去的那个人……咦?这不是……

刚想追过去的扶苏被一把拽住了手臂,随即听见老板低声耳语道:"不要去,他现在认不出你。"

扶苏一怔,摸了摸被过长的刘海遮住的半边脸颊。指尖凹凸不平的触感,令他立刻就清醒了过来。扶苏小心翼翼地把手收了回来,拢在宽大的衣袖之中,自嘲地勾唇一笑。没错,他已经换了一个躯体了,对方又怎么可能认得出来。只是,看到藏在房檐阴影之下的老板,扶苏纳闷地问道:"怎么?你躲什么?你不是在天光墟里还开过一间哑舍吗?他没在这里见过你吗?以前也没见过你们不合啊?"

老板的神情难得地犹豫了一下，见扶苏一副不得到答案不罢休的架势，只好叹了口气道："他的信物被我换走了，所以才会一直困在这里出不去。我又不能跟他说明原因，他要是看到我……"剩下的话老板没说，反正肯定不是什么见面欢。

他们两人谈论的主人公名叫婴，是秦始皇的侄子，扶苏的堂弟。因为极少有史料记载他的身世，所以有学者猜他是胡亥的兄长，更有人推测他是扶苏的儿子。可是以婴的年纪，扶苏又怎么可能有那么大的儿子？说他是胡亥的兄长就更不对了，为了让自己顺利登基，胡亥将包括扶苏在内的十七个兄长都杀了，又怎么可能留条漏网之鱼？又怎么可能放任婴留在咸阳？还能让后者有机会进谏？

《李斯列传》集解引徐广说中提到，"一本曰'召始皇弟子婴，授之玺'"中的"弟子婴"是指"秦始皇弟弟的儿子婴"。秦始皇的兄弟只有成蟜和母赵姬与嫪毐所生二子，后两者被秦始皇亲手摔死。而婴正是成蟜的儿子，成蟜叛秦降赵的时候，并没有带走他，那时他还在襁褓之中，甚至连个正经的名字都没有。根据《释名·释长幼》中所说："人始生曰婴。"随侍的人随意地给他用"婴"命名，所以他的名字并不是后世一直认为的"子婴"。

这么轻贱的名字，也隐喻了婴在秦国的身份尴尬，虽然拥有高贵的血统，但却宛如隐形人一般存在。所以正史中除了有最后他对刘邦投降献玉玺和兵符的描写外，别无他语。

扶苏读过史书，自然知道婴是接替了胡亥的位置，在皇帝的位置上只待了四十六天的人，也知道婴在这之后，就被项羽杀害。老板不给婴出天光墟的信物，自然是不舍得他出去面对那样残酷的事实。

"虽然不能见面也不能解释，但至少他现在……还算活着……"老板的表情藏在黑暗中让人无法看清，但说出的话语却有些惆怅。

扶苏摸了摸自己藏在衣袖里的手，低头沉默了半晌，便重新抬起了头，若无其事地岔开话题笑道："我们这是要去哪儿？站在这里也太显眼了，婴一会儿万一走回来，我可不帮你打发他。"

"……这边走。"老板沉默了片刻，才从阴影中走了出来，带着扶苏往集市的另一端走去。

虽然婴的身影只是惊鸿一瞥，但扶苏依旧心绪难平。他原以为自己已经可以面对大秦王朝早已覆灭两千多年的事实，可实际上，却依然心怀不甘。在与婴擦肩而过的那一

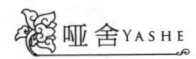

瞬间，往日的记忆仿佛积蓄的流水被打开闸门一般，从脑海中狂涌而出。

天光墟……怎么可能会有这样一个神奇的地方，让许多不同历史位面之中的人都聚集在此，就像本来是一条无法弯曲的直线，偏偏上面的几个点却都交汇在一起。

一路上老板也没有再说什么，不知道从哪里翻出来一个帽子戴在头上，压低帽檐，小心地遮住大半脸容。扶苏盯着他看了一会儿，才无奈地笑着摇了摇头。

也许不止嬴一个人不能见面，在天光墟里说不定老板得罪了许多人，这里的哑舍才开不下去的吧？

这样想着，扶苏苦闷的心情却奇迹般地好转，跟着老板进了一间店铺。因为天光墟处在黑暗之中，扶苏也没有看清楚这间店铺牌匾上的名字，只是进去之后借着其间放置的几枚夜明珠的柔和光线，发现这里的货架上摆满了各种书简和典籍，应该是一家书店。

也正因为如此，店内并没有像其他店铺和摊位那样燃起灯烛，就是怕不小心水火无情，毁了这些书籍。

店内影影绰绰还有一些人在，不断有人进来，用手中的书换新的书看，或者干脆用些其他物事换书看，有些人甚至等不及，直接席地而坐，借着夜明珠微弱的光芒读了起来。

老板并未在大堂停留，带着扶苏直接往内间而去，店铺的管理员也没有阻拦，甚至连眼皮也没抬一下，那些沉迷于阅读的人也没有在意。沿着走廊往里面走，扶苏看到了一间间摆满书籍的屋舍，里面的人比起外面更多，这些屋舍门口都用天干地支排序，里面的书籍想必也是依此而归类摆放。整个店铺都弥散着一股浓重的霉味，但夹杂着书墨的芳香，却意外地让人的心情沉淀下来，甚至连脚步都放轻了少许，耳边只听得到那些哗哗翻动书页的声音。

扶苏也是个爱书之人，当年还是秦朝大公子的时候，每日手不释卷，让那些搬动书简的随侍忙得脚不沾地。重生到现代之后，一开始无法适应简化的文字，还有从左往右的横版阅读顺序。他还特意让胡亥买了许多台版书阅读，现在看到如此多的古书，不禁也有些走神。

听到老板的一声轻笑，扶苏微微皱了皱眉。他有点怀疑老板带他来这里是故意的，如果把他放在这里看书，岂不是老板要去做什么他都不知道了吗？所以扶苏还是什么都没有说，收敛心神跟在老板的身后。

他们一直走到走廊尽头，那个房间并没有关门，老板也丝毫不客气地没有敲门，而是伸手推开那扇腐朽的门扉，直接走了进去。

　　这是一间很大的房间，跟图书馆一样摆满了书架，却从房梁上垂下了无数颗夜明珠，照亮了房间的每个角落。扶苏本想跟着老板继续往里面走，可是也许是因为光线比起外间要亮上许多，他的目光随意地从书架上掠过，就震惊地停下了脚步。

　　华佗被烧的《青囊书》也就算了！《黄帝内经》全卷也就算了！居然还有失传已久的《黄帝外经》！想那只有十八卷的《黄帝内经》就已经被誉为医之始祖，那《黄帝外经》……扶苏屏住呼吸，仔细数了下书架上的典籍，正好是传说中失传的三十七卷！竟是一卷不少地放在这里！

　　扶苏从小就喜好医学，当年他也只收集到十六卷《黄帝外经》而已，只是没想到今日在这里竟是看到了全卷！深呼吸了几下，扶苏重新抬步往前走，视线却像是黏在了书架上。

　　《扁鹊内经》《扁鹊外经》《白氏内经》《白氏外经》《旁篇》……《汉书》上记载的与《黄帝内经》并存的"七经"，竟是卷卷都在！

　　愣怔了片刻，扶苏定了定心绪，并没有伸手去翻，书架的更深处传来说话声，听起来是老板和一个陌生人在交谈。扶苏强迫自己收回目光，继续往前走去。

　　只是，越往前就越心惊，医书过后就是许多兵书。《孙子》《吴子》《司马法》《六韬》《尉缭子》《三略》……看着这些耳熟能详的书名，扶苏的脚步越走越慢。兵书过后就是各种失传的古书，那些古书中有一部分扶苏当年曾读过，有些还背诵过，但他也知道这些古书在漫长的历史中也都消失在战火或者时间之中，只留下残篇或者单单一个书名。

　　心跳越来越剧烈，当他看到《归藏》的书名时，终于再次停下了脚步。

　　《周礼·春官》曰："太卜掌三易之法，一曰连山，二曰归藏，三曰周易。其经卦皆八，其别皆六十有四。"夏代的《连山》、商代的《归藏》、周代的《周易》，并称为三易，是三种不同的占筮方法。《周易》尚且有存世，但《连山》和《归藏》都已经失传于世。

　　扶苏想起曾经看过的报道，虽然现代曾经发掘出《归藏》的书简，但其中文字残缺甚多，毕竟是在土中埋葬了两千多年。

　　果然在《归藏》的旁边，扶苏也发现了《连山》。尽管对占筮之术并没有什么太多的兴趣，扶苏也对拥有这间书屋的人肃然起敬。这些古书都是一本本干净素雅的典籍，都是同一个笔迹誊写的，若内容当真正确，也就说明誊写的人当真是阅尽世间万卷书。

　　又继续往前走了几步，还有一些书籍是扶苏两千多年空白时期的著作，扶苏也没太

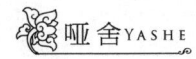

大兴趣,只是在他看到《九丘》的时候,再一次忍不住站定,这次却没有了之前的矜持,确定双手干净之后,直接伸手把那本书拿在了手里翻阅。

这可是《九丘》啊!是传说中最古老的书!

帝禹时代的书称为"丘",九州之志,谓之《九丘》。丘,聚也,言九州所有,土地所生,风气所宜,皆聚此书也。陶唐之丘、有叔得之丘、孟盈之丘、黑白之丘、赤望之丘、参卫之丘、武夫之丘、神民之丘……

扶苏终于忘我,再也听不到周遭的声音,沉浸在那一个个神秘的文字之中。

贰

书架深处,老板和一个年轻男子盘膝而坐,在他们头顶的房梁上,有一条红木雕的蟠龙盘踞其上,张牙舞爪栩栩如生,可它的头颅却像是臣服般低垂而下,锋利的牙齿间衔着一枚硕大的夜明珠,把这片区域照得如同白昼。

那名男子二十三四岁,身形瘦削,肩上披着一件纤尘不染的白袍,身周却堆满了破旧的古籍书卷。面前的书案上放着文房四宝,还有一页誊写到一半的稿纸,显然正是这个书斋的主人。他正低头看着手中的书卷,头也不抬地笑问道:"终于找到了?"

老板知道对方问的是什么意思,微笑地点了点头的同时,也侧耳注意听着书架那边传来的脚步声。

"啧,从坎字书架那边过来的,医书、兵书、周易……你倒是了解他。"白衣男子也动了动耳朵,"不过也亏得你还记得这里书籍摆放的位置。喏,果然停下来了,在看的是《三坟》《五典》《八索》还是《九丘》?"

"应该是《九丘》。"老板扬了扬眉,其实换句时髦的形容,《九丘》就是一本最古老的奇幻小说,他家的大公子果然还是抵挡不住啊。

"他这么喜欢看,怎么不默写出来给他看?"白衣男子研究着手中书卷残缺的字句,用毛笔在上面做了一下批注,这才抬起头来。

这白衣男子比一般人瘦上许多,脸部的颧骨都瘦得微凸了出来,更显得他的五官分明。他的面容清隽,史书上曾被人称为"面若好女",但也架不住他的不修边幅。他的长发因为懒得打理,只是松松地系在脑后,脸颊边还有未刮净的胡茬,给人一种邋遢的感觉,可锐利的眼神又让人不容忽视。

第四章 子辰佩

"子房，你在套我的话吗？"老板掸了掸身上沾着的灰尘，语气中有着说不出的随意，笑容却越发别有深意。

"没错，我就是在套话。"张子房用书卷敲了敲书案，无赖地展颜而笑道，"谁让你有洛书九星罗盘，还有一罐子的秦半两可以经常进出天光墟呢？我可是还不敢出去呢，生怕再找不到天光墟的入口了。"

老板盯着张子房手中的书卷，斟酌了片刻道："天光墟其实本来就不应该存在，即便我们出去了，关于这里的一些超时空的记忆也会被相应抹去。例如，子房你在这里会记得一些事情，但绝对不会记得你手中曾经翻看过的书卷。因为在那时候，还没有纸的问世。"

张子房攥着书卷的手紧了紧，他不是第一次听到这样的言论了，却依旧感到恐慌。这好像是在否定他所做的一切，他所付出的心血都像是泡沫一样虚幻。

老板看着他脸上的表情，与记忆中曾经相处过许久的那名好友慢慢重合，那张因为少时饿坏了肚子以后不管吃得再好也胖不起来的面容，纵使过了两千多年，也依旧让他感到极其亲近。老板笑着补充道："虽然忘记了在哪里看到的，或者在什么之上看到的，但知识和文字是不会忘记的。在历史上有些失传的古书也曾经被人默写出来，只是他们说不出天光墟，经常会被世人认为是他们的续作或者盗作，倒是一场场说不清道不明的官司。"

"切，说了这么多，你还不是记着书里的内容，只是懒得给写出来而已。"张子房的手这回彻底放松开来，把书卷放在了书案上，长长地呼出一口气，脸上的表情又恢复了轻松，竟透着几丝揶揄，"等价交换嘛，多谢毕之你告诉我这个情报，作为交换，我也告诉你一个情报好了。"

"洗耳恭听。"老板虽然依然笑着，但眼神已经凝重起来。

"前些时候，那个指鹿为马的人在天光墟出现了。"张子房用食指叩了叩桌沿，目光深邃，"虽然不知道他为什么还活着，但身上的衣服和你现在很相似。"

老板闻言整个人都怔住了，他当然知道张子房口中的人是谁，可是那个人……他的大师兄……为什么还活着？

"据说他在这里交换了许多古物之后出去了，不过虽然隐藏了面目，还是有人把他认出来了。"张子房摸了摸微有胡茬的下颌，笑眯眯地叹息道，"毕竟，他还是挺有名的嘛。啧，真可惜，怎么没让我看到他呢？定会让他永远也无法再离开天光墟。"

尽管心情极差，但老板闻言还是勾了勾唇角。虽然面前的友人此时还没有日后青云之士、帝王之师的谋圣气度和风范，但等闲之人还真不是他的对手。光看他现在悠闲地誊写古书，可能没人能相信他已经掌控了大半的天光墟。

"算了，不说这些糟心事。今天你来我这里，是想换什么东西呢？"张子房双目一亮，清隽的脸容竟挂上了市侩的笑容，迫不及待地搓了搓手，"其实最好还是把那个洛书九星罗盘换给我！"

"……做梦。"

叁

汤远有点心情不爽，因为他刚刚看到自家二师兄进了那个什么书斋，可是这个姓郭的小子说什么都不让他跟着进去！

"还生气呐？"郭奉孝低下头，看着手中牵着的小男孩鼓着腮帮子一脸的不乐意，不由得好笑道，"你是想真的永远留在这里了？谁知道重新编个同心结要多长时间？还妄想着去看书？你认识几个字啊？"

汤远简直不想跟这小子说话，歧视他年纪小啊？他看过的书肯定比他多多了！汤远转了转他那双滴溜溜的大眼睛，用一种怀疑的目光看向郭奉孝："这么讨厌进那家书斋，你该不会是不喜欢读书吧？"

"怎么可能？"郭奉孝的嘴角抽了抽，手中的折扇摇摆的频率快了几分，"那家书斋没那么简单，千万不要进去。尤其那斋主……哼！"

有内情。

汤远努了努嘴，见郭奉孝闭紧了嘴一副不想再谈的架势，也就不再问了。

反正他只是过客，汤远揪住了口袋里不停扭动的小白蛇，确认这家伙不要乱跑就OK了。天光墟的集市很长，横贯蜿蜒数里，汤远个头矮，踮着脚尖前后张望，也看不到两边的尽头。在这个人来人往的集市上，汤远跟着郭奉孝开始进行各种寻人求帮助。在跟着郭奉孝问了第三个人之后，汤远整个人脸上的表情就更加怀疑了。

若说这编绳子的活计，找女孩子询问很正常，但这姓郭的小子，怎么认识这么多妹子？而且还个个那么漂亮！

"别用这种眼神看我，天光墟里姑娘还是很多的，毕竟可以在这里拥有永远的年轻容颜，姑娘们来了就不愿意走啦！"郭奉孝挥别了一个美貌的少女，低头朝汤远挤了挤眼睛，摇着扇子一派潇洒地评判道："尤其是越漂亮的姑娘就越不愿意离开。"

"所以，有这么多妹子也是你不愿意离开天光墟的原因之一？"汤远撇了撇嘴，用死鱼眼的目光瞥了他一眼。

"当然不是！我岂会因为此等原因！"郭奉孝刷的一声合起了扇子，用扇骨敲了敲汤远的头顶，肃容道，"东汉末年，民不聊生，在下愿倾尽一切结束那个残酷的乱世。只是，还未到在下出去的时机。"

汤远摸了摸被敲过的地方，不疼，但他却有种说不出的诡异之感。他已经留意过他们走过的店铺，只有之前路过的那一家是书斋。若是这郭奉孝果真想要济世救人，那么读书是首选，或者就是练就绝世武功。但一个是万人敌，一个是最多十人敌，傻子都知道怎么选。

有阴谋。

汤远捂了捂口袋，但又觉得对方要是抢他的信物，早就抢了，又何必大费周章？想来这郭奉孝想要的，可不是他能轻易猜得到的。

想到这里，汤远便又安心地跟在郭奉孝身后。反正就算同心结这个信物没法恢复，汤远也不是那么着急的。在天光墟里玩耍一段时间也没啥，这里的时间相对外面来说是停滞的，有小白蛇在手，绝对是寻找天光墟信物的向导！不过，为什么天光墟的信物上都附有怨气？这……

汤远刚升起这个念头，就发现郭奉孝带着他走进了一家店铺，看那墙上垂下来的一块块精美瑰丽的绢布，明显是一处绣坊。

郭奉孝显然也是熟客，和那些绣坊中的漂亮妹子们打过招呼之后，就领着汤远往绣坊深处走去。一路亭台楼阁什么的也引不起汤远的兴趣，毕竟他曾经待过的那个院子即使在寒冬之中繁花都能绽放，相比之下其他院子也不过是凡物而已。不过，当他们登上一处暖阁，见到了身处其中的美人时，汤远却忍不住看直了眼。

其实这个美人年纪看起来已有三十余岁，却像是一朵开放到极致的莲花，正是娇艳欲滴的时候。她的脸上只扫了一层淡淡的脂粉，多一分则太重，少一分却太浅，带着一种说不出道不明的凄然之感。虽然只是穿着一袭简单朴素的淡紫色曲裾深衣，却极好地勾勒出曼妙的身姿。那一颦眉一展颜的容颜，都让人不自觉地屏住呼吸，生怕唐突佳人。她的面前正放着绣架，上面一幅江南山水图才刚刚绣了一半，但已经能看得出来那泛舟

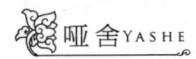

湖上的肆意悠闲之意。

"施夫人，奉孝有一事相求。"在这样的佳人面前，就算是再不正经的郭奉孝也收起了嬉笑的表情，放缓了声音说道。

施夫人放下手中的绣针，目光落在汤远身上的时候，本来微带愁容的五官立刻柔和了起来，整张脸忽然散发出一种夺人的光彩，让汤远一下子想到了历史上的某人，差点惊叫出声。

此等容貌，如此年纪，这般称呼！

施夫人？！施夷光？！难道竟是四大美人之一的西施？

想起历史上的传闻，西施在做了成功的女间谍让吴国覆灭，功成身退之后，若是没有被沉江，而是跟范蠡一起退隐避世，那么范蠡肯定也在天光墟之中！

靠！范蠡可是传说中的人生赢家啊！虽然出身贫贱，但人家玩政治，辅佐越王勾践成为春秋一霸；玩军事，让卧薪尝胆的越国打败鼎盛的吴国。位极人臣之后又携天下第一美人退隐，得了善终不说，人家闲不住还去经商，竟然也给他经商成了天下第一巨富！而且是觉得自己赚的钱太多了就散掉家财，再白手起家重来！这样反反复复三次！

忠以为国，智以保身，商以致富，成名天下。后世人称"陶朱公""商圣""财神"！

汤远的嘴角抽搐了两下，联想着天光墟等价交换的原则，觉得他应该是猜到了天光墟的墟主究竟是谁了……

肆

扶苏在看完《孟盈之丘》的篇章后，终于冷静了少许，强迫自己从书中的世界抽离出来，环视了一下周遭的环境，才发现书架深处没有了之前的谈话声，已经归于一片寂静。

暗自责备自己竟是如此心志不坚定，扶苏连忙把手中的《九丘》放回书架原处，大步往书架深处走去，却只在尽头看到了一人披着白衣席地而坐。

那人正心不在焉地翻看着手中的书卷，听到扶苏的脚步声后，没等他发问就率先扬声道："毕之去拿东西了，大公子可在此稍待，若是不放心，我让点苍带你去找他。"

好像是听到了点名，一个雪白的团子从窗户缝中挤了进来，身上的毛蓬松无比，显得胖乎乎圆润极了，也难为它从那么窄的窗户缝里挤进来。

博美？扶苏定睛一看，却发觉这个毛茸茸的团子可不是普通的宠物狗，而是一只白狐，它的眉心有一撮蓝色的毛，倒是少了几分狐狸天生的魅惑之感，多了几分逗趣的萌感，怪不得叫点苍。它的口中叼了一枚什么东西，正乖巧地摇着两只尾巴，把那东西送到了那个白衣人手中。

两只尾巴？扶苏确定自己没有眼花，这……难道是九尾狐的幼狐？

他一个客人，自然不好随便问什么，而追着去找毕之，也是有失身份。毕之既然费尽心思不想让他跟随，自然有他的用意。扶苏默默地把这件事记在心里，以后找到机会再慢慢问。

扶苏见状也没有再客气，而是脱了脚上的皮鞋，姿态优雅地盘膝坐在了白衣人的对面。见这白衣人从小狐狸点苍口中拿过一块玉佩，扶苏也没有细看，而是礼貌性地避开了目光，随手从旁边的书卷捡了一卷，拿在手里打发时间。

白衣人却瞥了他的双手一眼，瘦得有点脱形的面容上闪现了些许意外的神情，出声叹道："其实你才是最适合待在天光墟里的。"

扶苏翻书的动作僵硬了片刻，毕之不在身边，他竟是难得地松懈了几分。

毕之知道他身体和灵魂有排异反应，却绝对没有料到这排异反应居然来得这么快，他们本来以为上天留给他的时间至少还有两三年。

扶苏苦笑地看着手背上浮现的尸斑。

最开始的时候，这些斑点是暗红色，现在颜色已经渐渐加深，变成了暗紫红色。扶苏好歹也做过一年的外科医生，还是很精英的那种，所以他知道自己身上的尸斑现在已经变成了云雾状的，之后就会成为条块状，最后蔓延成为一片片的。他的肢体会开始感到凝滞，随后变得僵硬，最后……一直到慢慢腐烂……

虽然他的灵魂进驻这具躯体，却依旧没有阻止这具身体的尸体化。尽管他灵魂的存在让这个过程变得极其缓慢。可是即使缓慢，这个恐怖的进程依旧在进行着，甚至因为时间的延缓而变得异常残酷。

他可以清晰地体会到什么叫作慢慢死去。

有的时候，扶苏甚至还会畅想一下，自己也许会变成一堆腐肉的时候还会有意识，甚至还会变成一个有些英俊的骨头架子。

他不是没想过跟老板说自己身上的变化，但用脚指头想，也知道毕之会把他身上的赤龙服脱下来给他穿上。难道他要看着毕之遭受他所经历过的一切吗？

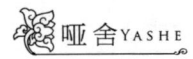

还不如什么都不说的好,反正他本来就已经逝去,这些时间都算是偷来的,他应该感到知足了。

只是……在他今天看到婴的时候,忽然觉得还有一种可能让他可以继续活下去。

留在天光墟吗?

扶苏再也看不下去手中的书卷。

对面的白衣人见他如此反应,掂了掂手里的玉佩,市侩地笑了起来,奸诈得倒是和他身边的小狐狸差不多。只听他笑问道:"如何?如果你打算留在天光墟,那么我们也可以做一笔交易。用你的信物,换你看这书斋里的五百本书,任意挑选!五百本!不亏吧?"

"亏死了。"扶苏才不是这么容易就被哄骗的男人,尤其在进天光墟之前,毕之就已经告诫他那枚秦半两要好好保存,谁都不能给。

扶苏把手中的书卷一放,用修长的手指支起线条优美的下颔,盯着对面的白衣人,一直小心收敛的贵族气场全开。虽然手背上的尸斑和刘海外露出的些许烧伤疤痕看上去有些骇人,却有种说不出的残缺美,意外地令人移不开视线。

白衣人笑着摇了摇头,他也没指望一句话就能说动对方,但看到这样的扶苏,也只能惊叹一句不愧是毕之至死都要辅佐的秦朝大公子。

扶苏一点都不想继续这个话题,他的视线转移到白衣人手中摩挲的玉佩上,眯了眯双眸问道:"那是块子辰佩?不会是这狐狸偷回来的吧?也是进出天光墟的信物?"

点苍像是不满意扶苏口中的"偷",朝他凶狠地龇了龇牙,只是这种凶恶的表情用它那张蠢呆的脸做出来,更像是卖萌。

"信物?哦,不,这并不是信物,而只是一件普通的玉佩罢了。"白衣人不以为意地笑了笑,随手把这枚子辰佩丢给了点苍。

点苍见自己叼回来的东西主人并不看重,也不甚在意,叼着那枚子辰佩又转身跳到了窗台上,从那狭窄的窗户缝中艰难地挤了出去。

伍

"这是信物？怎么变成这样了？"施夫人捂着胸口，黛眉微蹙地看着桌上的那团纠缠在一起的乱线。隐约还能从上面的痕迹当中猜得出原来是什么物事。"这是……一个同心结？"

"夫人好眼力。"郭奉孝忙不迭地称赞道，压着汤远的脑袋让他做忏悔状，口中责备道，"都是小孩子不懂事，不小心把这同心结拆开了。好在并未弄断，在下问了许多人，都推崇夫人的手艺。夫人您看看是否还能还原？"

汤远使劲翻着白眼，却没办法狡辩。毕竟他给小白蛇背黑锅也是应该的，否则他实在没法解释自家小祖宗是怎么把这么复杂的同心结拆开的。

施夫人看着低头认错的汤远，本来就温润的目光越发地柔情似水起来。

郭奉孝一见就知道自己押对了。天光墟什么都不缺，就是缺小孩子。而这施夫人的身世大家也都知道，当年被献给吴王夫差做妃子之前，肯定就已经喝了绝子药，就是怕女人生过孩子之后，会产生其他心思。所以西施在吴国的二十年里，根本没能给吴王夫差生过一儿半女。与范蠡相携退隐之后，也没有办法为心爱之人留后，这也成为了施夫人的一块心病。

而在天光墟中，小孩子的存在屈指可数，像汤远这样乖巧可爱白嫩的小正太更是极为少见，所以郭奉孝带汤远贸然前来拜见，也是看准了这一点。

施夫人果然就吃这一套，迎着汤远孺慕的小眼神，拿起那根脏污的彩绳，耐心地把一团乱麻的彩绳一点点地解开，从一端到另一端仔细研究了一下上面弯折凸起凹陷的痕迹，看了半晌后缓缓地闭上了双目，像是在脑海中勾勒绳结的编制。

郭奉孝和汤远两人屏息而立，谁都不敢出声打扰她，好在施夫人只是一盏茶的时间就重新睁开了双眼，微笑着唤人打了一盆清水，细心地把这根彩绳洗干净，顺便也把弄脏的双手洗涤了一下。

像是在缓和汤远紧张的情绪，施夫人边洗手边和他唠家常。汤远向来喜欢漂亮阿姨，当然是问什么就答什么。施夫人在听到汤远无父无母，从小和一个师父相依为命后，绝美的脸容上露出疼惜的表情，秋水般潋滟的双瞳闪烁着夺人的神采。

郭奉孝却是越听越觉得不对劲，汤远这种身世，若是施夫人看中他，想要把他留在身边当儿子养，这小子就算是有信物也出不去天光墟了啊！

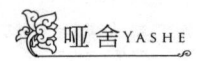

感到郭奉孝用扇子在背后捅他，汤远一开始还没明白对方的意思，但他也是极其聪明的，看着施夫人怜爱的目光，脑袋多转两圈也就想到了。看着施夫人拿着已经洗干净的彩绳出神，便抓紧机会扑到了对方的大腿上，内心的弹幕一阵狂刷（哇！我抱到中国四大美人之一的大腿了！好软好香！这辈子值了！）

郭奉孝直接张开扇子挡住了自己的脸，完了，带这个熊孩子来根本就是个错误！他已经可以预见到自己被暴怒的墟主扔出天光墟的情景了。

施夫人被吓了一跳，差点要惊叫出声，却看到怀里的孩童一个站立不稳就要摔倒，连忙伸手扶了扶他的手臂，孩童柔软脆弱的身躯让她一阵出神。若是她有孩子……

恰好此时汤远仰起头，用一种快哭出来的表情懦懦地央求道："阿姨，我想快点回家啦，师父若是找不见我，他肯定会着急的！"骗人，其实他师父早就把他扔了。不过汤远对自家师父也没太担心，当时扔他出来估摸也是嫌他会拖后腿。大师兄那家伙就算再酷炫狂霸拽，几千年前都被师父封印了，这回也肯定是上杆子求虐的节奏。

施夫人看着汤远那双黑白分明的眼瞳，一阵心虚，忍不住摸了摸他的发顶。虽然觉得这孩子的短发很奇怪，但摸上去却意外的舒服。她的唇边漾出一抹温婉的笑意，认真地许诺道："放心，我会努力送你回家。"

汤远满足地收到这句承诺，觍着脸窝在施夫人的怀里看她编绳结，还不忘回头朝目瞪口呆的郭奉孝眨了眨眼睛。

羡慕嫉妒恨吧！少年！

陆

"你是说，那个赫连并没有招供出同伙是谁？"陆子冈和岳甫走出执法处的大门，从黑暗阴森的牢房重新回到熙熙攘攘的集市上，心情也不能变得更好。陆子冈轻舒了一口气，动了动坐得僵硬的四肢，问道："那我们现在要去哪里？你有什么线索吗？我们去哪里抓人？"

"很遗憾，我没有任何线索，许多人在天光墟都没有固定的居所，因为并不需要睡眠。"岳甫斟酌了一下说道，"不过我们可以守株待兔。"

"守株待兔？"陆子冈挑了挑眉，"就是说我们可以在出口的地方等对方自投罗网？"

"不过没那么简单。"岳甫指了指集市的两个方向，"在天光墟的两端，各有一个牌坊。想要出天光墟，随便选择一端，把手中的信物投往牌坊之下的青铜瓮中即可。如果信物是对的，那么就可以走出天光墟，如果投入的不是信物，那么那物事也不会被退回，而是永远吞没在了那尊青铜瓮之中。"

"也就是说，也许赫连的同伙已经离开了天光墟？又或者，我们现在赶去牌坊那里，也要选择左右两端其中一个牌坊？"陆子冈转头看向身边的岳甫，目光中充满了质疑的意味。

迎着这样的眼神，岳甫依旧背脊挺直，实事求是地说道："在出事的那一刻，我就吩咐我手下的两个人分别盯住左右两端的牌坊了。现在还没有消息传来，是好事。可人心难测，陆兄最好选一侧的牌坊亲自去看一下。"

"哦，那就右侧的这一边吧。"陆子冈随意地选了一下，说罢就要抬腿走，只是见岳甫没有跟上来的意思，才回过头诧异地问道，"你不跟我一起去吗？我一个人可没有什么武力值哦。"

"不，在下同往。只是……这么随便就选了右侧吗？"岳甫有些愣怔，他以为陆子冈怎么也要考虑一下，没想到他毫不犹豫地做了决定。

"反正不是左边就是右边，不是成功就是失败，都是百分之五十的概率，就算我再思考选择犹豫踌躇也是百分之五十的概率，何必浪费时间呢？"陆子冈耸了耸肩，并不觉得这是什么比较难以抉择的问题。

概率什么的岳甫没有听懂，但也能猜得出来陆子冈话语中的意思，他赞赏地看了陆子冈一眼，陪他往右侧的牌坊走去。本来接踵比肩的集市上，人们只要看到一身戎装的岳甫，都自动自发地给他们留出一片空地，所以行走还算方便。两人没有走太久，陆子冈就看到了集市尽头的那座牌坊在黑暗中勾勒出来的巨大轮廓。

离牌坊越近，集市上的人就越少，安心留在天光墟的人自然是极少踏足这种边缘地带，而别有用心的自然不能光明正大地显现身形。陆子冈远远地看到牌坊下的那尊青铜瓮，有一米多高，但口径极宽，像一口大缸，几个人都不能环抱。而走近了看之后，吸引陆子冈的并不是瓮身上那些精巧细致的花纹，而是在这青铜瓮中，居然有着满满的一瓮水。这水幽深晦暗，因为天光墟内无风的缘故，竟平如镜面，透着一股说不出的诡异。

"不要碰，这水碰了就会灼伤皮肤。"岳甫在陆子冈想要碰触水面的时候适时出声，"最开始的时候有人伸手想要去捞里面的东西，整个手臂都化掉了，生不如死，当时他的哀号声在天光墟里响彻了许久。"

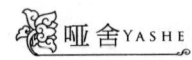

"所以,不管往里面投什么,都再也捡不回来了,是不是?"陆子冈状似不经意地问了一句,在得到岳甫的肯定回答后,却从衣兜里翻出了一枚玉佩拿在手上,作势欲往青铜瓮中丢。

"等下!"岳甫眼尖,立刻伸手阻止。他不敢靠陆子冈太近,生怕对方手一抖就把那玉佩扔进青铜瓮中。

"哦?为什么要等一下呢?"陆子冈歪着头,一脸淡然,"这块子辰佩是镂雕技法,琢工精细,层次复杂,手法独特。而且龙的头部长窄,眼形细长,上唇薄而长,唇尖上挑,龙颈与肩处似有一道阴刻粗线相隔,腿部上端似有火焰纹,龙尾似蛇尾,三趾足。通过雕琢的工艺和龙的形态特征,明显地可以判断出这是宋朝时期的工艺。"

"怎么会这么巧呢?正好有两块子辰佩,而且我面前就站着一位宋朝人。"陆子冈勾唇笑了笑,但眼中却毫无温度,"我猜,是岳兄弟你方才抓捕赫连的时候,目睹了他和同伙之间的交接,你并没有阻止他,而是趁机把身上的子辰佩与我失窃的信物交换了一下。岳兄弟你的身手足以做到无声无息不被人发觉,而赫连的同伙可能知道这是枚子辰佩,仓促之下也来不及多想。

"而且更妙的是,你以物易物,这并不算是违反了天光墟的法则。喏,应该算是钻了漏洞吧。"

"子辰佩保平安,十二岁除去平安锁之后,一般条件好的家庭都会给孩童一块子辰佩随身佩戴。"陆子冈把手中的子辰佩摩挲了两下,评判道,"这是块好玉,看光泽应该盘了至少六十年以上了。"

岳甫在陆子冈说的时候,脸色一变再变,最后终于恢复了平静。

"甫儿,来,不要怕。"

仅仅四岁的岳甫,看着身戴木枷蓬头垢面满身是血的年轻男人,几乎认不出来那是他曾经英明神武的父亲。

临安的闹市街头,成千上万的民众自发地聚集起来,却诡异地寂静无声,只有压抑的抽泣间歇地响起。那道道指责的目光如凌迟在身,让推搡着年轻男子的刽子手感到压力十足,也没勇气阻止对方的举动。

罢了,反正又不是要劫法场,晚点时间上路也没什么。

被娘亲推着向前走了几步,岳甫握紧了小小的拳头,咬着牙一步步走近刑台,那木台子已被成年累月堆积的血液染成了深黑色，透着一股令人作呕的味道。

"父亲……"岳甫颤抖着唤道，他虽然年纪小，但也能从家人的表情和态度推断出来一切。他们家相当于被整个软禁在了府里，那个总喜欢抱着他骑大马的爷爷已经很久没有回来了，昨晚奶奶大哭了一场就病倒了，连今日都没能起得来身。他有种预感，今天是最后一次见到父亲了。

"乖，父亲去陪爷爷了，这个是岳家长孙的东西，父亲本想能再多留一些时日，却不曾想必须要给你了。"那年轻男子微微一笑，早已将生死置之度外的他，却还是会在见到家人的时候内心酸楚。他把手中一直攥着的子辰佩递给了还在蹒跚学步的长子，眼中却看着不远处怀抱着不足一岁的幼子的妻，殷殷嘱咐道："我不想望子成龙，只想自己的儿子按照自己的意愿而活。"

岳甫被刽子手无情地拉开，听着母亲撕心裂肺的哭喊，眼睁睁地看着血光漫天。

他没有哭。

而是低着头，看着自己一只小手都无法攥紧的子辰佩，那上面还残留着父亲的鲜血，眼中凝聚着不符合他年纪的彻骨仇恨。

ᴄ‿柒‿ᴐ

"原来，你早就知道了。所以才不会犹豫选哪边的牌坊，因为只要我跟着你一起就可以。"也许是因为想起了幼时的记忆，岳甫的神情又冷酷了几分。

陆子冈高深莫测地点了点头。好吧，他是不会告诉岳甫，这枚子辰佩是他在执法处大堂等得闲极无聊的时候，用一颗水果糖从一条博美狗的口中换来的。哦，那条博美长得是有点奇怪，眉心那里也不知道在什么地方蹭了点青色的污渍。

岳甫从怀里掏出那枚本属于陆子冈的子辰佩，沉声叹道："你手中的那枚子辰佩，是我祖父当年所佩，传给了我父亲，最后……传给了我。"

知道岳甫口中的祖父和父亲就是史书上大名鼎鼎的岳飞和岳云，陆子冈的心情就难掩激动。不过他小心地把这份激动隐藏在心底，而是依旧平静地说道："那么，我们现在怎么办？是交换过来，还是不换？当然，我要客观地承认，现在是你的决定比较重要，我反正是打不过你的。"

"但是，有一点我要申明。"陆子冈晃了晃手中子辰佩，"不管我手里的是哪个子辰佩，我都要把它丢进青铜瓮中，这一点毋庸置疑。"

岳甫紧握右拳，手背上都迸出了青筋，显然陆子冈的这个提案让他难以抉择。

在交换子辰佩的那一刹那，他就想着在离开前一定要把他的那枚子辰佩找回来再离开天光墟。只是没想到居然这么快就被此人看穿，虽然走出天光墟早日为祖父和父亲洗清冤屈非常重要，但他却从未想过要把祖传的子辰佩给搭进去。

那上面，还残留着父亲的血渍，正如同他心头的仇恨，一日也没有被消磨掉。

父亲的遗言虽然是不赞同他重蹈覆辙，或者把国仇家恨背负在身上，但他的意愿，就是如此。不过，这人说的一句话忽然涌上了他的心头，让他不禁一怔。

不管做任何事，不是成功就是失败，都是百分之五十的概率，就算再思考选择犹豫踌躇也是百分之五十的概率，何必浪费时间呢？

原来竟是这么一回事吗？

看来，他要学习的还很多呢……

"我输了。"岳甫主动上前，把手中的子辰佩朝陆子冈递了过去，"我们交换吧。"

陆子冈坦然地与之交换，反正天光墟有等价交换的法则，他倒不怕岳甫这种时候出什么暗招。失而复得的子辰佩落入掌心，陆子冈感慨地摩挲着上面的纹路，一会儿就要投入青铜瓮了，他可要赶紧多摸两下，等回去说不定还能自己刻个赝品留作纪念。

"岳甫。"身后有人在唤他，岳甫赶忙把手中的子辰佩放入怀中，之后才转身与才到来的郭奉孝打招呼。

"你们果然在这一侧，看来小弟弟抛硬币选的还蛮准的嘛！"郭奉孝摇着扇子呵呵笑道，俊秀的面上那是春风得意至极。没办法，处心积虑地终于搭上了施夫人这条线，让他走下一步棋的时候，更有发挥的余地了。

"那是起卦！简直就是大材小用！问这种小事当然会准了！"汤远嫌弃地甩开他的手，噔噔噔地跑到陆子冈身旁，把编好的同心结举在手中给他看："陆叔，一个好漂亮的阿姨帮我编好的哦！"

"真不错，正好那位岳甫兄台也帮我把子辰佩找回来了，如果顺利的话，我们现在就可以回家了。"陆子冈一把抱起汤远，让他也能够得到青铜瓮。

岳甫在陆子冈说话的时候，心虚地调开了视线，但也在心中感激对方没有拆穿他的所作所为。而郭奉孝则看着他的反应，像是猜到了一切，脸上的笑意加深，手中的扇子摇得更快了一些。

第四章 子辰佩

陆子冈和汤远同时把手中的信物投进青铜瓮中，幽深的水面荡开了一圈圈涟漪，而就在涟漪泛开之后，就像是有光从水面透过来一样，由弱及强，瞬间把他们都笼罩在了光明之中。

乍然间从极暗的地方看到光线，两人都受不了地闭上了眼睛。等他们再次睁开时，就发现他们站在清晨的阳光中，周围是一地的废弃物，偶尔晨风吹来，卷起地上的几个塑料袋在身边飞舞而过。

"哎！你们两个臭小子，跑到哪里去了？手机也打不通！害我来来回回走了好几遍！混账！真是人老了眼花了不中用了，还以为在鬼市看到了老板呢，结果一晃眼人也不见了。再一晃眼你们俩也不见了！我还以为真见鬼了呢！"馆长骂骂咧咧的声音在耳畔响起，比起天光墟如梦似幻的景象，简直不能更真实。

在晨光出现的那一刹那，鬼市早就已经收摊了，留下了一地荒无人烟的废墟，在晨光中萧瑟无比。

"果然是天光墟啊……"陆子冈喃喃自语。

"我肚子饿了，要吃炸鸡。"汤远哼哼唧唧。

"炸鸡你个头啊！这就送你回家！可要和你家大人好好说道说道！"馆长嗷嗷咆哮。

"求不要！先买炸鸡！"汤远一脸悲催，不过心底却喜滋滋的，觉得不虚此行。

在他的口袋中，不光躺着一条盘着身子睡得正香的小白蛇，还有一条新编好的中国结。

据那个施夫人说，这个中国结不是普通的绳结，而是子母结。

而这个子母结，也是个可以进出天光墟的信物。

同一时间，天光墟另一侧的牌坊下。

老板把手里的秦半两掏了出来，见扶苏心不在焉，疑惑地转过头。

扶苏一怔，随即才从口袋里把他的那一枚铜钱拿了出来，只是怕老板发现他手背上的尸斑，并没有像老板一样把手举起来。

"还没待够？"也许是因为事情办得顺利，老板的心情还算不错，笑着调侃道。

扶苏勉强一笑："这里是个比较有趣的地方。"

"是书没看够吧？无妨，你想看什么出去之后跟我说，我都默写给你。"老板以为自己猜到了扶苏为何恋恋不舍，笑着说道。不过他的目光投往黑暗中灯火蜿蜒的天光墟，笑容也慢慢地收了起来。

"我还有很多这样的秦半两可以当进出的信物,也有洛书九星罗盘可以找得到鬼市的入口,可是我很不喜欢来天光墟。"

"为何?"

"因为在这里游逛的人,都是困兽。准确地说……"老板的脸上划过一抹莫名的悲哀,"准确地说,他们都是一个个游魂而已。虽然活着,但某种程度上却是已经死了。"

扶苏沉默了半晌,用手指把手中的秦半两弹入青铜瓮中,铜钱发出了一声细微的闷响,便沉没在了黑沉的水中。

"走吧。"

第五章 唐三彩

没有人能够阻挡死神的镰刀落下。

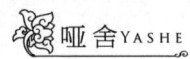

壹

天就像漏了一个大窟窿，豆大的雨滴倾泻而下，时不时还能从阴沉的云层间看到闪电一闪而过的踪影，随之便传来远处的闷雷声。

医护车刚停稳，医生便拉开车门，把手中的伞打开，回头遮着从车上跳下来的汤远，领着他赶紧冲到室内。

进了大厅，收了伞，罩上塑料袋挂在手腕上，医生检查了一下汤远小朋友有没有被淋到，发现问题不大，这才吩咐他乖乖坐在招待所的大堂里，自己则回头安排人员的住宿问题。

他们这是应邀来明德大学给学生体检的，每年他们医院都会接许多这样的项目，尤其在开学季。明德大学这边有自配的医院，不用搬运设备，但却因为地处城郊，需要医院派遣团队提前去住宿一晚，所以很多人不愿意来这里出外勤。

医生被分配到了这个任务，按资历还是负责带队的，也没法找借口推辞，问清楚了如果实在不方便可以带孩子来住，便抓着汤远一起来了。

因为这熊孩子之前曾经在晚上走丢过一次，医生绝对不敢把这臭小子一个人扔在家里。上回还好有遇到馆长那么好心的人，再出什么事可怎么办？

不过……他到底是什么时候认识了博物馆馆长啊？

拿着名单的医生忍不住走神了一下，却怎么也想不起来了。但听着馆长那和他认识好久了的亲近语气，医生当时怎么也不敢把这个问题问出口，就怕对方拄着的拐杖直接轰上来。

"学长？学长？"一个温婉的声音在他旁边唤道。

医生回过神，不好意思地朝她一笑道："抱歉，这是小叶你的房卡。"叶浅浅是他学妹，也算是他们医院里的院花了。她人如其名，长得清秀干净，就像是浅浅的叶片一般让人赏心悦目。这回淳戈没被分派过来，留院值班，倒是怨念了好久。

"这回是一个人一间房呢！而且据说还是独门独院的仿古式房间，真是lucky！"叶浅浅用指甲弹了弹房卡，笑靥嫣然。

医生也不禁回以一笑，不过并不是因为美女在侧，而是想到晚上不用与同事一间房，大可以一觉睡到天亮。汤远还小嘛！自是没有什么磨牙打呼噜说梦话的坏习惯。

也是因为条件好，他才可以把汤远随身带着，不用担心妨碍到其他人。

"不过这明德大学，可真是财大气粗啊。"医生一边分配着手中的房卡，一边不禁吐槽道。这校内的招待所建得和五星级宾馆没什么区别，摆设装修都是古香古色，脚下的青砖光可鉴人，走路都要担心不小心摔倒。而自从车开进校园之后，眼睛就像是不够用了一般，所有教学楼和建筑物都是仿古建筑，连路上偶尔遇到的学生有些也是身穿古装，简直让人以为是穿越了时空。

"其实……我也是这所大学毕业的呢……"叶浅浅轻咳了一声，有些局促地说道。

医生闻言彻底不淡定了。

明德大学是一所传说中的大学，建立的时间早就已经不可考，据说从春秋战国时期就已有雏形。明德大学之中的"明德"二字，就取自《大学》中的"大学之道在明明德"，千百年来，从明德大学中走出的名人不计其数，而这所大学却并未被世人所熟知，直到网络信息时代的到来。

在信息社会，几乎没有任何秘密，而明德大学在被曝光的那一刻，便成为了众多学子趋之若鹜的存在。

现在的明德大学，学制只有两年，一届只招收20人，其中有些学生是由各大高中推荐的优秀毕业生，经过层层笔试面试才选拔出来的高材生。能有资格参加考试的人就

少之又少,更别提脱颖而出的最终录取者了。当然明德大学也有一些特殊才学的学生,历届毕业生的后代,或者各大校董联名举荐的学生,又或者是捐赠者的亲属,等等。

曾经有一届明德大学的校长毫不避讳地说过,才、财两者,皆是明德大学所需,何必避讳,只谈才而不谈财?

明德大学只有两年制,学习的课程以国学为主,例如书法、国画、古琴、茶道、香道、插花,等等。其他课程包括诸子、兵书、数术、方技、诗赋等,通过这些知识来分析现代的社会学、企业经管、成王败寇的历史成因等,以古为镜,学习中华文明的各种知识。所有课程都是实行学分制,其中校园活动则按照古礼,例如女子的及笄礼、男子的及冠礼、中秋拜月礼,等等。

准确地说,明德大学其实是属于大学的预科班,给学生们熏陶古典国学、增加气质。明德大学的毕业生都会转到国内外知名的大学去继续学习,而且在各行业都能成为佼佼者。只要是明德大学校友会的成员,几乎就相当于拥有了一张上流社会的钻石卡通行证。所以除了真正天才的推荐生,其他有门路的富豪子弟都为了那有限的名额抢破了头,可惜据说捐的钱够多也没用,赞助生也需要经过面试,明德大学虽然不拒绝有财的学生,但也有选择的权利。

学院所有教课老师都是有名的教授或者学者,再加上梦幻般的校园环境和金字招牌,可以说这所大学是全国甚至全世界的青少年都梦想进入的。而他身边的这个学妹居然也是这所大学的毕业生?医生看叶浅浅的眼神顿时都不一样了。因为他看过叶浅浅的档案,知道她的父母不详,是自小在孤儿院长大的。那么毫无背景的她肯定就是学霸了,再联想到她那超高的手术技巧与外科临床天赋……

"咳,学长,其实我也不太清楚自己为什么能进这所大学。不过这所大学就像是兴趣班一样,我待了两年之后就转向我喜欢的医学院了。"叶浅浅窘得满脸通红,她就知道会被人用异样的目光注视。其实若不是怕遇到熟识的老师说漏嘴,她绝对不会坦白的。

居然把这么牛掰的大学说成兴趣班……医生按了按微痛的太阳穴,觉得学霸的世界他真心不懂。

不过这样一来,倒也说得通为什么叶浅浅通身的气质和其他女生不同了。也许是在这所超一流的大学中浸染了两年,她只单单站在那里,身上普通的白大褂都能被她穿得超凡脱俗,配上她身后像瀑布一样垂檐而下的长发,就像是一幅赏心悦目的美人图。而且她坦坦荡荡地素面朝天,现在已经很少见这样出门一点妆都不化的女人了,这叶浅浅看起来能有二十多岁，皮肤却好得和十几岁的女孩子一样。

医生下意识地多看了几眼身边这个美貌的学妹，却完全没有淳戈所说的怦然心动的感觉，反而下意识地有些防备。

贰

这种感觉让医生非常莫名其妙，却也说不清道不明，若非要形容的话，看到叶浅浅的时候，就像是看到汤远养的那条小白蛇一样后背汗毛倒竖……

居然把美女和蛇相提并论，果然他确实是得神经过敏焦虑症了吧，医生暗自腹诽着。

"学长，你拿着伞不太方便吧？我帮你先放起来？"叶浅浅见医生因为她的毕业学校而对她的态度大变，不由得生硬地转移话题，边说着边伸手过去打算帮忙拿伞。

医生反射性地后退了一大步，脸上同时露出了自己也不知道为什么会如此的神情，之后尴尬地一笑解释道："不，不用了。我发完房卡之后还要去隔壁的学校医院查看下设备仪器，小叶你……你先去放自己的行李吧。"

医生吞吞吐吐地说完，都不敢去看叶浅浅的脸色，匆匆转过头去快速发完同事的房卡，嘱咐汤远在招待所大堂等他回来，就撑着伞离去了。

叶浅浅走出招待所的大门，盈盈站在屋檐下，隔着房檐垂下的水帘，一直凝视着医生走进隔壁的学校医院，目光深邃。

"大姐姐，你在看什么？"

叶浅浅低下头，发现她学长带来的小孩子不知道什么时候走到了她身边，正仰着头一脸天真无邪地看着她。叶浅浅在医院里也经常会接触到小孩子，所以她半弯下腰，平视着对方黑白分明的大眼睛，指着屋檐柔声道："我在看这个招待所的建筑啊，你看这种建筑的翼角翘起来好高，古时叫水戗发戗①。"

其实叶浅浅也是忽然想到了之前念书的时候有人曾经对她这样说过，随口提了一句罢了。她说完自己也笑了一下，对一个十岁大的孩子说这些，他肯定听不懂的。

结果却没想到，这孩子扫了一眼那翼角，居然一本正经地摇了摇头道："大姐姐你说错啦！这种翼角翘起来的角度不是水戗发戗，而是嫩戗发戗②，是在老戗端部向上斜插了一条嫩戗所形成的。"

叶浅浅目瞪口呆。

这孩子却仿佛打开了话匣子,继续滔滔不绝地吐槽道:"这建筑简直就是奇葩,远看仿佛是仿唐式的建筑,外面有副阶周匝③,殿身是唐宋时期流行的金厢斗底槽,可是翼角的嫩戗发戗却是清朝时出现的,更别说那明朝风格的琉璃面砖和琉璃瓦……喏,倒是混搭得别具一格。"

叶浅浅彻底无语,随后也知道了为何这孩子在工作日也跟在她学长身边不去上学。这智商这情商,也没学校肯收吧!

要不要抽空给他写封推荐信呢?这种怪才的苗子,明德大学估计来者不拒。

哎呀呀,不过,重点难道不是某人在跟她炫耀知识的时候说错了?

喏……那个某人究竟是谁来着……怎么一点都想不起来了?

就在叶浅浅直起身子胡思乱想的时候,汤远伸手按了按在脖子上扭来扭去的小白蛇。

因为这小祖宗之前一直在睡觉,这时候忽然不安分起来,到底是因为这场突如其来的暴雨呢?还是因为……身边这个有点古怪的叶浅浅?

汤远小朋友的眼珠子转了转。

❧ 叁 ❧

医生一行人到达明德大学的时候是上午,安排完人员入住后,他便跑到招待所隔壁的医院查看设备。

事实上这里驻院的医生据说就是一个有名的老教授,之前就是医生所在的医院心胸外科的一把手,全国都数得上号的人物,退休之后被返聘在这里坐镇的。若不是体检需要人来打下手,根本也轮不到他们医院派人来。

医生恭恭敬敬地请示了老教授一切事宜,后者也极其满意他的态度,中午大手一挥,安排他们一行人在招待所的餐厅吃了一顿不错的午饭,下午收拾收拾就开始体检了。

---

① 水戗发戗 ② 嫩戗发戗:戗,qiàng,水戗发戗和嫩戗发戗都是南方处理房屋翼角的方法。嫩戗发戗指子角梁将屋角翘起,此做法可使屋角翘起较高,多用于攒尖顶亭子等。水戗发戗则子角梁不翘起,仅靠屋角上的脊翘起,如象鼻。

③ 副阶周匝:是指塔身、殿身周围包绕一圈外廊。金厢斗底槽特点是殿身内有一圈柱列与斗拱,将殿身空间划分为内外两层空间组成,外层环包内层。

第五章 唐三彩

身处医院最忙也是最精贵的心胸外科，医生实际上并没有参加过外派给学生当体检医生的任务。不过杀鸡焉用牛刀，就是说用牛刀也可以的，医生很快就把所有事安排得井井有条。不过当他看到叶浅浅与那驻院的老教授相谈甚欢的时候，才反应过来叶浅浅念书的时候应该也和这老教授相识，说不定她选择当外科医生，也是这个缘由。

采血验尿的项目都是需要空腹的，所以都安排在明天清晨开始，下午就进行一些常规项目。医生之前在看到这些仪器的时候就觉得眼瞎，眼眶B超检查是怎么回事？难道这些十几岁的年轻人都会有老花眼青光眼吗？脑血流检测仪有必要么？更别说什么心脏彩超、骨密度……医生想起刚刚在一间诊室里看到的那尊庞然大物，如果他没认错的话，那静静放置的正电子发射计算机断层显像也就是简称PET-CT仪器！他不禁抖了抖，这东西可是可以提前检查出来人体内有没有恶性肿瘤的逆天神器！全国现在也就只有一百来台！至少八位数的身价！贵就一个字！

这完全媲美超一流医院的设备！而且还免费！不用挂号排队！

想想也是醉了……

当然这也是属于明德大学的福利，又因为绝对隐私，很多校友也会在这一天来到明德大学体检，只是很多人不会浪费一晚上在这里，都是当天上午再过来。所以现在来的都是二年级生和第一次报道的一年级新生。

见识过了那个逆天神器PET-CT，医生对于面前这个只要人站上去就可以自动全息扫描身体所有包括身高体重三围等基本数据的仪器，也见怪不怪了。体检全程都没有任何体检表，全部电子化进程，所有仪器前面都有个记录仪，学生用身份证在上面一扫，就会自动记录数据到电脑上。

医生越看越觉得根本没有他们什么事情，来这里八成就是为了维持秩序。但这学校的学生也就四十个人，维持什么秩序啊！更何况这些学生一个个不是学霸就是土豪，素质都超级高的，而且很明显是二年级生在前面，一年级生排在后面。

不过医生无聊到数了数人数，发现居然怎么数都是三十九个人，不由得去了解了一下情况，发现新生之中有个人飞机延误，所以要明天早上才到校检查身体。

"其实明天有可能会看到蛮多名人的哦！"叶浅浅见医生实在是无聊，便凑过来八卦一下。她负责的仪器是隔壁的血糖检测仪，只需要学生来伸出个指头，在针头上按一下就能取一点血检查血液内的血糖了。这仪器连针头都自动更换，她也只不过是和医生一样站着看而已。这样的血糖检测不止今天一次,这次是餐后两小时的,等明天早上还要再检查一次,两个数据对比才能综合判断每个人的血糖情况。

"对名人没什么兴趣。"医生撇了撇嘴道。名人有什么用?他在医院待了这么几年,也多少见过一些知名人士。没有人的成功是天上掉下来的馅饼,他们无一例外都是特别拼命、生活作息完全不正常、时刻处于巨大的压力之下的。在病魔面前,他们所能做的也只不过是比普通人多花些钱,享受下更高级的仪器和药物。但这也是他们之前透支生命换回来的钱,运气好的可以继续活下去,运气不好的也就只能认命了,划不划算还真是说不清楚呢。

没有人能够阻挡死神的镰刀落下。

叶浅浅的眉梢抽了抽,决定转移话题,指着医生面前的全息扫描仪道:"话说这仪器记录数据,是为了给学生做衣服的。不光新生,二年级生因为身高体重体型的变化,还会做新一年的整套校服。"

"整套?"医生眨了眨眼睛,总觉得这个整套并不是他概念里的那两个字。

"是啊,按照季节划分的春夏秋冬四种校服,其中有中山装、汉服、骑马装、泳装、晚礼服……连搭配的鞋子都有数十双,还有帽子、包包、首饰、配饰……"叶浅浅仿佛想起了当年念明德大学时的情景,美目发亮。没有女人会对衣服首饰珠宝有抵抗力。

医生回想起自己念书时的运动装校服,默默地羡慕嫉妒恨了。

叶浅浅显摆完也觉得自己说错话了,懊恼地用手敲了敲脑袋,觉得自己与人交流聊天的技能根本就是负值。

两人就这样心塞塞地看完了所有三十九名学生的体检,这间诊室的功用也就结束了。医生见最后一名学生离开,便好奇地站在了那个全息仪器上面,顺便看下自己的身体数据。咦,最近是不是有点胖了?

"学长,你也顺便测个血糖吧。"叶浅浅笑着道,不由分说地拉着医生的手腕按在了血糖检测仪上。

这种末梢取血就跟被虫子咬了一口一样,医生也没在意,反而是看着屏幕上的数据摸了摸肚子。这中午吃的有点多吧,血糖数据略高。"叶子,你要不要也测一下?"

"不用啦,我们去其他诊室看看吧,反正这边弄完了。"

"好的。"

转身离去的医生并没有发现,屏幕在闪过了亮光之后,忽然出现了一行小字。

第五章 唐三彩

【身体数据与血液采集已完成，准备开始制作……】

肆

汤远吃过晚饭，就宅在房间里拿着一个IPAD看书，不过基本上没看进去，大部分的精力都耗在怎么安抚各种折腾的小白蛇身上了。

后来汤远也发现，这小祖宗估计是感应到明德大学校园里有什么古怪的东西，按捺不住就要出去觅食灵气了。但这外面的雨也没停，他怎么可能有借口出去溜达？不过就算雨停了，汤远觉得他也溜不出去。自从上次天光墟的事情之后，医生盯着他就像是盯犯人一样。

正琢磨着这事怎么办的时候，汤远忽然听到外面套间的客厅里有动静，连忙把IPAD一扔就噔噔噔地跑了出去。只见本应该用笔记本电脑上网的医生穿上了外套，看起来有事要出门。

汤远眨了眨大眼睛，什么都没说，只是很无辜很乖巧地笑了笑。

医生看到他这个样子反而更不放心了，盯着汤远小朋友看了片刻，朝他招了招手道："穿鞋，跟我一起出门。"

"大叔你是不是有事啊？带我方不方便啊？我会很乖地待在房间里的！"汤远赶紧拍着胸脯表忠心。

越是这么说越觉得不可信好么！医生也不再说啥，直接把汤远的小皮鞋从鞋柜里拎出来，用眼神示意他动作快点。

汤远磨磨蹭蹭地低头穿鞋，其实是在掩饰自己眼中的笑意。

哦耶！成功出门！

直到跟着撑着伞的医生走出他们住的小院，看到在院门口明显等着他们的那位女士，汤远脸上隐秘的笑容都快绷不住了，来来回回地在叶浅浅和医生的身上看来看去。

"作什么怪？"医生生怕汤远说出什么古怪的话，威胁地用空着的那只手按了按小朋友的头顶。

汤远却嗤嗤地笑了几声，压低声音道："大叔，没想到桃花运不错啊！这妹子肯定是喜欢上你了！"

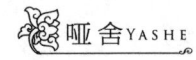

"别胡说。"医生却是半点窘迫都无,其实他宁愿离叶浅浅远些,尤其是在这下了雨的夜晚。脑海里闪过了一些看不太清楚的画面,医生有些莫名地庆幸带着汤远一起出来了,这样至少不会和叶浅浅同撑一把伞。而且雨滴打落在伞面的声音,让他心烦意乱。也不知道从什么时候起,他就特别讨厌下雨天了,如果雨下得不是很大,他都不会撑伞。

他这样恍惚的状态一直持续了很久,直到叶浅浅都忍不住地直接问出了口:"学长,你怎么了?"

"哦……没事,总是觉得这个场景有些似曾相识。"医生下意识地喃喃自语道,有个人影从他的脑海闪过,快得让他抓不住,只能隐约看得到一条模糊的赤色蜿蜒的影子。

"Deja-vu现象。"汤远耸了耸肩,口中说着流利的法语发音,滔滔不绝地开始吐槽,"也就是所谓的'既视感',未曾经历过的事情或场景仿佛在某时某地经历过的一样。不过,这和'姑娘我们是不是在哪里见过'一样的老套。大叔,不得不说,你泡妞的技巧有点烂。"

医生满脸黑线,唯一的想法就是把这货扔回房间里。

叶浅浅被汤远说得有些赧然,但依旧开口替医生辩解道:"这是一种常见的心理现象,就像是Jamais-vu现象的反面一样,我也经常会出现这种情况。"叶浅浅顿了一下,忍不住还是加了一句道,"Jamais-vu现象,你懂吧?"法语发音同样的标准。

医生在内心哀号,他不懂!可是他没脸开口问!他只是个普通的外科医生,对心理学没有太深的研究!跟学霸们毫无共同语言!摔!

好在一直很靠得住的汤远小朋友淡定地点了点头道:"当然懂,是指旧事如新,见到熟悉的事物或文字时却一时间什么都回忆不起来的感觉。"汤远也顿了一下,抿了下小嘴唇,还是决定继续吐槽不憋着自己,"其实健康的大脑也会出现这样两种心理现象,可是大姐姐你若是经常出现这两种情况,那就说明你的大脑有问题。"

医生的眼睛已经变成了死鱼眼,指着妹子说对方脑袋有病这样真的好么?他是不是要防着自家学妹下一秒钟掏出手术刀来把他们都解剖切片了?

可没想到叶浅浅居然没有一点生气的预兆,反而美目一亮,迫不及待地追问道:"那我若是很频繁地想起一个人或者一系列的场景,这又代表着什么?"

"因素太少,我要再问一些具体详细的资料。"汤远也严肃了起来,噼里啪啦地开口一连串地仔细询问着。

若不是肩负着要给汤远小少爷撑伞的重任，医生当时就想掉头就走。也亏得叶浅浅性格好，居然也陪这小朋友胡闹。可是医生越听这两人的问答，神色也就越来越凝重。因为叶浅浅所说的那些症状，他居然一条不漏全都有。

汤远问了自己想要了解的问题之后，沉吟了半响，这才缓缓说道："排除了想象力丰富、做梦、情景性记忆、无意识记忆、错视现象、视觉记忆等因素，大姐姐你这种情况，我觉得有一种原因很有可能。"

"是什么原因？"也许是汤远用童稚的声音说出这样一本正经的话，让叶浅浅下意识地认真对待，收起了脸上一直挂着的笑容。

医生也不由得屏住了呼吸。

"应该是你的大脑因为某种原因屏蔽了某段记忆。"汤远摊了摊手，"建议你去找专业的心理医生做个催眠，真的。"

医生闻言翻了个白眼，觉得居然有一秒钟相信汤远小朋友的自己实在是太天真了。

可是叶浅浅的表情却并没有轻松起来，脸上的表情也变得若有所思。

三人这样一边走一边聊，倒是少了之前只有两个大人相处时的尴尬气氛，远远看上去居然有些相谈甚欢。汤远摸了摸手腕上一直在游走的小白蛇，在转弯的瞬间不着痕迹地朝身后某处扫了一眼。

啧，跟踪什么的，要做得专业点啊，亲！

伍

夜空被乌云层层叠叠地遮住，天上的细雨如同断了线的珠子一般淅淅沥沥地掉落着，砸在伞面上发出闷闷的响声，随后顺着倾斜的伞面滑落而下。

一盏盏宫灯造型的路灯在雨夜之中闪着昏黄的光，隔着雨幕也可以看得到校园中的仿古建筑，那硕大的斗拱，飞扬的屋檐，都透着一股古意盎然如梦似幻的美感。身畔有着一位清丽脱俗的佳人相伴，各撑着一把伞在雨中散步，时不时相视一笑，相信这是大部分男士梦寐以求的待遇。

但医生反而却觉得有种别扭的不自在感，当然不是电灯泡汤远小朋友，而是有种说不出的不安。"叶子，我们这到底是要去哪里啊？"

叶浅浅温婉一笑，不好意思地解释道："这校园确实是有点大，就在前面了。"

医生点了点头，压下心中的烦躁。身为这次外出体检带队的负责人，医生自然是要确保所有人的安全。所以在无意间听说叶浅浅晚上要出门，便决定陪她一起去。毕竟明德大学占地极大，而且人烟稀少。白天的时候都极其空旷，更别说晚上了。

果然没走十分钟，沿着一条小路走到了尽头，就看到一栋三层的古典小楼出现在树荫背后。这栋小楼看起来应该也曾经是住宿用的别墅，可是在院墙上铁门上都缠满了爬山虎，有些窗户都是破裂的，在黑漆漆的雨夜之中看来更是透着阴森。

医生站在铁门外面，感觉背后都渗出了冷汗，但脸上还是露出了极为绅士的笑容，道："我们在这里等你。"他想着这里也许是叶浅浅念书的时候来过的，说不定要去拿什么东西，例如埋在树下的时光胶囊什么的。女孩子嘛！肯定文艺小清新。

"一起进去吧，应该都没锁门。"叶浅浅伸出手轻轻一推，生锈的铁门就吱呀一声向内而开。这声音在寂静的雨夜传出去很远，隐隐居然还有回音。

这种鬼片的既视感真是……但总不能比妹子胆子还小吧？医生硬着头皮跟着叶浅浅走进了院子，头顶上忽然传来的振翼声和树叶的沙沙声都让他绷紧的神经吓了一跳，不过抬起头发现只是一只被惊起的乌鸦，便摸了摸重新掉回胸膛的小心脏，继续抓着汤远往前走。

此时医生由衷庆幸把汤远带出来了，好歹也算是有个人壮胆。

汤远扁了扁嘴，觉得自己真是太艰难了。一只手被抓得死紧，都快出汗了，而另一只手还要安抚自家快要暴动的小祖宗，必须按住啊！否则就照着这种架势，恐怕刚刚冲出去就能把那只乌鸦咬死了吧！

小楼的大门也没有锁，叶浅浅只是站在大门面前迟疑了瞬间，就抬手推开门走了进去，医生见状也赶紧跟上。

入门就是一股发霉的味道扑面而来，医生收了伞放在外面的门厅处，掏出手机打开手电筒功能。可只是这个工夫，视线中就已经没有了叶浅浅的身影。

医生愕然地用手机来回照着，小楼里的摆设都能看得出来当年的奢华，只是因为常年无人居住，已经积满了灰尘和蛛网。医生刚想喊叶浅浅的名字，汤远小朋友就已经挣脱了他的手，大摇大摆地往小楼的深处跑去。

"喂！汤远！你往哪儿跑呢！"医生气急败坏，但也别无选择地追了过去。

第五章 唐三彩

今天晚上整串事情发生得极其诡异虚幻，以至于医生感到自己好像触到了什么机关，踏空了某处，摔到了地下一层之后，居然还有种"啊，终于出事了"的安心感。

灰尘很大，咳嗽了几声，医生并没有急着起身，而是活动了一下四肢，确定自己没有伤到筋骨之后，才站起来找到摔在一旁的手机。

幸好屏幕没有碎，否则损失就大了。医生松了口气，举着手机往四周一照，入目所视的画面，让他差点把手机都扔了，惊骇像是毒蛇一般，瞬间从他的脚跟直蹿到脑后。

他身处在一间大约有一百平方米的密室之中，在他的前后左右，竟然无声无息地密密麻麻地站着许多人。

准确地说，是一个个与真人比例一样，色彩逼真栩栩如生的陶俑。

这个场景怎么这么熟悉……

医生的脑海中又恍惚了一下，他也没去过西安，怎么可能看过兵马俑？更别说跳到殉葬坑里去了，根本没这个特权好嘛！

也许是吐槽化解了一些恐惧，医生竟然奇迹般地镇定了下来。他向上照了照，并没有发现他掉落下来的通道，只能往前查看。他轻手轻脚地在这些陶俑身边走过，心想着这种色彩艳丽的笔触到底是仿造哪个朝代的艺术品？喏，应该是张扬的大唐。这里难道曾经是明德大学的艺术工坊？或者贮藏室？仓库？

不过居然定做这些人形的陶俑，当年明德大学管理层的审美也真是醉了……

医生在内心疯狂吐槽着，一时不小心居然差点被脚下的杂物绊了一下，撞到身边的陶俑，手机的光芒晃动了一下，正好照向了另一侧。

"叶子！你居然在这里！"医生很生气，语气难得地严厉了许多。

可是却没有等来应该有的回应。

医生皱着眉再次举起了手机。

手机啪嗒一声再次摔在了地上，屏幕发出了清脆的破裂声。

空旷的地下室无端端地有阵阴风吹过，让医生差点就吓得坐在了地上。

因为，在他的身侧，竟然有一个长得跟叶浅浅一模一样的陶俑！

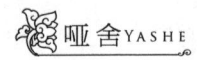

陆

　　手机的手电筒正好朝上，惨白的光源自下而上映照，正好照在那尊陶俑上，就算那陶俑有张美女的脸也一样的骇人。

　　医生急促地深呼吸了几下，见周围并没有任何异状，这才颤抖着手把手机重新捡起来，壮胆般自言自语道："这搞什么鬼？难道是鬼屋吗？"

　　"还真不是鬼屋。"

　　一个声音从地下室的另一个方向传来，医生手一抖差点把可怜的手机再次扔在地上，不过他迅速地把手机朝那个方向照过去，一个小小的身影从某尊陶俑身后转了出来。

　　"汤远！让你乱跑！"之前的惊骇全都转为了怒火，医生的怒气值 MAX 满格。

　　汤远挠着头发嘿嘿笑了笑，他倒是比医生早到了一会儿，还琢磨着是不是要躲起来吓唬医生一下，不过看着一点点小动静都能把这货吓得面无人色，觉得自己还是主动出来自首的好。

　　好歹有了同伴，尽管是个只到他腰际的小豆丁，但医生也已经强迫自己恢复了镇定。毕竟他是大人，要照顾小孩子才对。他振作了一下，忍着头皮发麻的感觉，用手机把周围的唐三彩陶俑都扫视了一遍。

　　这才发现为什么看到这些唐三彩陶俑的时候有种违和感，因为这些人形陶俑居然都雕刻着现代的服饰，而且个个年轻，都是十几岁的模样。医生越看越觉得心惊胆战。

　　旁边的汤远啧啧有声："真是奢侈啊，这唐三彩都是仿造明德大学的学生制作的吗？可是为什么身体数据那么精确？这个大姐姐的三围简直和真人没有什么差别啊！"汤远边说边跑到那个和叶浅浅一样的陶俑旁边，用手虚画比量着。

　　医生想到了今天体检的时候，那架全息扫描身体数据的仪器。若并不是为了做校服，而是做唐三彩陶俑呢？医生的背后发毛，不会有人无缘无故做这些唐三彩的，到底是为了什么？

　　正发散思维自己吓自己的医生，发现一直聒噪的汤远忽然闭口不言，小脸煞白，来来回回地绕着那个和叶浅浅一样的陶俑走来走去。

　　"怎么了？"医生的声音都有些颤抖。

　　"没什么，可能是我想多了……"汤远虚弱地朝他一笑，"可是……可是我记得叶

第五章 唐三彩

姐姐今天穿的就是这件白色的连衣裙……"

医生感觉浑身的鸡皮疙瘩都立起了,汤远这话的意思,是叶浅浅被变成了唐三彩?这些陶俑原本都是活生生的人?!

他想要反驳,可是却越看越觉得这陶俑身上的白色连衣裙就是叶浅浅今晚穿的那件……

原来……叶浅浅不是失踪,而是被变成陶俑了吗?!

就在医生的心脏都要蹦到嗓子眼的时候,一声嗤笑打破了室内的寂静。

"咳……大叔你不会真信了吧?"汤远撇着嘴,从自己的小兜里摸出医生给他买的儿童手机,也调出手电筒模式,照着周围的陶俑,开始一个个辨认起来。"你看这个唐三彩,这张脸辨识度很高吧?现在很有名的股票操盘手,经常在财经频道出现。还有这个人,前天才看到他代表某有关部门在电视上发过言。喏,这个妹子好像在某个电视剧里演过白莲花女配……"

在汤远絮絮叨叨的说话声中,医生才算是真正冷静下来。他低头看了看手中的手机,虽然屏幕裂了,但勉强还是可以拨号的,但也许是身处地下室的缘故,根本没有信号,没办法联系上叶浅浅。正尝试着举高手机来回寻找信号的时候,汤远那边又轻咦了一声,医生没好气地问道:"又怎么了?"

"喏……大叔你来看下,这个陶俑居然有裂纹了。"汤远在那边召唤着。

有裂纹不是很正常的吗?这是陶俑又不是金刚石。

尽管心里吐槽着,医生还是走了过去,却在看到那尊陶俑的时候皱了皱眉。

确实这裂纹不太寻常,整尊陶俑像是被大力打散了一般,以左胸为源点往外扩散,浑身布满了蛛网似的裂纹,而且奇异的是即使裂成这样,这尊陶俑也没有碎掉,而是依旧顽强地站立着。

"大叔,这个人……我们好像见过……"汤远指了指这尊陶俑的脸,示意医生注意看。

医生一看之下,刚刚恢复少许的脸色又变得煞白。

这尊陶俑非常瘦,面容也有种病弱的英俊,正是曾经被护士们亲昵地取外号叫"程竹竿"的程骁!医生曾经接手过他的手术病例,这人在医院前前后后待了十年,医生又怎么可能认不出来他的脸!

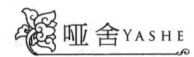

柒

"这程骁……还没死？"汤远挠了挠头，小白蛇明明吃了对方偷别人阳寿的银鱼符，不可能还活着啊！

"……手术抢救之后，就一直没醒。"医生抹了把脸，一手的冷汗。这熊孩子怎么一副"对方为什么没挂掉这不科学"的表情？质疑他的能力吗？

"哦……"汤远勾了勾小嘴角，意味深长地拉长了声音。

"哦什么哦！"医生拍了下熊孩子的头，无奈地叹了口气，"想到什么就说吧，大叔的心脏比这程竹竿的坚强，能扛得住。"

"哦，那我就说了哈！"汤远立刻扬了扬眉，一双小手往身后一背，煞有介事地开口道，"大叔，你知道唐三彩是什么吗？"

"一种陶器，唐代的。"医生下意识地就想用手机搜索一下，但一看屏幕碎了还没信号，只好悻悻地放弃。

"唐三彩是一种低温铅釉陶器，算了，这个不是重点，重点是，唐三彩因为胎质松脆，防水性能差，实用性远不如当时已经出现的青瓷和白瓷。所以根本不是做日常用品用的。"汤远歪着头轻笑，"大叔，你见过有唐三彩的盘子、碗、盆吗？"

"确实很少，我见过的唐三彩大多都是人物俑或者动物俑。"医生回忆着，他本以为自己根本没见过多少古物，但实际上脑海里涌出来的画面多得惊人。

"是啊，这是因为唐三彩实际是作为冥器，陪葬用的啊。"汤远笑着说道。

医生倒抽一口凉气，汤远小朋友清脆的童音听起来本应该十分悦耳，可是此情此景之下，真是有种透骨的寒意袭来。"你是说……这些唐三彩陶俑是某人做出来陪葬用的？"

"这些唐三彩陶俑的摆放也是有说道的，看上去杂乱无序，连面朝的方向都不一样，实际是按照一种隐秘的阵法排列。"

"说人话。"

"此阵厉害，我没学过。"

医生看着低头懊恼的汤远小朋友，反而笑了出来："我们的重点都错啦！不是要研究唐三彩，而是要赶紧出去才对。"

第五章 唐三彩

"这程骁八成是在这学校的医院做过体检。"汤远不甘心地继续分析着。

"有可能,毕竟这学校的医院有老教授坐镇,老人家虽然因为年纪大了手抖不能继续再做手术了,但眼界和经验都在。"医生说到这里便停顿了一下,因为他忽然想到今天他也手贱地检查了一下身体。

不过……哈哈,他应该是杞人忧天了吧!医生自我安慰着。

"大叔你说,我要是把这陶俑推倒,程骁是不是立刻就会死掉了啊?"汤远异想天开道。

"别胡闹!"医生赶紧拉着汤远离程骁的唐三彩陶俑远一点。

"哈哈,我开玩笑的啦!"汤远哈哈笑道。

"咔嚓——"

一声清晰的陶器破裂声传来,汤远的笑声也随之戛然而止。

医生和汤远两人目瞪口呆地看着程骁的陶俑在没有任何人碰触的情况下,碎为齑粉。

"这不是我搞的鬼!"汤远一个激灵,立刻举起双手表示自己是清白的。但他说得有些心虚,因为从进到这小楼之后,他兜里的小白蛇就不见踪影了。

"我当然知道不是你搞的鬼,除非你会言灵。"医生瞪了他一眼,不再和他废话,专心致志地在这间地下室里找起出口来。

汤远也有些害怕,倒不是怕这些邪门的唐三彩人俑,而是怕被医生丢弃。虽然这医生叔叔管得严,却无微不至地关心爱护着他,这已经是他离开师父之后所能受到的最好的待遇了。

所以,在他看到一尊明显在釉光、颜色、造型各方面都与其他人俑不同的唐三彩时,踌躇了一下,并没有说出口。这尊唐三彩的釉面通体有一层薄薄的银光,就像是被月光映照其上,发出淡淡的银色光晕。这正是釉面的返铅现象,上百年的时间,才能形成一小块银斑,经过时间累积才能酝酿到发展成为大范围的银片。而这尊唐三彩通体都有银光,可见年代十分久远。

汤远忍不住好奇想要走过去看清楚那尊唐三彩的模样,可是他刚抬脚一步,就被一只大手牢牢地抓住了。

捌

"你这熊孩子,又想乱跑?这里,我找到出口了。"医生不由分说,直接就拽着汤远从找到的出口往外走去。

两人穿过了一条长长的密道,当最后打开一扇大门的时候,发现居然就是他们刚进门时的大厅。而叶浅浅正握着手机,着急地在大厅里转来转去。

"你们到底去哪里了?我不过是上楼拿个东西,一回头你们人就都不见了!知不知道有多吓人啊!我都报警了!"叶浅浅看来是气得很了,噼里啪啦地一顿说教,随后又打电话给学校保安说不用过来了,人已经找到了。

汤远觉得手腕一凉,一条滑腻小蛇熟练地在他手腕上打了个结,惬意地用蛇头蹭了蹭汤远的手背。

"对了,你们到底是去哪儿了?"见人找到了,叶浅浅也冷静了下来,声调降了八度,重新恢复了正常。

"我们……"医生和汤远对视了一下,都觉得大脑一片混沌,"好像就在屋里逛了逛……"

叶浅浅蹙起了细致的秀眉,开始怀疑这一大一小是故意吓她玩的,脸色也阴沉了起来。

医生见状就知道自家学妹肯定是想歪了,连忙想解释,可是手机又响起了提示音。

他拿起来一看,顿时就心疼了。

"我靠!手机屏什么时候碎了啊!我新买的IPHONE6 PLUS啊!"医生哀号。

"活该。"叶浅浅撇了撇嘴,幸灾乐祸。

汤远却一直紧锁着小脸,内心在狂躁。他肯定是碰到什么古怪的东西了!进入小楼之后的记忆居然全部都没有了!问小白蛇也白扯淡,这货一进小楼就溜得比谁都快!

医生心疼地用碎掉的屏幕勉强看到了淳戈发给他的微信,神情立刻就怅然了。

程骁,那个患有限制型心肌病的病人,终于脑死亡了。

医生这些年已经见惯了生老病死,对于程骁的结果也早就有了预料,可是也难免有些不甘。

没有人能躲得开死神的镰刀。

"走吧。"叶浅浅见医生居然连句解释都没有,秀眉倒竖,语气生硬地扔下一句,扭头就往外走。

"啊？啊，好的。"医生连忙跟上。

喏……好像忘记了什么呢……算了，不去想了。

此时此刻，他们脚下的地下室中。

在程骁的陶俑碎末之上，一尊和医生一模一样的陶俑慢慢地在黑暗中塑成……

第六章 苍玉藻

得到与守护是两个概念，怀璧其罪，
不是所有人都能善始善终。

壹

公元294年。

石熙攥了攥衣袖，擦干净手心因为紧张而渗出的细汗，一步步地跟在父亲身后走进王家的府邸。

今天龙骧将军王恺大宴宾客，石熙也不知道他父亲怎么想的，居然带上了才六岁的他。

石熙是他父亲石崇四十岁那年才得的独子，自是从小倍受宠爱。在他更小的时候，甚至连自家院子都没出过。也许是发觉男孩子这样当女孩子金贵着教养不妥，最近一些时日，石崇不管去哪里都带着石熙，今天来王家赴宴也不例外。

石熙虽然年岁不大，但见了其他大人之后，该有的礼数也都会磕磕绊绊地做足，一副小大人的模样，更是引人怜爱。他从进了王府的门之后，一路走过，遇到了大大小小的宾客，自是赚了不少各式的见面礼。

王府的宴会开在府中最大的亭台之上，这座亭台足以容纳上百人，其间装饰以山石植株。此时正是春光好时节，各色鲜花纷纷绽放，争芳斗艳。而在花影丛中，还有数十个衣着轻薄艳丽、身姿曼妙婀娜的舞姬，正伴着远处传来的靡靡之音翩翩起舞。虽然因为花枝树干的遮挡，众舞姬的身形看不完整，但衣袂翻飞之时，花瓣簌簌而落，倒是有着无可比拟的绮丽意境。

在这座亭台周围，则是一片人工开凿出来的碧绿池水。主人宣布可以入席之后，宾客们依次踩着一座白玉桥跨越池水来到中央亭台。

碧波荡漾的池水上缓缓驶过一艘艘小船，每艘小船上都坐着几个乐者，吹奏着笛箫笙筑，拨动着琴瑟琵琶，或舒缓或急切的乐音围绕在亭台周围，响彻池水上空。又因为每艘船离中央亭台的距离足够远，乐声不会打扰到宾客们的谈话，也显得缥缈空灵。且所有小船都在池水之上游弋，离亭台的距离忽远忽近，所以多种乐器的合音也随之而变，更显得匠心独运。

在亭台之中，有一汪曲水蜿蜒而过。也许是利用地势和机关，一侧的池水弯弯曲曲地从亭台之中潺潺流过，注入另一侧的池中。在这条贯穿亭台的曲水之上，顺着水流漂荡着一个个装满珍馐佳肴的描金漆盘和倒满琼浆玉液的雕花玉杯。参加宴会的宾客们就直接在曲水之畔席地而坐，抬眼即可观赏围绕着他们起舞的舞姬们，弯腰便可捞起面前曲水之上的盛器品尝美食佳酿，无比惬意。

石熙自认为在自家也见过不少好东西，但这样奢靡豪侈的场面，他还真是头一回看到，当下也明白了为何父亲要带他出来见世面。

石熙转着小脑袋，两眼不够用似的到处乱看，就算被父亲拉着坐下来了好半晌，他仍不住地左顾右盼，尤其对面前曲水上漂荡而过的盛器极为感兴趣。

"此乃曲水流觞。"石崇见儿子喜欢，便低声笑着解释道。他也不管石熙识不识字，径自拽过他的小手，用手指把这四个字在他的掌心写了一遍。

石熙压根儿都不知道他写的是什么，权当是挠痒痒了，但还是跟着父亲把这四个字瓮声瓮气地念了一遍。他的小眼神跟随着漂荡的盛器，一直看到亭台边缘，有几位仆役忙着把宾客们没有碰过的盛器捞起，防止它们漂到池子中，才满意地收了回来。

他低头看着自己的小胖手，试着想要自己捞点吃的，但坐在他身边的小厮动作更快，只要他的目光在某个漆盘上多流连两眼，就会手脚伶俐地伸手把那个漆盘捞出来。

这些盛器上的珍馐佳肴个个样式精美，肉菜就有酱、羹、汤、蒸、烧、炙、煎、炸、蜜、糟、拌等方法烹制的飞禽走兽，鱼肉则是用从池水里捞上来的鲜鱼直接在船上烹饪，新鲜美味。间或点缀着青翠的蔬菜和各色的瓜果，还有精致的面食糕点，种类数不胜数，也无怪乎要用曲水流觞的形式来设宴。

得到了父亲可以开吃的许可后，石熙立刻两眼放光。每一份都只一点点，但架不住样式多，他的小肚子很快就鼓了起来，只能对着一个个从他面前漂过去的盛器干瞪眼。

不过看了又吃不下岂不是更痛苦？石熙摸了摸凸出来的小肚子，边喝着桃汁，边把

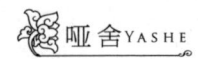

目光往两旁看去。石崇和旁边的宾客互相客套敬完酒，一回头就看到了他的小模样，不管他有没有听懂，就低声跟他介绍起坐在曲水两岸的诸位。

其实很多人他进来的时候都已经见过了，但再多认一遍也没什么不好的，石熙仔细地在袖筒里把得到的见面礼与父亲介绍的各位宾客一个个对上号。

"中上游的席位乃是主位。"石崇也不苛求自己儿子把所有人记住，但重要的几个人起码要有个印象。他来回低声说了几遍，才叹息道："熙儿，即使是这曲水流觞，也是有很多讲究的。"

石熙在父亲的提点下，才发现坐在曲水上游的宾客们不敢随意选菜，下游的客人们享用的也是别人挑过的，而他们父子俩坐的就是中下游的位置。

"那父亲，为何我们不坐在那里？"石熙眨了眨眼睛，天真地问道。

"席位是早已决定好的。"石崇喝了一口荔枝绿，享受地微眯了双眼。这是一种按照汉朝时就有的古方酿成的酒，用荔枝为主要食材配以粮食酿成的佳酿。年份越久，酒液的颜色就越深。石崇手中的这杯荔枝绿，已经接近碧色，可见年份不短，足以窥得王家财力的深厚底蕴。

"那这席位，是依着什么而定的呢？"石熙忍不住凑过去闻了闻父亲手中的酒杯，随后便因为辛辣的味道皱了皱小鼻子。

"无外乎名利二字。"石崇品了品唇齿间的醇厚酒香，笑着说道，"名乃是名声名气之名，利乃利禄利益之利。"

石熙基本是有听没有懂，一双黑白分明的大眼睛懵懵懂懂地眨了眨。

"其实就是变得有钱，或者有才华，又或者人人都知道，才能坐到最好的席位。"石崇望着喧嚣热闹的中上游位置，眼中闪过一丝渴望，旋即又很好地隐藏了起来。

"哦，听起来好麻烦……我坐这里就很好了。"石熙咂吧了一下小嘴，觉得就算是别人挑选过的菜，也有很多品种，足够他吃了啊！

石崇看着自己儿子不求上进的模样，暗暗地叹了口气。

也罢，若是自己儿子不争气，那他就自己争气一些吧。

石熙把目光从曲水流觞之上移开，往两旁看去。其实准确来说，也没有人像他这样来这里就是闷头吃东西的，周围有人高声辩论，也有人举杯赋诗，更有人一看就是喝醉了，毫不拘束地起身进到树林里寻舞姬玩乐去了。

他正定定地看着树林的方向，却有一只手掌横在了他的眼前挡住了他的视线，并且用手指抵着他的脸颊让他把头转回来。

"父亲……"石熙怏怏不乐地抗议道。

"熙儿,非礼勿视。"

石熙还想反驳几句,就被接下来的事态发展震惊得没空去感伤了。

好像有人说了句什么,一队仆役便奔了出去,一艘在池水上漂荡的小船掉了头驶向亭台,随后船上的五名乐者便被仆役们押了过来,依次跪伏在曲水畔。

这是什么情况?石熙双眼一亮,伸长了脖子,想要看个究竟。可惜他的小身板实在是太矮了,就算站起来都看不到什么,只好竖起耳朵,听周围的人八卦。

"据传处仲喜好音律,果真名不虚传,竟能听得出笛音的错处。"

"听说一名乐者把一处的宫音吹错成了商音。"

"啧,错就错了呗,为何还要说出口?岂不是给龙骧将军难看?"

"这王处仲,娶了襄城公主之后,攀上了高枝,就目中无人了。"

"非也非也,算起来,龙骧将军乃是王处仲的舅公,他们自家人不分彼此嘛!"

"哼,且瞧着吧,可没这么简单。"

"……"

之前石崇介绍的时候,也着重介绍了龙骧将军和王处仲这两个人,石熙轻易地找到了目标。龙骧将军就是这场宴会的主人王恺,坐在主位,年纪比他父亲还大一些,面容微醺,双眼都已经眯成了一条缝隙,但依旧可以看得到其中暗藏的锋芒。石熙在袖筒中摸了摸里面的小白玉马,把见面礼和人也对上了号。

而那位当了驸马的王处仲,名字应该叫王敦,字处仲,正是坐在那龙骧将军王恺旁边的青年男子。他的年纪只有二十余岁,眉目疏朗,相貌英俊,身着一袭长袍白衫,峨冠博带,说不尽的风流倜傥。他简简单单地盘膝坐在那里,但背脊却挺得笔直,与旁人相比,立刻就显得有些鹤立鸡群起来。

石熙在袖筒里翻了翻,发现没有找到这人送他的见面礼,不爽地撇了撇嘴。

真抠门!

而且这人一看就有问题,这宴会人声鼎沸,小船又离亭台那么远,这要什么耳朵,才能听得出人家吹错了一个音啊?

此时,宴会的主人王恺却已经扬声道:"处仲,你说笛音出错,可那艘船上的乐者一共有五人,难不成一起处罚?这可如何是好?"

随着他发话，在曲水彼岸的闲杂人等也都识相地散开，露出那五名跪伏在地的乐者。也许是为了让龙骧将军的声音传到各处，此时池水中小船上的乐声戛然而止，就连树林间的舞姬们也都停止了舞蹈，悄悄地跪伏在地。

几乎是一瞬间，方才还热闹喧嚣的宴会变得鸦雀无声。这巨大的反差，几乎令人窒息。

石熙下意识地看向曲水对岸，那五名乐者都很年轻，穿着别致的窄袖短袄，有男有女，手中都拿着笛子。他方才离得远，看得不清楚，看来应该是每艘船上的乐手都拿着一样的乐器。

听着旁边的宾客们窃窃私语，石熙发现大家都认定这下应该就不了了之了吧，毕竟法不责众。说到底，只不过是吹错一个音罢了，而且还不一定真有其事，这么认真做什么？况且就算是真的吹错了音，询问这五名乐者，就会有两种情况发生。一种是众口一词地指认谁是吹错音的人，还有一种就是互相攀咬。不管是哪种情形，都会令场面很难看。

石熙抱着看好戏的心情围观，却不曾想那王敦竟淡淡一笑，指着曲水对岸缓缓道："是中间那位。"

众人的目光刷地一下，便聚焦在中间那名乐者身上，那是个十多岁的少女。只见她低着头瑟瑟发抖，一声也不辩解，竟是默认的样子。

石熙看得目瞪口呆，难不成那王敦王处仲竟然真的拥有一双灵耳？

接下来事态的发展，却让满座皆惊。

那名少女乐者被指出之后，当场就被一旁的仆役用刀斩杀，喷涌而出的鲜血瞬间染遍她身下的青石板。宾客们纷纷变色，而那位挑起这一切的始作俑者王敦，却依旧面不改色，泰然自若地喝着杯中的酒。

石熙骇得差点惊叫出声，幸亏一旁的石崇早有准备地一把捂住了他的嘴。

少女乐者的尸体被拖了下去，鲜血也被迅速洗刷干净，剩余的四名乐者也被带了下去。气氛只诡异了这么几分钟，乐声就重新响起，舞姬们又重新翩翩起舞，虽然宾客们的表情有些不自然，但依旧重新开始觥筹交错起来。

石熙虽然年纪小，但也见过宠物的生死，知道死亡是怎样恐怖的存在。就因为知道，他才越发震惊，好半晌都没回过神。

恍惚之中，石熙听到有人压低了声音在问他身旁的父亲："那名乐者真的吹错了音吗？可若是被冤枉的，为何不出声辩解？"

"人生而分三六九等，身为下仆，又岂能反抗权力？自是贵族们说什么是什么。"石崇感慨道，端起酒杯，别有深意地叹道，"各位，珍惜自己的身份吧。"

石熙抬起头，定定地看着自己的父亲，知道他必定有话要跟自己说。

果然，石崇伸手抚着他的头顶，淡淡地教导道："熙儿，这一切也许只是一场戏，不用太往心里去。"

"戏？"

"记得我方才所言乎？今天所请的，都是我大晋朝的文人雅士。有这样一出戏，恐怕不出明天，全洛阳城就都知道王敦王处仲的名字了。"

"……此乃……为名乎？"石熙怔怔地问道。

"然也。"

石崇非常满意今天带着儿子出来长见识，虽然这剂猛药下得也太重了，但看起来成效不错。

石熙整个人都浑浑噩噩，小脑袋里全是转不过来的弯。再精美的佳肴，再美妙的景色，在他看来也都罩上了一层浓浓的血色。也许是看出他兴致不高，宴会进行到大半，石崇就领着他告辞而出，上了石家的牛车，可是颠簸了没多久就停了下来。

"老爷，有人求见，献宝以求庇佑。"石家的车夫低声禀报道。

石崇撩开车厢帘布，下面的仆役适时地递上来一个打开的锦盒，锦盒之内有一枚青绿的珠子，静静地躺在里面。

石熙只是看了一眼就向车厢外看去，发现有名年轻男子正跪在车轮旁，应是被连累赶出王府的四名乐者之一。他身着王府的乐者服饰，手里还拿着笛子，衣服上还带着血污，正是方才所溅到的。

"王府的乐者，都经过了多年悉心调教。熙儿，我记得你喜好笛音，要不要带回家？"紫袍中年人随意地问道。他并没有去问乐者的意思，因为以他的身份，就算是看这人不顺眼，收了珠子拔刀杀了也无所谓，就像是方才死掉的那名少女乐者，他们和他根本就不是同一等人。

石熙不知道自己什么时候喜好听笛音了，他一时也不知该如何回答，只能定定地看着跪在那里的年轻乐者。

而后者，却像是心有灵犀一般，缓缓地抬起了头……

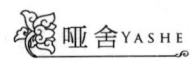

贰

床头柜上的手机响着震耳欲聋的《土耳其进行曲》，医生霍然睁开了双眼，茫然地盯着天花板看了许久，才从离奇的梦境中彻底抽离出来。

但梦境中的一切，却并不如往常的梦境一般，很快就模糊淡忘，反而随着他的回想，越发清晰了起来。

曲水流觞……说白了不就是回转寿司嘛！但那高大上的格调是回转寿司比不上的！

只是，最后那名少年乐者抬起头的那一瞬间，他就醒了过来，并没有看到对方的面容。

怎么……这么在意呢……

从梦中的那个视角，虽然只能看到那人下颌的弧度，却莫名地熟悉得令他浑身都战栗了起来。

医生又面无表情地在激昂的《土耳其进行曲》之中躺了半分钟，直到隔壁屋的汤远忍不住跑过来，按掉了他的手机闹钟。

"起床啦！不是说今天上午有手术吗？快去上班赚钱养我啦！"汤远小朋友义正词严地教育他，结果一转头就无语了，"这绿珠子是哪里捡来的？之前没看到过啊，都碎了还留着？"

床头柜上的灯座正好是个招财猫，招财猫向前举着的爪子上，放着一枚已经碎掉的珠子，在清晨的阳光下闪着深幽的青绿色光芒。

"我也不知道……"医生皱了皱眉，这珠子是他从明德大学回来之后，在衣服兜里发现的，也不知道他为什么没有丢，只是随手放在了床边。现在想想，梦里看到的那颗躺在锦盒里的珠子，颜色和大小都和这枚差不多。

果然梦境是现实的投影吗？

不过，他为什么会梦到自己成了那名叫石熙的孩童？还梦到了他的父亲……

医生抿了抿唇，他以为自己过了中二期之后，就不会再梦到臆想中的双亲了，结果在内心深处，还是默默地期待着他们的存在吗？

心情莫名其妙地发堵，在医院工作了一天，琐事缠身，也没有任何好转。

直到晚上快要下班的时候才有空回到办公室，淳戈一见他如此就取笑道："怎么愁眉苦脸的？被叶子学妹拒绝了？我可是听说你们两人半夜出去约会的八卦了哦！"

第六章 苍玉藻

"谁乱传的八卦？"医生一怔，继而难得严肃地声明道，"千万别再传了，对人家女孩子不好。"

淳戈意外地挑了挑眉，绕着医生走了一圈，拍了拍他的肩问道："那究竟是什么事？一直板着脸可不像你了啊！"

医生苦着脸从白大褂的兜里掏出手机，沉痛地说道："新买的手机屏碎了……"问题是他还不知道手机屏怎么碎的，一点印象都没有。

"……节哀顺变。"淳戈抹了把脸，无奈地捶了他一下，"屏碎了就去换啊！"

"换一个原厂屏要将近两千块呢！大淘宝上虽然便宜但不敢随便换！"医生懊恼道，"而且马上要交明年的房租了，还是省着点。反正手机还能用，就先凑合着用吧。"医生抓了抓头发，没说出口的是家里又多了一口人要养活。虽然养汤远小朋友并不费钱，但总要存着点准备金，以防万一。

涉及经济问题，就算是再熟的朋友，也不好说什么了。淳戈只能邀请道："晚上一起吃饭不？不过我要查完房才能下班，带上你家的小崽子，我请你们去吃火锅！"

"大热天的吃什么火锅啊……"医生吐槽道，不过还是约了时间地点，给汤远小朋友打了电话让他来医院，两人一起等好心的长腿叔叔下班请客。

其实不止淳戈注意到医生的心情不好，与他朝夕相处的汤远更是察觉到了。吃过火锅回家了之后，汤远发现医生少有地在书桌前写写画画外加使用计算器。好奇心极其旺盛的汤远趁着去送水的机会瞟了两眼，立刻就发现他在记账，看来原因在这里。

"这笔开销是什么啊？"汤远指着那笔数额最大的数字，心塞塞的。师父那个不靠谱的吃货，压根儿就没给他生活费就把他扔出来了。他开始严肃地考虑要不要去师兄的店里弄点古董贩卖什么的，但二师兄好像压根儿不在啊！

"是房租啊，该交下一年的房租了，当初签的合同就是一年一交房租。"医生咬着笔杆子，口齿不清地嘟囔道。虽然当时租这个房子的时候特别便宜，但房租每年都在涨，一年的房租一下子拿出来还是挺大一笔钱的。

医生用他那个屏幕碎掉的手机当计算器算了又算，好半晌之后才发现汤远小朋友一直没离开，而是一脸凝重地低着头。心思并不细腻的医生居然也瞬间懂了，连忙解释道："别这样，这不关你的事啦，就算没有收留你，我也是要交房租的嘛！其实养你也花不了很多钱的啦！"

汤远抬起头，认真地端详着医生的表情，而后者也适时地露出坦诚的笑容，浑然不

知自己这样子在别人眼中有多傻白甜。汤远确认了半晌，终于老气横秋地叹了口气，拍了拍医生的肩膀，恨铁不成钢地说道："大叔，你这还没到更年期呢，怎么就老年痴呆了？连自己做过的事情都忘记了吗？"

医生瞪圆了双眼，正想追问什么情况，就见汤远小朋友穿着小拖鞋啪嗒啪嗒地跑到了书柜前，拉开了一个抽屉，从里面翻出一份文件袋，又啪嗒啪嗒地跑回来，往他面前一递。

好奇地低头一翻，医生的眼睛又瞪得更大了。

这是一个房产证！就是他现在住的这间房子！而且还是他自己的签名！

他什么时候买的房子？！怎么连他自己都没印象？！

医生整个人都"玄幻"了，把手中的房产证翻来覆去看了好几遍，连里面附着的买卖合同、更名复印件、契税发票、土地证都翻来覆去看了好几遍，怎么看怎么觉得这不是假的。可是他哪里有钱买房子呢？才工作了几年，这座城市的房价高得让人无法企及，就算这房子便宜一些他也绝对承受不起啊……

叁

公元295年。

龙骧将军王恺的那场宴会，对石熙的震撼很大。那次归家之后，他就莫名其妙大病了一场。石崇自责不已，就再也不提带他出门的事了，倒是经常在回家之后跟他讲讲白日的见闻。

王恺家里是经常办宴会的，后来有一次比起前次还要惊心动魄。那王恺又开发了新的玩法，命舞姬劝酒，若是所劝的客人不喝酒，就是劝酒的舞姬不尽职。他王府不需要不尽职的舞姬，必斩之。被劝酒的宾客就算不看在美人的面子上，也要看在龙骧将军的面子上喝酒。只是轮到王敦的时候，他却说什么都不喝。劝酒的美人惊惧得面无人色，涕泪横流，甚至一连好几个舞姬都直接被斩杀在席间，王敦也没有半点动容。

而王敦也终于用几条人命，彻底让全洛阳都知道了他的名字。

这是石崇回来向石熙转述的时候，语气不屑的评价。

石熙年纪还小，无法体会父亲说话时所暗藏的艳羡。

那名被王府驱逐的乐者在石家住了下来，平日里吹奏的笛音悠扬清远。石熙本不喜好笛音，但每日这样听下来，倒也成为了习惯。

他的祖父是晋朝开国元勋石苞，祖父在过世之前，把财物分给了子孙，可偏偏他父亲石崇一分一毫都没有得到。

石熙觉得家里已经很有钱了，但自从去过那龙骧将军王恺的府中，才知道什么叫云泥之别。

不过很快，他父亲开始升官了。

出任南中郎将、荆州刺史，兼领南蛮校尉，加职鹰扬将军。

石熙并不明白这么一大长串的官职所要承担的政务有多少，但父亲归家的时间越来越晚。有时即使回家，也会去其他姬妾那里，不再来他的院子了。他几乎一个月都难见父亲一两次。

相对应的，石家开始变得富裕起来，府邸开始扩建翻新，在其他地方也起了别院，府中多了些旁人送的装饰摆设，价值连城，饭桌上的珍馐佳肴也多了起来。

但是没有了父亲的陪伴，石熙却觉得这些佳肴没有以前的四菜一汤好吃。

"少爷，为何不开心？"动听的笛音停了下来，一个悦耳的男声从廊下传来。

石熙放下筷子，用丝帕抹了抹嘴角，看着空荡荡的厅堂，竟小大人似的幽幽地叹了口气。因为笛音停歇，厅堂静谧下来，竟能听到其他院落断断续续传来的笙箫声，更显得此处寂寥肃穆。

石熙扭过头，看向笙箫声传来的方向，小脸阴郁。他知道那处院落是一个叫绿珠的舞姬，擅长舞一曲明君舞，技冠洛阳，极受父亲宠爱。

"乐师，那绿珠，是你推荐而来的吗？"石熙绷着一张小脸，一字一顿地问道。也许旁人不曾留意，他可是记得那枚被献上来的绿珠子，他压根儿就没拿到手过。而之后不久，石家便莫名其妙地冒出了一个叫绿珠的舞姬。

"回禀少爷，这是我和老爷之间的交易。"乐师的声音依旧不徐不疾，全然没有半点被拆穿的恼怒，"他想要无与伦比的财富，我便奉上绿珠。"

"……那你换了什么？"石熙半点都不信，这乐师八成是把他当小孩子糊弄呢。虽然他确实是小孩子，但也没单纯到这份儿上。这乐师要是有这天大的能耐，又何必当一个被人掌控生死的乐者呢？

当然是换了这一世的陪伴。

乐师没再作声，想必知道无论他说什么，这石家的小少爷都不会当真。

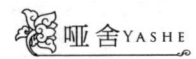

石熙并没有因此而生气，他本来性格就很随和，把这段话当成了随口的玩笑之语。他惆怅地看着已经缀满繁星的夜空，不解地问道："乐师，那名利二字，就那么令世人痴迷吗？"他想不通，也想不透。不过他问这个问题也并不是想要对方的答案，旋即便自嘲地一笑道："也许等我长大了，就会懂了。"

回答他的，是廊下一声情绪复杂至极的叹息声。

肆

又梦到了那个朝代。

医生躺在床上回忆了一下，今晚的梦境中，可爱的正太好像心情不太好。

他一连几天，都梦到了同样的朝代，同样的主人公。

若是换了其他人，每天在梦中梦到的都是另外一个人的生活，肯定早就精神崩溃或者怀疑世界了。但医生不知道为什么却适应得很好，还期待梦中会梦到些什么，每晚的睡觉时间都提前了两个多小时，作息安排特别健康。而且他发现，也不知道是因为什么，他若是在医院的值班室睡觉，就完全梦不到，只有在家睡觉的时候才可以。

这样其实也不错，每天晚上免费看古代连续剧。

医生最近心情很不错，省去了一大笔房租费用，还平白得了一套房子，然后因为手术连续成功达标，拿了医院一笔奖金，基础工资也大幅上涨。

他骨子里就是小市民气质，有钱就能买更多的好吃的！

医生觉得他最近的运气简直好得爆棚！这天上班的时候，路过彩票店，他鬼使神差地走了进去，买了张彩票。

不过买完他就后悔了，把希望寄托于这么渺小的概率，简直不像是睿智的他能做出来的事情！

他随便把彩票往钱包里一放，就把这件事抛在了脑后，就当是为福利事业做贡献了。

伍

公元 298 年。

石熙面无表情地走在金谷园的水榭之上。

第六章 苍玉藻

金谷园是他父亲这几年建成的别墅。说是别墅,实际上是依靠着邙山的山势,圈了一个山谷所建的大型私家园林。其中借了天然的河溪,新挖了河渠,绕着各色的亭台楼阁,从山间蜿蜒而下。而楼阁之中住满了各色美人,每到开饭的时候,直接在山顶把一个个漆盒放在溪水中,任凭美人们随意捞取。没有被选到的漆盒会直接漂到下游,河渠下游居住的都是石家的仆役,可供他们食用。

若说当年王恺家中只有开宴时才会去中央亭台玩一次曲水流觞,那么石家就是天天在玩。

石崇经常请文人雅士来金谷园吟诗作对,昼夜游宴,风头立刻盖过了王家的宴会,被称为赫赫有名的金谷集会。据说还因此出过一本《金谷诗集》,石崇专门为之作序。而金谷园也被封为洛阳十景之一,被人们口口传颂。

石熙的生活更加奢侈了,却也更加不快乐了。他今年十岁,早已在一次次对父亲的期冀中失望透顶。父亲曾骄傲自豪地说,以前还需要带他出去见世面,现在直接留在金谷园之中,就能见到所有想见的人。

可他却一点都不想要这样的生活。

他长大又能做什么?继承了巨额财产之后,像父亲一样纸醉金迷?

父亲最近又在和王恺斗富,比谁家更有钱。

王家用糖水洗锅,石家就用白蜡当柴薪烧饭。

王家用紫丝布做四十里的步障,石家便用更贵的锦绣做五十里的步障。

王恺用赤石蜡涂墙,石家就用花椒泥涂墙。

……

如此打擂台般地一掷千金,简直让人瞠目结舌,当真就是有钱!任性!

可对于石熙来说,他无比厌恶这种斗富的举动,偏偏他父亲还乐此不疲,整个石家上下都众志成城,誓要胜过王家。今日王恺亲自来了金谷园,听说是直接从宫中带队过来的。

"少爷,那后将军还去求助于皇帝,真是输不起。"给石熙带路的小厮消息灵通,已经唠叨了有一会儿了。后将军是王恺现今的官职。

竟然连皇帝都惊动了?石熙稚气未脱的脸上变得凝重起来。

小厮还以为自家少爷是担心老爷的胜算,赶紧继续道:"少爷别担心,就算是皇帝插一脚,也是没什么用的!"

听了这信誓旦旦的话，石熙的表情反而越发阴沉。

这是何等的自信？竟然连一国之君都不放在眼中，那么嚣张？

又或者，是该痛惜这个国家已经衰败到如此地步，斗富这样劳民伤财的事情，皇帝不制止也就算了，居然还明目张胆地支持！

金谷园之中，有一座足有百丈高的崇绮楼，是专门修给绿珠所居。这座崇绮楼极尽奢华，只要是能想到的珠宝，在楼内都能随处看到，由此可见绿珠极受宠。每当有宾客临门之时，一般都会在崇绮楼下的亭台设宴，这次也不例外。

石熙来到这里的时候，正好看到王恺在向来访的宾客们炫耀一株两尺高的珊瑚树。

珊瑚树这种宝物，一般人还真是连见都没见过。据说只在南海的深海之中才出产，是佛家的七宝之一，代表着祥瑞富贵，是不可多得的瑞宝。而且王恺带来的这株珊瑚树，枝干茂盛，颜色深红如血，高达两尺，已是世间少见的珍稀了。

也无怪乎王恺一脸得色，招来了全洛阳的文人雅士来金谷园观赏，务必要在众人面前显摆一番。

石熙一见这场面，就皱了皱眉，下意识地就想要站在父亲身边。可是今天王恺叫来的客人实在是太多了，人人都想要凑热闹，石熙人小体弱，根本挤不进去，甚至因为身高不够，连里面发生了什么都看不清。

正当他愁眉不展的时候，手腕被人攥住，拉着他往外围走去。石熙只是微微挣扎了一下，待看清楚来人是谁后，便顺从地跟着对方走到了亭台外围的假山之上。站在此处，倒是可以把亭台一览无余。可石熙还是抿了抿唇，抗议道："我要去父亲那里，趁事态还未太难收场……"

"已经来不及了……"乐师低低地叹道。

石熙一惊，立刻往亭台中央看去，正好看到自家父亲随意地一抬手，用手中的如意把那株珍贵无比的珊瑚树敲碎了。

场中一片哗然。

石熙眩晕地晃了晃，差点从假山上摔下去，幸亏旁边的乐师早有准备，一把捞住了他的小身子。

王恺暴跳如雷，指着石崇就是一顿含沙射影的指责，暗示他输不起就要毁掉云云的。

石崇却不甚在意地把手中的如意交给下人，淡淡道："不值当如此，这就还你一株。"

第六章 苍玉藻

他的话音刚落，就有数个下人从崇绮楼里鱼贯而出，抬了数株珊瑚树出来。每一株都比王恺带来的高大茂盛，其中三四尺之高的珊瑚树就足足有七株，一盆盆珊瑚树在亭台之上一圈圈地摆放着，在阳光的照射下瑞气万千、光芒四射，晃得让人睁不开眼睛。

相比之下，那株被打碎的珊瑚树碎片，就那样随意地散落在地，任凭他人践踏。

王恺哑口无言，竟无脸索赔，讪讪而归。

石崇得意地一笑，招待来宾留下参加宴会。只是因为来看热闹的宾客实在是太多，石崇便在他处设宴，并且安排下人们把这些珊瑚树都搬过去，摆个前所未有的珊瑚宴。想必今日过后，又会有许多吟唱珊瑚的诗词出炉。

石崇带头离开之后，宾客们也赶紧跟上，呼啦啦地一群人很快就消失在亭台之上，独留一堆珊瑚树的碎片，摊在尘土之中。

石熙并未跟去，他扶着山石才勉强站稳，脑中却想起多年之前父亲带他去王恺家赴宴时的情景。

今天这出戏，与当日又有何区别？

不同的是，成就王敦之名的，是视人命如草芥。

而这次，他父亲石崇也会立刻名满洛阳，因为他视金钱如粪土。

呵呵，说不定还会因此在史书上留下浓重的一笔。

"名乃是名声名气之名，利乃利禄利益之利……"石熙喃喃自语，"难道，名利二字，就那么令世人痴迷吗？"

这个问题，多年前乐师无法解答，现今也没办法回答。

石熙颓然地走下假山，怏怏不乐地离开。他自是不想去那个所谓的珊瑚宴，但他也无力去当面反抗积威甚重的父亲。

在石熙走后，从崇绮楼中缓缓走出一位身姿曼妙的女子。她容姿艳丽，穿着一袭青碧色深衣，下摆缀有数条锦绣飘带，走动的时候随着她的步姿款款飘动，婷婷袅袅。她的一举手一投足，都像是在跳舞，暗含着某种韵律，煞是动人。她浑身上下只有鬓间插着一支镶着绿珠的簪子，除此之外别无任何一件珠宝首饰。

真正的美人，不需要任何珠宝衬托，也会光彩照人。

若是她刚才出现在亭台上，那么多株珊瑚树也无法遮盖住她的光芒。

此女正是艳冠洛阳的绿珠。她的肩上随意披着一块枣红色的丝帔，快步走到了亭台中央，绝美的面容之上，一改平日的甜美和妩媚，浮现了忿恨和懊悔的怒火。

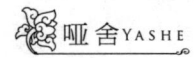

　　绿珠弯腰捡起一片珊瑚树的碎片,玉手轻轻地拭去上面的灰尘:"纵使还未凝聚出精魄,但也是集天地灵气,千百年才形成的宝物。他怎么敢……"

　　"太容易得到的东西,人类才不会珍惜。"乐师从假山上走下,平静地说道。也许这样的事情已在他预料之中。他看了一眼怒气难平的绿珠,知道即使警告也没有什么大用,但还是肃容道,"且耐心等待,石崇还有十年阳寿,莫为了凡人折损自己。"

　　"他是我选中的人,我明白。"绿珠风轻云淡地说着,袖筒之中,却暗暗地把手中的珊瑚碎片攥紧。

陆

　　医生晕晕乎乎地醒了过来,扒拉了一下鸟窝一样的头发,梦中那些闪瞎眼的珊瑚树仿佛还在眼前旋转着。

　　不过,那人怎么可以随手敲碎珊瑚树呢?

　　医生不知道为什么,心中有股说不出的怒火,这完全不符合他的性格。

　　那珊瑚树就算再漂亮,也不过是一个死物,对于那么有钱的土豪来说,也不过就是像随手摔坏了一个杯子一样平常。

　　但医生就是心里不爽。

　　那些古代人也挺会玩的,不管是那王敦斩美人劝酒,还是石崇斗富,无非就是作秀而已。

　　是的,他已经搜到了梦境连续剧所在的朝代。至于为何他会每晚都梦到另一个人的生平景象,医生想不明白,但这也并没有影响他的现实生活,所以他也就没放在心上。

　　激昂的《土耳其进行曲》又响了起来,医生拿起手机一看,发现这都已经是第三次的闹钟了。奇怪,汤远今天怎么没来他房里抗议?

　　洗漱过后,医生发现汤远小朋友正坐在客厅的沙发上,对着报纸怔怔地发呆。医生好奇地绕了过去,发现汤远面前的茶几上除了报纸之外,还放着一张他前几天买的福利彩票。

　　医生觉得有些窘迫,买彩票什么的,不像是他这种理智的外科医生能做出来的事情。他正想搪塞这是别人买完塞给他之类的借口,汤远就刷地一下站了起来,双眼放光抓起彩票扑了过来。

"大叔！中奖了啊！头等奖！"汤远有些语无伦次，他之前几年都是和师父离群索居，但也知道钱这种东西在现世中是多么重要。更何况这飞来的横财，数字多得简直让他有些惶恐。

医生第一反应就是掐大腿。

嘶……好疼！

这竟然不是做梦！

柒

公元300年。

绿珠站在崇绮楼的楼顶，眺望着远方渐渐西斜的夕阳，美艳绝伦的脸容上一片死寂的平静。她听到了身后楼梯传来有节奏的脚步声，并没有回头，只是幽幽地问道："他已经走了吗？"

登上楼顶的，是那名乐师。他来到石家已经六年，可是面容还是如当初一般年轻，没有任何改变。

绿珠也是如此。

只是一个经常隐藏于人后，而另一个虽然被誉为名满洛阳的艳姬，但每次见人都明艳动人，旁人只会以为她敷粉化妆而已。

"已经走了。"

乐师平静地说着，但眼神中依旧有着遮盖不住的哀伤。

"每次都活不过十二岁，人类也未免太脆弱了一点。"绿珠有感而发。从崇绮楼向下看去，可以看到石熙住的溪谷苑已经升起了白幡，隐隐有哭声传来。绿珠微微惋惜了一下，毕竟那个石熙还是软绵绵挺可爱的。

乐师沉默了许久，静静地看着夕阳把天边的云彩染上了一层绚烂的红霞，逐渐把自己从悲伤的情绪中抽离了出来。他登上崇绮楼，是为了另外一件事。

"绿珠，石崇还有八年阳寿，你又何必如此？"乐师有些不解绿珠所为。石崇明明命不该绝，可绿珠却刻意放出消息，让人知道石崇暴富是因为她的原因，果然有人上门来讨要绿珠，石崇誓死不从。当然，在不明真相的人看来，对方只是贪图绿珠的美貌，但事实并非如此。

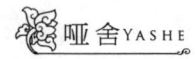

绿珠的真身，其实是一颗苍玉藻。

《礼记·玉藻》中曰："天子玉藻，十有二旒，前后邃延。"所谓的玉藻，其实就是一块块小玉坠，穿成一条条旒，每条旒前后各穿着十二块五彩玉，按照朱红、素白、苍绿、橙黄、玄黑的顺次排列，一共串成十二根旒，前后垂在天子的冠冕之上。

而这世间最早的冠冕，便是黄帝所拥有的。他手中拥有女娲补天时所残留的五块五彩石碎片，便把碎片磨成了玉藻，编入了冠冕之中。只有这五颗玉藻是真正有精魄的，但除了黄帝本人，谁也不知道冠冕上的二百八十八块玉藻之中，究竟哪五颗才是特别的。

而这朱红、素白、苍绿、橙黄、玄黑的五块玉藻，分别代表着出生、死亡、财富、粮草、军队，是一国之主治理国家最重要的五个要素，是真正的天子玉藻。

黄帝的冠冕在传承中，最终毁于战火，二百八十八块玉藻被瓜分一空，而真正有精魄的那五颗天子玉藻也都下落不明。无人得知冠冕之上为何要用五彩玉藻垂旒而饰，但也都依循古礼，照猫画虎。只是渐渐地，五彩玉都很难寻到，自汉朝末期之后，皇帝冠冕的十二垂旒上所串的便只是白玉串珠。

绿珠便是那五颗天子玉藻之一的苍玉藻，在千百年间辗转于人手，数年前才化为人形。乐师也是偶然间才得知其身份，但并未起觊觎之心。

玉藻自己会择主，但并不是得到就一定是好事。得到和守护是两个概念，怀璧其罪，不是所有人都能善始善终。

"为何人的贪念无尽无穷？"绿珠低头抚摸着眼前的栏杆，崇绮楼的一砖一瓦都是用最好的材料打造而成，就连栏杆都是罕见的白玉雕刻而成，在晚霞的映照下闪着朦胧的光芒。

乐师默然无语，他也是人，自然知道什么叫贪念。他至今依然活在世间，也是因为贪念的存在。

"以前的主人们，我无法与之沟通，他们或把我镶嵌佩带，又或置入盒中蒙尘。但无一例外，只要有了横财，就会心生邪念。"

"或滥杀无辜，或随意破坏。"

"那么，我存在的意义何在……"

"绿珠……"乐师踌躇地开口，却不知道该如何劝慰。天地灵物都不似人类有父母师长教导成人，它们都是集天地灵气而成，在精魄生成之时，自然形成一套行事准则。只是若钻入牛角尖，便容易成为邪物。

第六章 苍玉藻

可讽刺的是，这灵物和邪物，也是单纯根据是否对人类有益而划分的。

乐师更是没有立场去劝说，只能默立半响，慨然一叹，转身缓步下楼。

绿珠依旧靠在栏杆之畔，夕阳已经半遮掩在地平线上，映照不出她脸上那已陷入癫狂之色的容颜。

即使如此，她也依然美得令人惊心动魄。

乐师一步步远离了崇绮楼，在夕阳完全被湮没的那一刻，他的身后传来了一声重物坠地的声音。

尖叫声四起，婢女们叫着"绿珠坠楼了"，但这并没有让乐师停下脚步。一颗已经有了裂痕的苍绿色珠子滚过了他的脚边。乐师只是淡淡地看了一眼，随后坚定地往金谷园外走去。

捌

"居然由喜欢赐予别人财富的灵物，变成了喜欢看对方为财富疯狂堕落的邪物……啧，这颗苍玉藻原来是在这里。"一个毫无起伏平仄的声音在医生的房间响起，若是汤远在这里，一定会惊呼这人就是逼迫他师父把他扔出来的大师兄。

赵高端详了一会儿放在招财猫爪子上的苍玉藻，有点摸不清这个捡到苍玉藻的人是不是知道这颗珠子的底细。否则，为何会把它放在招财猫爪子上这么应景？

不过，他环顾了一圈这狭小得只能转身的房间，自嘲地一笑。

他也太多疑了，应该只是碰巧吧。

赵高毫不客气地把这颗苍玉藻收入掌中，完全没有半点私自拿别人东西的心虚。毕竟这是一颗邪物，他拿走了这颗珠子，对方还要感谢他哩！

转身就走的他，并没有发现，在屋角的竹篓里，一条白色的小蛇正紧紧地盘在那里，盯着他瑟瑟发抖。

赵高走后没过多久，医生和汤远小朋友就回来了。

他们两人都垂头丧气，一个赛一个的失望。

"这不是玩人吗？大叔，你买的彩票号码是上一期的，怎么和这一期的中奖号码一模一样啊？"汤远小朋友抹了把脸，觉得这一定是医生在开玩笑捉弄他，"同样的号码，为什么这一期不接着买啊？"

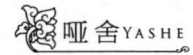

"我怎么知道……"医生也很郁闷,这几个号码真的是他随便选的。他要是晚买两天,是不是就变成亿万富翁了?

不过飞来横财也不一定有福气享用,乐天派的医生很快就调节好了心情,拍着汤远的头安慰道:"没中奖就没中奖,但大叔请你吃自助餐还是请得起的!走吧!"

"哦耶!那我要去吃五星级饭店的自助餐!"汤远立刻原地复活。

"……走吧。"医生默默地摸着钱包流泪,还好他记得吃自助餐身高一米三以下的儿童半价……

咦,等等,汤远这小子是不是又长高了?

泪……

第七章 点翠簪

有人的喜欢,是掠夺。有人的喜欢,是奉献。

壹

医生看着玻璃柜里被灯光映照着而显得更加阴森的青铜器，满眼的问号。

好吧，其实他也不知道为什么自己会把大好的休息日浪费到博物馆里来。不过瞥了眼兴致勃勃的汤远小朋友，医生还是认命地抹了把脸，继续耐着性子看玻璃柜里不知道是用来做什么的古董们。

因为是周末，博物馆里并不像平常那样人烟稀少，许多家长都带着孩子来参观。尽管熊孩子们已经尽力克制了喧闹的冲动，但博物馆内已不复往日的宁静，到处都有着窃窃私语声和欢笑声。

医生在青铜器展厅里晃悠了一会儿，被一堆不认识的字和不清楚用途的青铜器虐得体无完肤，觉得自己就跟文盲没啥两样，白念了十多年的书。他直起腰叹了口气，用视线扫了一圈，发现就这么一晃眼，汤远小朋友就不知道跑到哪里去了，只好顺着人流到了下个展厅。

这个展厅是十里红妆特展，据说是在博物馆的馆藏之中整理出了一些古代女子的珠宝首饰来展览。医生对这些更没有什么兴趣了，但这些好歹要比青铜器好看，便慢悠悠地欣赏着，看到好看的就拿出手机来拍张照。他早就问清楚了，这个博物馆拍照只要不开闪光灯就可以。像他这样的人非常多，还有拿单反来拍的，看起来相当专业。

其实说是来博物馆里感受中国文化，了解古代历史，但几乎所有人都是走马观花，

第七章 点翠簪

一晃即走。所以相比之下,那个站在一处玻璃柜前好长时间都一动不动的蓝裙女子,就特别显眼。待医生走到她身畔的时候,发现她定定看着的,是一支蓝绿色的金簪。

这支金簪是一只鸟雀的造型,头部和眼睛都是珍珠镶嵌的,身体部分却是蓝绿色的。那种蓝绿色也不知道是用什么材料所制成,在灯光下闪着幽幽的蓝光,并且还随着人的走动而变换色彩,从湖蓝色到藏蓝色,就像是有生命的活物一般。

医生虽然不懂首饰,但看到这支金簪的一刻,便被深深地吸引住了,忍不住像那名年轻女子一样,在这支金簪的展柜前停下了脚步。

玻璃柜里的铭牌上写着:唐朝雀形点翠簪。

点翠?医生觉得这个词有点眼熟,正想用手机搜索,就感到肩膀被人拍了两下。

"怎么来了都不来找我?"一个刻意压低了的声音响起,语气中带着些许的意外。

医生回过头,发现跟他打招呼的是一位年逾四十的中年大叔,他长着一副很有轮廓的面容,高挺的鼻梁上架着一副金丝边眼镜。岁月在他的额头上刻下几道皱纹,更加增添了他的儒雅气质。他的手拄着一根拐杖,竟是腿脚有些不便。

"啊!是您!"医生呆了片刻,才想起来这位大叔就是之前大半夜特意把逃家的汤远送回来的大好人,当时还没说上几句话好好感谢人家,这位大叔就被同伴拽走了。此时遇到,医生很是惊喜,琢磨着怎么开口跟人家道谢,最起码也要请大叔吃顿饭。只是还没等他开口,他旁边一直盯着点翠簪的蓝裙女子也转过头来,跟这位大叔打了声招呼道:"你好,馆长。"

哦!这大叔竟然是博物馆的馆长吗?真的是好巧啊!医生对其肃然起敬。对于他这个文科成绩不好的人来说,博物馆馆长就是文化人中的文化人,高不可攀啊!他正想多聊两句,就发现这位馆长大叔眼镜片后看着他的眼神诡异了起来。

"你女朋友?"馆长语气诧异。蓝裙女子一愣,连忙摆了摆手道:"我们不认识的。"

"哦哦!"馆长大叔不好意思地轻咳两声。

医生也觉得颇为尴尬,他侧过头打量着身边的蓝裙女子,她的年纪二十岁刚出头,皮肤白皙,清秀可人,只是在右眼处有两厘米左右的红痕,乍一看上去像是被什么东西抓伤的痕迹,但医生一眼就看出来并不是伤痕。

"这是胎记。"蓝裙女子显然已经习惯了这样的目光,笑着解释道。她的五官精致,这一笑更是清丽婉约,但眼尾的这道胎记却极为突兀,破坏了她的美貌,让人忍不住惋惜。

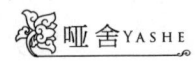

"那个……我是医生，需不需要我介绍你去我们医院的医疗美容科？"医生职业病发作建议道，现在医疗技术发展到如此地步，别说是个胎记，就算是换张脸都不成问题。

蓝裙女子摸了摸眼尾的红痕，笑着婉拒道："多谢，我不想去掉这道胎记。"她显然不想再聊这个话题，看了看展柜里的点翠簪，又看了看馆长，终于鼓起勇气问道："馆长，这支点翠簪真的是唐朝的吗？虽然造型稳重大气符合唐朝的审美，但点翠一般不是只能保存一百多年吗？而且这支点翠簪的颜色如此鲜艳，真的不是明清时期或者更近代仿造唐朝的器型做成的吗？毕竟仿古是每个朝代都热衷的……"

显然这个问题在她的心里想了半天了，一时说出就忍不住语速加快，神情激动。

馆长挥了挥手，示意他们跟他走出展厅聊天。医生虽然觉得刚刚建议人家整容很不礼貌，但又对蓝裙女子的问题非常好奇，便没有走开，迈步跟了出去。

"点翠这个工艺，最早可以追溯到春秋战国时期，那时候被称之为昱珀，是把昆虫的翅膀镶嵌到金银之上的工艺。之后昱珀工艺发展到具体分门别类，便专门把镶嵌翠鸟羽毛的工艺称之为点翠。"馆长说得这么详细，实际上就是为了照顾听不懂的医生，"现在存世的点翠饰品，基本都是明清时期的，也是因为更早的点翠饰品基本都保存不下来。而且这些存世的点翠，展览出来也是经过后期修缮的，重新上色或者重新镶嵌翠羽。"

"原来如此。"蓝裙女子闻言有些惆怅，显然是认为展柜里的那支点翠簪也是修缮过的。

"可是这支点翠簪并不是翻新过的。"馆长的语气带着自豪，用手推了推鼻梁上的眼镜，嘿嘿一笑道，"这簪子会单独放在一个展柜里，就是因为这簪子一出土，就是如此。而且自从现世以来，就有无数学者质疑它的年代和来历，后来做了碳14鉴定，便无人再说什么。"

"碳14鉴定？"医生见有听不懂的名词，便好学地发问。

"是利用碳14的半衰期，来鉴定物品年代的一种鉴定方法。对于任何含碳物质，只要测定其剩下的放射性碳14的含量，就可推断其年代。这种方法可以测量有机物的年代，这支点翠簪上的珍珠和点翠，都确定是唐朝的物什无误。它甚至得到了更精确的推算，有可能是唐朝晚期的。"馆长耐心地解释道，他这样徐徐而论，倒是吸引了许多小朋友围观。

"老爷爷，点翠那么好看，为什么现在没有了呢？"一个小女孩举起手来发问，她刚刚也参观过十里红妆展厅，对那支点翠簪颇为喜爱，甚至还拽着自家母亲的手闹了一通，说自己也想要一支。结果被母亲无情拒绝，说这完全买不到。现在她正是快快不乐的时候。

"因为点翠需要用到翠鸟的羽毛，为了一支簪子，要杀掉那么好看的小鸟，不是很残忍吗？"馆长大叔对小孩子就更耐心了，连语气都放柔了许多。

小萝莉皱着包子脸，歪着头努力地想了片刻，瓮声瓮气地说道："只需要羽毛啊，那就不能像绵羊，过一段时间剪一次羊毛那样剪羽毛吗？"

"因为翠鸟科的所有翠鸟，都非常敏感，与人接触的时候会高度紧张无法进食，甚至会疯狂乱飞而导致撞死，更别说圈养和繁殖了。这是一种美丽而且无法豢养的野生动物，跟牛羊不一样。"这回说话的不是馆长大叔，而是那名蓝裙女子。她的目光恍惚，像是在想象着什么，又像是怀念着什么。

"这样啊……"小萝莉鼓起腮帮子，有点不服气，又说不出来什么。馆长见状，便徐徐教导道："《淮南子》有云，始皇利越之犀角、象齿、翡翠、珠玑，乃使尉屠唯发卒五十万。意思就是秦始皇看中了百越的宝物，发兵五十万去攻打百越。而这犀角、象齿、翡翠、珠玑四种宝物都是什么，大家知道吗？"

"犀牛角！象牙！"

"翡翠我知道！绿色的那种玉！妈咪特别想要的那个，上次还跟爸比吵架来着！"

"珠玑是什么啊？是不是珍珠？"

围着的萝莉和正太们立刻纷纷抢答，家长们也都笑着站在旁边。这个博物馆定期有各种讲座活动，休息日还有许多志愿者随时教导孩子们历史知识，所以他们也都喜欢带孩子来这里玩。

"犀角、象牙和珍珠都猜对啦，其实这四种宝物都是取自动物身上的哦！那时的'翡翠'二字，所指的就是翠鸟。翠鸟身上有绯色和翠色两种颜色，便被称之为翡翠。直到明朝时，缅甸玉传入了中国，因为所拥有的两色与翠鸟相似，翡翠才有了现今的意思。"馆长特别适应这种讲课的模式，一边摩挲着掌心的拐杖，一边徐徐道，"所以古时所说的珠翠，就像那支点翠簪一样，上面缀有珍珠和翠羽的饰品。这么一支珠翠，在古时，也只有后妃和公主们才能戴得起，因为太稀少、太珍贵了，比现在的钻戒还要奢侈，不是有钱就能买到的。"小萝莉还是不甘心，嘟着小嘴，扯着自家母亲的袖口。

"唐朝时以奢靡为荣，自安乐公主起甚至还流行织成裙。知道什么叫织成裙吗？其实俗称就是百鸟裙，不是用鸟的翎羽做头饰，而是做整条裙摆，那豪奢得简直让人难以置信。"

萝莉正太们听着都不禁瞪大了双眼，一支点翠簪都那么美丽了，更遑论是一整条裙子了！

"而到宋朝的时候，宋太祖就遏制住了这股歪风邪气。赵匡胤看到自己女儿穿着镶贴翠羽的衣裙，便劝阻并且下诏禁铺翠。就连宋徽宗，也就是历史上那个因为花石纲而丢掉宋朝江山的皇帝，他在位的时候也重申了禁铺翠的禁令。"

"宋徽宗估计并不是不喜欢奢侈，而是他喜欢画鸟，舍不得因为鸟羽而残害鸟雀的生命吧。"蓝裙女子插嘴道，旋即神情黯然道，"可禁令归禁令，私下还是有人捕杀翠鸟做点翠的。"

"到南宋时期，高宗带头销毁了交趾进贡的六百多条翠羽，并且颁布了一条销金为服罪，点翠亦然。如果不销毁镶金和点翠的衣服首饰，一经发现，流放两年。只是到了明清时期，商业繁荣发展，资本主义萌芽，政令再也管不了这些奢侈品的事情，点翠盛行一时。"

"只是翠鸟的数量也有限，加之人类经年累月的捕猎，而日渐稀少。可是市场需求却日益扩大，工匠们后来便以蓝绸或者琉璃替换翠羽。等到了清末民初的时候，烧蓝工艺便彻底取代了点翠。而到现在，翠鸟是国家级保护动物，点翠工艺便彻底成为历史了。"

馆长寥寥几句就讲了点翠的发展史，神情也复杂起来。谁都不想流传几千年的手艺失传。但时代在变迁，不可能所有事物都能长存于世，这也是考古的乐趣和意义所在。

"老爷爷，翠鸟是不是不想自己因为羽毛而被抓啊？"小萝莉眨了眨那双黑白分明的大眼睛，仰着头发问。

"是啊，翠鸟当然不想的啊。"馆长大叔温声答道。

"可是珍珠呢？蚌也不想因为肚子里的珍珠被杀吧？我们吃的鸡鸭鱼肉，也不想因此失去生命吧？"小萝莉天真地问道。

"这……"馆长大叔一愣，这简直涉及哲学问题，甚至还有佛学问题，他可怎么跟小孩子解释清楚？

"那么植物呢？大树长得好好的，就被砍倒啦，雕刻啦，它肯定也不想的啊！石头呢？我看书上写，石头也是会变化的啊，也许人家长得很慢，谁知道石头是不是有生命的呢？它们肯定也不想被人踩被人分割开来啊！"小萝莉化身为十万个为什么，那些看

第七章 点翠簪

似天真、但细思恐极的问题，分分钟就把一群人秒杀得无言以对。小萝莉的母亲表情尴尬，显然对自家女儿强大的杀伤力早已熟知，但依旧不知道该如何收场。

"小妹妹，点翠簪淘宝有卖，有好多种类哦！"

医生听到声音耳熟，定睛一看，发现竟是不知道什么时候蹿出来的汤远小朋友。他这一句话，便把小萝莉的注意力立刻引开了。小萝莉的母亲也会意地掏出手机，淘宝上的点翠簪自然很多都是仿制的，有些就卖几十块钱还江浙沪包邮，糊弄糊弄小朋友足够了。而且小萝莉追根究底也并不是想要什么答案，而是想要一支亮晶晶的首饰罢了。谁管是不是翠鸟羽毛做成的？对付一切女性的利器就是买买买，不论对方是八岁还是八十岁。

医生自叹弗如，这汤远才十二岁就这样会哄女孩儿开心，等长大了还得了？

接下来便是一群家长开始交流淘宝心得了，馆长也被别人叫走了，而那名蓝裙女子又走回展厅去看那支点翠簪，医生自己却不想再去看了。

只要一想到那么美的饰品竟是剥夺了美丽的生灵而制成的，医生就觉得浑身不舒服。

"不会被那个小萝莉的话绕进去了吧？"汤远看了看他的脸色，撇了撇嘴，"照她的说法，那不光不能吃肉，连菜都不能吃了，你要为了不杀生而活活饿死？"医生打了个寒战，连忙摇头，身为一个吃货，自然不能放弃美食。

"饲养和种植的食材，本身就是人类培育而成，如果不是为了食用和使用它们，它们也就不会存在。"汤远说得头头是道，"而野生动物都是属于无法豢养，而且数量稀少的。为了保证生物链的完整性和自然环境的平衡，自然不能任意捕猎。况且，若是孔雀真的比鸡肉好吃，那么孔雀此时就不会是养在动物园供人观赏了，而是在养殖场了。要相信我大天朝几千年以来的饮食文化。"医生听得无语，不去纠结他说得到底对不对，但不得不承认自己居然被一个才十二岁的孩子说服了。

"走吧！下一个是刀光剑影展厅，都是兵器！大叔你肯定喜欢！"汤远拽着医生的袖子，气势汹汹地奔往下一个展厅。不远处，馆长大叔看着那一大一小离开，不禁埋怨陆子冈道："你看看你，做什么这么着急地拉我过来？还没和那小子说几句话呢！"

陆子冈心想，他怎么敢让馆长跟医生多说几句，再多说几句，老板的事情就会被馆长唠叨出来了。虽然蘅芜香消除了医生脑中有关老板的记忆，但相关人员的记忆却不好彻底消除，只是模糊了而已。若是多得了几句线索，万一想起来什么可怎么办？

"都帮你检查了一遍，除了那尊元青花之外，还有一个古董问题比较严重。"陆子冈严肃地转移话题。他来博物馆是受馆长委托,来查看古董有没有什么异状,而选人多的时候探查,是因为阳气重的时候,更能看清阴气存在的方位。"那尊元青花因为有你在,所以问题倒不大,可是另外那个就……"

"哪个?"馆长立刻停止了抱怨,神情凝重。上次出了影青俑事件,馆长虽然知道封建迷信要不得,但也时不时请陆子冈过来看看。

"十里红妆展厅的那支唐朝雀形点翠簪。"

贰

下午 5 点以后,博物馆之中,整整一个白天的喧嚣又重新归于平静。清洁人员在各个展厅打扫卫生,很快就完成了任务,璀璨的灯光也因为无人参观,一个接一个地暗了下来,最后连中央空调也停止了运转,彻底归于寂静。

"啧,那帮人类的小崽子们也太吵了,真是烦死了。"不知道过了多久,一个阴森森的声音打破了沉默,嘶哑地抱怨着。

"啊啦啦,又不是第一天这样,有什么不习惯的?不过最近几年来这里看我们的人类年轻了许多啊,不像是以前天天看老头子了,现在可以看美少年萌正太洗洗眼睛啊!"一个娇俏的声音笑嘻嘻地说道。

"可是讨厌他们手里的那个薄铁盒子,有些人就是不记得关了那什么闪光灯,那晃得啊!再这样下去,没几年我的这双老花眼肯定瞎了!"一个苍老的声音唉声叹气。

"切,你们今天没注意到有个年轻人很奇怪吗?"

"哪个?是那个瞎转悠又不时吐槽的那个戴眼镜的吗?居然连我的名字都不会念,'簋'字就那么难吗?这都不认识!"

"哦……那个字念'鬼'啊……"

"哎哟哟,我也是才知道呢……"

"……"

"啧,不是那个。"

"那就是那个穿蓝裙子的妹子?右眼尾有道胎记的那个?就是一个被青羽美貌所倾倒的脑残粉,也没什么值得注意的地方吧。"

"咦嘻嘻,说起脑残粉,倒是有个小孩子挺奇怪的,他带来的那条小白蛇居然隔着玻璃柜冲我流口水,真是太萌了!"

"是有个戴着古怪玉器的年轻人,他肯定是看出来我们的不同,尤其在青羽那里多看了好几眼。"

"看出什么也不怕,难道还能把我们怎么样不成?我们可都是国家级文物!"

今天的博物馆之夜,也如往常一样不是很平静。

位于话题中心的青羽,就是那支唐朝雀形点翠簪。它正静静地躺在黑色绒布之上,那双用珍珠做成的眼睛正定定地凝视着玻璃柜的外面,像是穿透了那令人窒息的黑暗,看到了久远的记忆。

叁

公元 866 年。

它是一只年轻的翠鸟,和它的兄弟姐妹一样,刚刚被母亲从温暖的巢穴中赶了出来,再也不允许它们回去了。

它们已经成年了,必须要自己养活自己。

兄弟姐妹都朝着不同的方向飞走,它漫无目的地飞了一阵,最终在一条小河旁边停了下来。它站定之后,用鸟喙梳理了一下身上的翎羽。它才刚刚成年,羽毛还远远比不上母亲的漂亮厚实,但褪掉了丑丑的胎毛之后,翠蓝和雪青两种颜色的羽毛都已经长成,它自己也颇为喜欢,时不时就会想起来梳理一下。

花费了好半天,小翠鸟才整理好自己的羽毛,站在树杈上向下看去,满意地看着河水的倒影中出现了一只美丽的小翠鸟。

等欣赏够了之后,它的视线慢慢移动到了河岸上。

不能再往前飞了,它已经看到了一些非自然折断的草木痕迹和凌乱的脚印,证明附近已经有人类活动的迹象。小翠鸟站在枝桠上,歪了歪头,在母亲传授给它的告诫中,曾经特意强调过,人类很可怕。因为人类自己长不出羽毛,又羡慕它们的羽毛漂亮,所以抓捕杀害它们,拔掉羽毛来贴在头上。真是残忍!

它的父亲早已死在人类的手中,而它的母亲,也是被人类抓走运到了京城,费尽千辛万苦逃出来的。而此时母亲已经远离了它们的故乡,再也回不去了,又发现怀了它们兄弟姐妹,只好在附近找了一处林子定居了。小翠鸟并没有去过那个在母亲口中既温暖又美好的故乡，它出生在炎热的夏季，现在已经入秋，天气明显变冷了许多。母亲在赶它们出巢之时，也嘱咐它们尽快地筑巢。可是在这之前，要先填饱肚子。

小翠鸟观察了一下，发现周围并没有人类出没的迹象，便安心地站在河岸边的枝桠上，专注地盯着河面的涟漪。

母亲教过它们如何猎食小鱼，曾经多次在它们眼前迅疾地冲入水中，准确地捕捉到水面下的鱼虾，又姿态优雅地展翅而起。小翠鸟也尝试过数次，但成功率并不大，十次里有两三次能抓到就很不错了。

现今它独自一个出来打拼生活，必须增加成功率，否则就会浪费体力，要吃更多的小鱼才能缓过来。小翠鸟一边盯着水面，一边严肃地想着。

翠鸟一族拥有着其他种族难以企及的视力，可以轻易地透过水面看到水下的鱼虾。小翠鸟自然也继承了这样的视力，只是它的经验告诉它，水面上看到的景象和实际的还是有差别的。它并不知道这是什么原因造成的，只需要找到规律即可。

波光粼粼的小河潺潺流过林间，河畔枝桠上的小翠鸟如同雕塑一般一动不动，只是阳光照耀在它身上，青翠色的翎羽泛着璀璨绚烂的彩光，就如同砂砾间的一颗珍珠一般，无法隐藏身形而令人瞩目，引得人不由自主地想要捧在手心中，占为己有。

小翠鸟早就听到了身后那一声声放轻的脚步声，它不急着飞走，反而憋着劲想要给对方好看。

其实，它并不觉得人类很可怕。

它曾经看到过一些闯入林间的人类，也曾经冒险飞出林间远远看到过人类的聚集地。

人类并没有锋利的牙齿，没有强健的体魄，也没有会飞的翅膀。只有两条腿，跑步也不算快，还容易摔倒。没有任何自保能力，只能住在木头和石头堆砌的大型巢穴里，简直脆弱到了极点。真不知道为什么母亲那么怕人类！

看它的！

一根木棒带着破风声挥下，小翠鸟倏然飞起，避开了那根来者不善的木棒，它并没有立刻逃开，反而用尖锐的爪子朝来袭者狠狠地抓去。

一击得中！

看！人类其实很弱的！只是随便一抓就见血了！没有皮毛或者羽毛保护的皮肤真是娇嫩得惨不忍睹。

小翠鸟得意地飞到一旁高高的树杈上，低头看去。

但只这一眼，就让它愣住。

它的视力很好，可以清晰地看到那根本来以为是对准它的木棒之下，躺着一条死翘翘的黑蛇，蛇的身体还在微微地抽搐着。从距离上判断，如果不是那个人类用木棒打死了那条黑蛇，现在它应该已经死于蛇口之下了！那个人类居然救了它！而它做了什么？居然划伤了那个人类的脸！如果它的爪子再往旁边一点，那个人类的一只眼睛就瞎了……小翠鸟懊恼又愧疚地扑腾了几下翅膀，不知道如何是好。

那个穿着蓝裙的人类捂着右脸抬起头来，像是在确认小翠鸟是否安好，然后捡起那条黑蛇离开了。小翠鸟盯着草丛中的一摊鲜血，最终展开了双翼，跟了上去。

肆

咸宜观。

"绿翘那丫头究竟是怎么弄的？脸上留了那么一道疤，以后可怎么嫁人啊？"

"是啊是啊！问她她只是说自己不小心，你说，会不会是她那个不省心的主子抽的？"

"啧，我觉得有可能，那个假道姑倒是什么事都做得出来！"

绿翘站在廊下，听着观中的婆子们八卦，知道自己此时无论走过去说什么都没有用。世人向来都喜欢听自己想要听的话，就算听不到，也会给对方找各种理由，歪曲成自己想要的结果。所以就算她去解释，她们也不会信。这种情况，她还是避开比较好。

她一手端着茶水，一手忍不住抚上右眼角的红痕。当时她也不知道是怎么想的，在林间看到了那只小翠鸟，立刻就被那绚烂亮丽的翠羽夺去了心神。在发现了它旁边的黑蛇之后，来不及细想，捡了支木棒就挥了过去。那只小翠鸟受了惊，做出反击也是很正常的事，是她考虑不周，没有防备而已。一时惊讶气愤之后，也只能接受事实。

尽管她及时上了伤药，结痂掉了之后，果然还是留下了一道疤痕。说不在乎是骗人的，每个女人都对自己的容貌非常看重。可是作为一个丫鬟，她的相貌比主人还要美丽，那其实就是祸患了。果然在她破相之后，日子过得要好多了，小姐对她也比以前宽容了许多，不会因怀疑她与自己情郎不干不净而找各种借口磋磨她了。其实她还是挺同情自家小姐的。

她的小姐姓鱼，名幼薇，年纪轻轻就已是名满长安的才女，后来嫁给了状元郎李亿当妾室。理应过上人人艳羡的生活,却因为那位状元郎有位出身名门望族的裴氏妻,入门三个月她就被休出家门,栖身于曲江附近的这家道观当道姑,改了道名,叫鱼玄机。

虽然那李亿给咸宜观捐了一大笔香油钱,几乎重新修缮了整个道观,安排好了自家小姐的后半生,但也抹不掉小姐被抛弃的事实。最开始自家小姐无限怀念着李亿,作了许多缠绵悱恻的诗,却无法传递给对方,只能把诗笺随手抛在溪涧之中,把心事付诸流水。溪水从咸宜观潺潺流过,又并入曲江,诗笺也随之漂到下游,引得许多文人骚客慕名而来。小姐自从在李亿处被狠狠地伤了心,像是换了一个人,变得放荡不羁起来,周旋于许多男人之间,竟是芳名大噪。

绿翘静静地等着那几个婆子走过,这才端着茶水从廊下走出来,穿过观中庭院,来到鱼玄机所居的玄机斋。她刚推开门,迎面一个茶盅就摔在了她的面前。

"怎么去了这么久?是不是又去勾搭汉子了?破了相还不安分吗?"鱼玄机厉声追问道。她穿着一身皂色的道服,长长的头发只用一根木簪一丝不苟地绾在脑后,衬得她不施脂粉的脸容有种令人不可侵犯的冷艳之感,令人不由自主地想要拜服在她的裙边。

绿翘并不狡辩,因为她知道小姐只是想要出气罢了,这时候无论她说什么,都免不了一顿责骂鞭打。之前小姐还顾着自己的声誉,拿她出气时并不太过分。可是自从到了咸宜观,小姐就像是换了一个人,她的衣服下面经常伤痕累累。

"怎么不说话?!说!你的脸是不是故意弄花的?琵郎还特意问我是不是我抽的!你这个不安分的小妖精!当年我就不该看你可怜买你回来!"鱼玄机一边说,一边拿起一旁的拂尘抽了过去。绿翘低垂着双眼,身体因为疼痛而瑟缩了一下,心下却庆幸今天小姐并不是太生气,否则就会祭出鞭子了。也许是绿翘无声的消极抵抗令鱼玄机毫无成就感,抽了几下就停了下来,没好气地推了下桌上的盒子,掏出贴身放置的钥匙:"去把这几颗珠子收起来。"

绿翘接在手中,知晓这定是某个仰慕者送小姐的礼品。她通过小姐的表情,判断了一下盒中珍珠的大小和数量,想来并不太合小姐的心意。她站起身,施了一礼后,便穿过厅堂,走到玄机斋最隐蔽的库房门口,用刚拿到的钥匙,打开了库房的大门。

门内存放着各式各样的珍品,多是华丽的衣袍和佩戴的饰品。有些是小姐的嫁妆,有些是李亿送的,有些是来到咸宜观后众多仰慕者送的。但小姐却从不佩戴,平时就是一身道服,一根木簪。旁人可能会以为她家小姐在安分地当着道姑,可是她知道,这些珍品虽然久不使用,可是却丝毫没有蒙尘,她家小姐经常会亲自打扫,甚至都很少允许她收拾碰触。

规规矩矩地把盒子放在柜子上,绿翘迅速出来锁门,一刻都不敢耽误地返回厅堂,把钥匙还到鱼玄机手中。鱼玄机摩挲着手中的铜钥匙,微微勾起艳红的菱唇,嘲讽地嗤笑道:"这一屋的东西,还比不上那女人的一套点翠首饰。"绿翘默然地听着,知道小姐的心结依旧是李亿的裴氏妻。若李亿的妻子并不姓裴,并不是那个关中四姓之一的裴家,小姐也就不会沦落到道观里当个"书信茫茫何处向"的道姑了。

只是点翠……这只有贵族才能用的奢侈品,并不是有钱就能买到的……绿翘想到了那只在阳光下耀眼夺目的小翠鸟,深深地低下了头。也不知为何只有在南越一带的翠鸟,竟出现在附近的林间。若不是她脸上的伤痕,说不定她以为那一切都是她的臆想。

"既然喜欢,就要牢牢地握在手中。"鱼玄机恨恨地发着誓。她这辈子第一个喜欢上的男人,结果是别人家的。她咬着牙进了门当了妾室,结果还是不属于她。她临被休出门,提出想要一套自己喜欢的点翠首饰,却被冷冷回绝,说她没有资格佩戴!

笑话!她鱼玄机,定要做一套属于她自己的点翠首饰!

绿翘降低自己存在感地缩了缩头。

这一天,还是如同往常一样缓慢地度过。晚间,绿翘安排婆子给小姐送了热水之后,便回到自己所居的耳房。薄薄的墙壁根本遮不住隔壁男女的欢笑声,绿翘面无表情的脸上终于现出一丝无奈,点起了油灯之后,轻手轻脚地开始收拾床铺准备入睡。

正待她想要吹熄油灯的时候,忽然若有所觉,朝没有关严的窗外看去,正好瞥见月光下的一抹幽蓝。

一只小翠鸟,正一动不动地站在窗外的枝头上,歪着头盯着她看。

伍

小翠鸟觉得它最近收的仆人真是不错,每天都替它准备好食物,还有干净的清水。那些小鱼都收拾得干干净净的,内脏和鱼鳞都去掉,切成它能一口吞掉的大小,口感不知道有多好。天气转冷,寒气十足的夜晚,它也可以窝在点了暖炉的屋子里,连巢都不用自己建了!小翠鸟非常满意,但内心也有些忐忑。它本是看到黑蛇的尸体觉得愧疚,才飞过来看这个人类的情况,结果反而被伺候得舒舒服服。

果然,是被本翠鸟的身姿所倾倒了吗?小翠鸟站在铜镜前,陶醉于自己身上颜色越来越漂亮的翎羽。

许是最近的伙食好了，又不用风餐露宿忍饥挨饿，它的翎羽已经比它的母亲靓丽太多了。毕竟它母亲不仅要养活自己，还要照顾它们几只雏鸟，怎么能比得上它现在的惬意。

"青羽？青羽？"

温柔的声音低低地唤着，小翠鸟知道这是它的这个仆人给它取的名字。翠，青羽雀也。虽然不知道到底是什么意思，但对方叫得久了，它也知道这两个音是在唤它。它看着朝它伸过来的手，想了想，歪着头蹭了蹭对方温暖的掌心，引来一阵惬意的轻笑声。

好吧，那它就叫青羽吧，听上去是个不错的发音。

仆人脸上的笑容，它还是很喜欢的。眼尾那道红痕，它也越看越喜欢，这是它给它的仆人盖下的印记，这样它就不会认错人啦！毕竟人类长得那么奇怪，它分辨不清啦！还有那一双棕黑色的眼瞳，当她全心全意地注视着它的时候，它就能在那双清澈的眼瞳中发现两个小小的自己，特别奇妙，也特别欢喜。嗯！它还要变得更漂亮一些，让它的仆人不再去看其他鸟！

"翠翡——翠翡——"青羽愉悦地鸣叫着，翠鸟一族的叫声就是这样的，这也是它们被称之为翡翠的原因之一。

"嘘——"抚摸着它的掌心变得紧张起来。

青羽不满地放轻了声音，却也明白不知道为什么，它的这个仆人不愿意它在屋里发出声音。扑腾了几下翅膀，青羽从特意给它留的窗缝中冲了出去。它每日只是晚上留在这里睡觉，白天还是要去林中耍耍的。

而且它也有小心思，这里的冬天它没有经历过，母亲也没有，但依着温度的变化，它本能地感觉到这里要比母亲口中温暖的南方难熬得多。若是能找到它的母亲和兄弟姐妹，说不定可以让它的仆人把它们一家都安顿好。反正它仆人的房间那么大，只要在房梁上给它们留个位置就足够啦！青羽越想越开心，在林间放开歌喉鸣叫着，用熟悉的声调呼唤着它的家人们。这些天都没有音讯，它今天再飞远一点吧。

一连多日阴天大雾，今天的太阳难得地在天空露面，青羽张开翅膀，像精灵一般在树叶间隙穿梭着。因为天气晴好，视线无阻，它越飞越觉得林子里的情况有些不对劲。踩踏折断的草木众多，有些地方踩满了脚印，说明不止一两个人类在林间行走，就连在林子深处也是如此。明明阳光洒在身上非常温暖，可青羽心中却升起了不安的念头。

寂静的林子就像是藏着一只怪兽,让它不寒而栗。

最终,它停在了一个树杈之上,好半响都没有再动一下。因为在不远处,有几簇翠蓝色的羽毛凌乱地夹杂在草丛里,其间还有些许早已干涸得变成棕褐色的血渍。

许久许久之后,林间响起一道凄厉的鸣叫声。

陆

"今儿个那小姐好像挺高兴的,脾气也不阴阳怪气了,是不是被她的情郎哄高兴了啊?"

"什么啊!我是听说那小姐雇的人抓到了几只小鸟。不是为了养着,而是为了拔了它们的毛。啧啧,那个残忍啊!鸟的尸体还是让我去收拾的呢。在道观里还敢做下这种事,造孽啊……"

"平白无故的,拔人家的毛做什么?"

"据说是要做那种叫点翠的首饰。我曾经瞄了一眼,那些羽毛确实挺好看的。翠蓝翠蓝的,还有些软羽是雪青色,配起来定是顶顶好看。"

站在廊下的绿翘听到这里,想起一大早就飞出去还没回来的青羽,终于忍不住走了出去,焦急地问道:"大娘,能详细给我讲讲不?"

那两个婆子本就八卦,这会儿难得有人凑上来听,便热情洋溢地你一句我一句说着,但并没有什么有用的重点。绿翘越听越心急,恨不得冲到自家小姐面前质问。她真不该如此不小心,青羽本来就不是能被人类豢养的自由生命,如今习惯了她的好意,那么遇到人类的时候,肯定不会有太多的戒心。而青羽还有着一身那么漂亮的翎羽,怀璧其罪……绿翘越想越觉得害怕,连忙挥别两个嘴碎的婆子,冲进玄机斋想要去质问自家小姐。刚走到门口,就听到斋内的小姐正招待着珠宝楼的工匠,谈话声隐约地传了出来。

"……你说什么?这些羽毛还不够做一支簪子?是这羽毛不够点翠级别?明明颜色质地那么相似!"这是她家小姐气急败坏的声音。

"这羽毛确实是取自翠鸟,虽然不知道为何翠鸟在此地出现,但点翠的珍稀也并不仅仅是因为翠鸟稀少,而是因为捕捉到翠鸟而不伤害到羽毛的难度极高。"珠宝楼的工匠感慨地说道,"翠鸟本来就身型小巧,身上还有其他颜色的羽毛,最珍贵的翠蓝色硬翠只有翅膀上的左右各十根和尾部的八根。雪青色的软翠只有脖子一圈的绒羽可用。如果捕捉手法粗暴，引起翠鸟挣扎掉羽，可用的翠羽就更少了。"

"……那这些羽毛就什么都做不了了？"

"那倒不是，主要簪子是插在发髻上的，对翠羽的要求很高，必须用数根完整的翠羽制成。当然，要是做一支不是很大的点翠簪，这些羽毛之中还是可以挑得出来的。至于其他破损的翠羽，还是可以镶嵌在裙边做装饰，因为不会细看，所以效果还是会很好的。"

屋内陷入了沉默，显然是鱼玄机在踌躇抉择。

这样一耽误，绿翘也没有了进去质问的勇气，她咬紧下唇，分析着刚刚听到的这段谈话里的信息。听起来，好像小姐派人抓住的，并不止一只翠鸟。青羽那么聪明，肯定不会被抓的！绿翘绞着手指，犹豫了半晌，决定再回屋看看。她轻手轻脚地奔回自己的耳房，发现她早上为青羽准备的小鱼还在窗台上，并没有被鸟吃过的痕迹，反而因为时间过长，已经爬满了蚂蚁。

"青羽？青羽？"绿翘终于忍不住轻声唤道。此时太阳已经西斜，夜风骤起，若是往常，青羽早就飞回来了。

绿翘从小到大，从未真正喜欢过什么东西。无论是英俊潇洒的男人，还是璀璨绚烂的珠宝，对于她这样的卑微婢女，都是镜花水月，可望而不可及。所以她根本不能理解为什么小姐会因为喜欢，而变得疯狂。

可自从养了青羽，负担了那个小小的生命，她就知道了什么叫作喜欢。喜欢是一种想要拥有的心情，是一种无法离开的渴望，是一种无时无刻的牵挂。

她真不敢想象，若是青羽被抓住……

绿翘的声音开始颤抖，好在她刚唤了几声，一个蓝色的小身影就冲了进来，一头扎到了她的怀里。

绿翘快要跳出嗓子眼里的心重新落了回去，抱紧了掌中的小翠鸟。等这种失而复得的心情平复了之后，绿翘又开始头疼怎么办。依着小姐对点翠首饰几乎着魔的疯狂，她肯定是不可能再养着青羽了。可是，又怎么跟青羽沟通，要它飞得远远的，别再回来了？要不然，等过几天找个借口，出趟远门，带着青羽上路，到时候选个地方再把它放飞？

只是……逐渐入冬了，这个小家伙能不能照顾好自己……绿翘能感觉到掌心的青羽躁动不安地拱来拱去，正想着如何安抚青羽的情绪，就听到了开门声。

她的小姐正款款迈入房间，志得意满地轻笑道："不愧是我的好绿翘，知道我喜欢的是什么。"

绿翘浑身一哆嗦，刚想松手把青羽从窗户扔出去，就听到"咣当"一声，窗户被人从外面死死地关住了。

~ 柒 ~

青羽奄奄一息地躺在笼子里，纯粹就是被饿的。

关着它的笼子都是用棉麻绳子做成，细细密密，结实却又不会在它撞击的时候伤到翅膀。它知道自己快要死了，死后还要被拔下羽毛，被那个可恶的雌性人类贴在头上做装饰炫耀！若不是那个雌性人类还想尝试养它，说不定它早就被活活拔毛了。

可是它又怎么可能苟且偷生？它知道自己的母亲和兄弟姐妹，都已经被那个雌性人类杀死了！

可恶！真后悔，没有听母亲的话。人类确实都很可怕。可是，并不是所有人类都可怕。

青羽强撑着睁开眼睛，透过棉麻绳的间隙向外看去，无力地看着那个可恶的雌性人类，正在鞭笞着它的仆人，只是因为它的仆人方才尝试放它离开。鞭子落下的力度和抽打出来的血渍，青羽看着都觉得有些眩晕。不行，再这样下去，它的仆人就要被打死了！

"你这个贱婢！知道本小姐喜欢点翠，居然藏着翠鸟不上交，说！你到底怀着什么心思？"

……什么？它为什么可以听得懂人类之间的语言了？

"说！是不是还对我的魅郎不死心？想养着那个翠鸟，自己做个点翠首饰勾引魅郎？"

"小姐，不是……不是的……把青羽放了吧！它活生生的，小姐你怎么忍心啊……"

"我喜欢啊！不就是一只鸟儿罢了，既然不识抬举，那么就做成一件首饰也不错。它身上的翎羽比我得来的那些颜色还要漂亮，做首饰的师傅说了，足够做一支顶级的点翠簪了。放心，它会作为一支点翠簪，永远地活下去的。"

"小姐……求求你放过青羽吧……"

"你居然为了一只鸟儿，都不把我放在眼里了？要你何用！"

鞭打声与哀求声此起彼伏，没多久，哀求声渐渐低了下去，最终悄无声息。

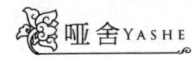

青羽浑身上下的力气，仅能让它微微地动动翅膀。别说去救它的仆人，就连挣脱这个囚笼的力量都没有。

人类真是好可怕，为了一个微不足道的理由，不光可以残害其他生灵，还可以随意地虐杀同类。

喜欢，真是这个世界上最残忍的两个字呢。

仿佛有了这两个字，就有了最完美的借口。

仗着喜欢，便可以做出各种各样残酷的事情……

好恨啊……若是它不贪图那掌心的温暖，若是它没有因为找不到母亲和兄弟姐妹心怀恐惧而再飞回来寻求安慰，它的仆人也许就不会死。

好恨啊……再也看不到仆人那美丽的笑容，那清澈的双瞳，眼尾的那一道红痕……

好恨啊……青羽自己看不到它黑色的双眼已经渐渐被怨恨的血色染红。

【真是纯粹而又甜美的怨恨啊……】

青羽不知道这股声音是从哪里传来的，因为在笼外的雌性人类显然并没有听见，而是在安排着下人们把已经被鞭笞而死的它的仆人抬出去处理掉。

【有人的喜欢，是掠夺。有人的喜欢，是奉献。】

是啊……仆人对它的喜欢，就是奉献……可是，好恨啊……

【想不想报仇？】

想……青羽恨恨地在心中回答道。它要报仇！母亲和兄弟姐妹的仇！它的仆人的仇！

【即使你的灵魂会被困住？即使你变成了被诅咒的邪物？即使你再也不能被你想要见到的人碰触？】

没错！青羽毫不犹豫地回答道。已经到如此地步，它还能有什么奢求？

【很好，契约成立。】

捌

深夜的博物馆，即使是聒噪的古董们，也都恢复了沉默。

展柜顶端无机质的冷光灯在微微地发着幽光，照得黑色绒布之上的点翠簪颜色越发妖冶艳丽。

第七章 点翠簪

青羽如同往常一样，一声不吭地看着自己在展柜玻璃上投射出来的倒影，是一种诡异而又残缺的美感。

它又想起今天白天，从清晨一直到闭馆，都默立在此处的年轻女子。它的仆人，还是和以前一样地喜欢着它。尽管它变了形态。

当年，它死去之后，便被做成了一支点翠簪。

这支点翠簪成为了鱼玄机的新宠，可凝聚着它所有怨恨的点翠簪，会让佩戴它的人不再被任何人喜欢。

不久，鱼玄机被所有情郎抛弃，变得人人憎恶，被人告发了恶行，绿翘的尸体也在玄机斋后院的紫藤花下被挖到。人证物证俱全，就连往日爱慕她的知府大人也都不再对她留情。

鱼玄机很快就被判死刑，秋后问斩。

它的仇终于报了，可是点翠簪上的诅咒却并未被化解。它每一任的主人，都不再被任何人喜欢，都没有好下场。最终，它被上一任主人带入墓穴陪葬。

它在暗无天日的地下，朝那个不知名的魔鬼求了上千年，终于又见到了它的仆人。

【后悔了吗？不求我让你重回她的身边？】

不用，反正它只会给她带来噩运。

就算再怀念她掌心的温暖，也绝对不可以。

它喜欢她，非常喜欢，但没有必要让她知道。

【无趣。】

顶端的冷光灯闪烁了两下，忽然暗了下去。

玖

昨天带汤远小朋友逛了一天博物馆，医生也顺便买了一些博物馆的纪念品和书籍。他今天下了班，抽空收拾了一下书架，打算腾出点地方来放这些东西。

然后就在一本医学词典的后面，找到了一支用漂亮羽毛做成的毽子。这支毽子翠蓝和艳红的两种颜色都有，而且并不像是廉价染色的那种羽毛，完全比得上在博物馆看到的点翠簪的级别，让人一眼看上去就双目一亮，恨不得捧在手心把玩。但它却被人暴殄天物地做成了毽子，可以踢的那一种……

奇了怪了，这是什么时候弄到的羽毛？医学院的实验小动物一般都是小白鼠或者小白兔啊，什么时候有禽鸟类了？而且这毽子下面的古钱看上去好像也颇有些年代了……

还没等医生好好回忆，汤远小朋友就捧着报纸奔了进来。医生赶紧把毽子放了回去，生怕被汤远看到了非要玩，惨遭毒手。

"大叔！我们昨天在博物馆看到的那支点翠簪失窃了！"汤远唯恐天下不乱地嚷嚷着，听那语气，好像还是在幸灾乐祸。

"啊？"医生诧异地接过报纸，发现记者也没有挖掘出来什么细节，就是说今天本来周一闭馆，但保安一上班就发现那支点翠簪消失了。而且奇怪的是玻璃柜并没有任何破损，警报也没有被触发，所以警方怀疑是博物馆的内部人员偷盗。

"大叔，你说这是不是什么怪盗基德出手了啊？"汤远最近在看动漫，各种脑洞大开。

"胡闹。"医生只把这件事当成普通新闻看待，浑然没当回事。

"哎呀，这么说来，幸亏我们昨天去博物馆参观了，否则那支点翠簪就看不到啦！"汤远顿了顿，想起昨天小白蛇对着那支点翠簪敬而远之的态度，现在想起来却有些古怪，"大叔，看你昨天拍了那么多古董照片，有没有拍这支点翠簪？"

"没拍。"医生想起昨天得知点翠簪是怎么做成之后的心情，皱着眉把手中的词典塞回了书架上。

好像……他之前也养过一只翠青色的小鸟似的……

可是家里并没有任何养鸟的笼子、架子或者鸟食，应该……是错觉吧……

第八章

海厴贝

最艰难的时候他都熬过来了,以后又有何惧?

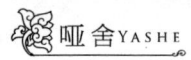

壹

"林溪，这个案子你去负责。"第七科的科长走出办公室，朝座位上的林溪挥了挥手。

"是！"被点到名的林溪立刻站了起来，小跑过去把档案袋接在手中。

"加油。"科长鼓励地拍了拍林溪的肩膀。

等科长重新回到办公室之后，科室内的同事们便一窝蜂地聚到了林溪身边，看着她手上的档案袋。林溪把里面的资料拿出来，在桌子上摊开，展示给大家看。

"咦？是那个博物馆古董盗窃案，居然还没破啊！"有同事惊讶道，"我记得都过了两个礼拜了吧？"

"是啊，当时还上过微博热门话题，报纸也报道过。"

"我也记得，据说丢的是一支点翠簪。要不是这回被科普，我还不知道点翠是什么东西呢！"

同事们议论纷纷，实在是因为转到第七科的案件都是"疑难杂症"，除了身上有案子出外勤的人，就没有不好奇的。再说林溪接了这个案子之后还会有人来跟她搭档，自然是要来了解情况的。

表面上他们科室叫第七科，实际上是特别事件调查组。其他科室解决不了的案件，或者有些灵异、科学解释不清楚的案件，都会丢到他们第七科来。当然，他们科室也不

第八章 海蜃贝

是万能的，但如果是连他们都破不了的案件，那就只能封存。

事实上，第七科在一年前也不过是个不起眼的科室，破案率低得可怕。这也不能怪他们，毕竟丢给他们的案件一个比一个难解决。这种状况到林溪被派到第七科之后，陡然反转。

只要是林溪经手的案子，平均十件能有六件告破。乍听起来好像也不怎么样，但不要忘了，这些都是别的科室束手无策的案件，比起之前十之一二的破案率，林溪的成功率已经堪称逆天了。所以林溪被第七科的同事们戏称为科内的吉祥物，从来没有固定的搭档，同事们都是轮流跟她共事，以示公平。

这样一年下来，科室内所有人都和林溪搭档过了。平心而论，林溪真的只是一个普普通通的警校毕业生，该有的敏锐洞察力、逻辑思维、矫健身手都有，不过就算再怎么优秀也只是警校级别，并不是惊才绝艳的那种。

可是，架不住人家运气好啊！

随随便便就能在案发现场找到别人搜索多少次都忽略的关键线索，或者看出了什么蛛丝马迹，又或者干脆撞上嫌疑犯露出马脚的瞬间。

一次两次可能是巧合，但接连如此发生，就不能不让人叹服。大概她天生就是做警探的料子，才会有此机遇吧。

林溪的运气是第七科所有人都心服口服的，反正只要是林溪出马，案子就有百分之六十的可能可以解决了！没看现在只要是林溪没出外勤，分派案件都是直接找她吗？

林溪的性格外向开朗，相貌俏丽，穿上警服更是英姿飒爽，不只在第七科极受欢迎，即使在整个警局都是拥护者众多的一朵警花，不知道有多少科室暗中较着劲，想要把她调过去呢！

档案袋里的资料比较详细，但有些事情还是需要现场实际勘察的。这回跟她搭档的人是范泽，范泽仔细看了一下资料，从电脑里调出一些参考文件传输到了IPAD中，便示意林溪可以走了。

林溪最后瞥了一眼自己桌子上的相架，拿着档案和衣服便和范泽出了门。

"哎，你说小溪是不是单身啊？隔壁科室的小王托我打听呢！但我上次给小溪介绍对象，被她岔开话题了呢！"第七科的同事甲站在窗前，看着林溪和范泽一前一后地往停车场走。

"小溪的男朋友……跟她是警校同学。喏，就是她桌子上相架里那个和她合影的帅

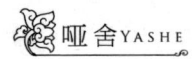

哥。"同事乙朝林溪的桌子那边努了努嘴。

"咦？那怎么没见小溪带出来过？真是太不应该了！"

"那个人……刚入职的时候，就殉职了。"

"啊……"

"据说那个案子颇为棘手，后来就丢到我们第七科来。小溪是自己要求调到第七科的，就是为了调查那个案子。"

"啊？那现在呢？有结果了吗？"

"还是没破呢……"

贰

林溪开车，范泽则在副驾驶座整理下载的参考资料，时不时说两句案情重点，两人讨论一下。

范泽是林溪在警校时的同学，当时和她还有她男朋友杜子淳三人一同分到这个警局，林溪与其相识已久，做事即使不用交流也已有了默契，有时候只需要说上半句，对方就懂了下半句。

"按照资料来看，对方的偷盗手法精巧缜密，应该是惯犯。"林溪皱着眉说道。

"我查了最近各大博物馆发生的案件，包括全球的，几乎没有类似情况。"范泽立刻就理解了她的言下之意，"每个案件都会有迹可循，但这次却不一样。"

"啧，这案子若是破不了，估计暗地里又会出现一大批高仿的点翠簪，忽悠土豪们当真品来买。"林溪用食指敲打着方向盘，思索着，"可是点翠是用翠鸟的羽毛所制，并不好仿制。再加之保存时间比起黄金、翡翠、瓷器来说较短，只有百余年，实际上在古董市场上并没有那么受欢迎。"

"所以疑点就是，那窃贼既然有此身手，为何单单只偷盗了这支点翠簪？"

"从博物馆递交的资料来看，这支点翠簪并没有什么特别之处，也不是什么有名人士的遗物，只是因为保存得好，色泽比较靓丽罢了。"

"也许……人家就是喜欢这个？"范泽耸了耸肩，开了个小玩笑。

林溪撇了撇嘴，觉得这个玩笑一点都不好笑。

林溪和范泽在到达博物馆前，就已经通过电话联络过对方了。所以他们刚停好警

第八章 海厴贝

车，就有工作人员上来带他们直接去了馆长办公室。

点翠簪失窃，保存它的玻璃柜却没有任何破损，警报也没有被触发，因此警方怀疑是博物馆的内部人员作案。这一点在档案里都特别标注了出来，林溪一进博物馆，就打起了十二分的精神，看谁都觉得有嫌疑。

其实林溪也知道自己这种思维定式不好，但想要找到犯罪嫌疑人，警察就是需要有这样的觉悟，就算对方是自己的亲戚朋友也不能例外。

林溪本来是看谁都是好人，并且会下意识地替对方着想、开脱的性格，当年也是费了好大劲才强迫自己在办案期间如此思考。但当初严厉教导她的那个人，却已经不在她身边了。

走神了仅仅一秒钟，林溪就又重新振作了起来，此时她和范泽已经来到了馆长办公室，馆长正站起身来迎接他们。

这位博物馆的馆长已经在职多年，经常上电视接受采访，就算是对历史方面并不感兴趣的林溪，对其也较为熟悉。也许是来了好几拨警察的缘故，馆长见到他们的时候并没有太热情，显然对他们两个年轻的警员并没有抱太大希望。

没有浪费时间多寒暄，范泽已经开始例行询问。而馆长显然也是被盘问了好多次，说话也没什么精神，回答和档案袋里的文件录入的没太大区别。通过观察微表情来判断对方有没有说谎也没有什么用，因为重复了这么多遍，微表情也会变样的。

在询问没有得到有效的新情报后，两人又去现场勘察了一番，因为作案手法神乎其技，现场也没有什么新发现，最后还是去了监控室。

点翠簪失踪那天的监控录像，早就被翻来覆去看了许多遍了。但林溪怕别人的分析影响自己的判断，所以又从头到尾过了一遍监控录像。一共有两个摄像头对准了点翠簪的那个展柜，屏幕上分隔成两边一起快进播放，她一边看一边还询问一旁的馆长。

"那个女人怎么站在这里这么久？就是这个右眼处有划痕的女子。还有这个戴眼镜的男人，也站了一会儿。馆长，你们互相认识？"大部分的参观者都是一走一过，所以停留时间一旦过长，就会特别明显。

"那个男人是附近医院的外科医生，认识他好几年了，不可能是嫌疑人的。"馆长笃定地说道。开玩笑！那医生曾经在哑舍的老板那里看过多少珍奇异宝，还能看得上他这里的东西？

"那馆长您身边那位又是什么身份？"林溪又指了指屏幕。

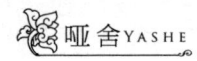

"那是一家古董店的代理店长,我请他过来看看风水的。"馆长讲的是实话,但也没意外地在两个年轻警员的脸上看到了不以为然的神情。

林溪在记事本上依次把这几个人都记了下来。这些她一眼就能看得出来的嫌疑人,想必之前的同事们都已经调查过了,倒是不急着去再次盘问。

这个案子虽然是刑事案件,但随着时间的推移、新闻热度的下降,依旧毫无进展,馆长明显已经快要放弃了。毕竟历史上许多有名的博物馆都被窃贼光顾过,有些窃贼被抓住了,但更多的至今依旧是悬案,这也是无可奈何的事情。

林溪和范泽商量了一下,决定先排查博物馆的监控录像。不光看案发当天的监控,连案发前后几天都要看。毕竟这种案子是独行盗很难做成的,至少会有人来反复踩点。

馆长陪他们待了一会儿,见他们打定主意要细查,便也不再守着,专门给他们两人腾出来一间办公室,每人一台电脑看监控录像。他们接到案子来博物馆时已经是下午了,这一看就看到了博物馆闭馆。

"看到了什么没有?"范泽揉了揉眼睛,没什么期待地问道。

"没有。"林溪叹了口气,歪了歪头,抬手按了按酸痛的脖颈。这时手机屏幕亮了一下,有新邮件通知。林溪划开一看,便面露喜色,甚至连坐都坐不住了,下意识地就要往门口走。好在她刚站起来,就反应过来还在调查案件期间,生生遏制住了自己的冲动。

"出什么事了?"范泽好奇地问道。林溪自从杜子淳出事之后,就从未真心地笑过几次,所以范泽确实非常好奇究竟是什么消息能让林溪喜形于色。

"我不是一直在追查子淳的那个案子吗?"林溪说的时候有点不好意思,因为范泽之前也陪着她调查了半年多,最终一无所获,便劝她放弃来着。她口头上答应,实际上还是在偷偷调查。

"你居然……"范泽的表情很微妙,又是气又是急,"你不是不知道那个案子有多危险,居然敢一个人继续调查,怎么也不跟我说一声?!"

"抱歉抱歉啦。"林溪双手合十,口中道着歉,其实脸上的表情也并不见得如何愧疚。

"服了你了。"范泽轻哼了一声,双手环胸,"那现在有什么进展了?"

"鉴证组那边的朋友发来的消息,他们组引进了一件新的美国仪器,据说可以复原被破坏的手机卡。之前打的报告终于通过了。"林溪抿了抿干涩的唇,笑着说道,"我这

第八章 海蜃贝

里不是还保存着现场找到的子淳的手机碎片吗，明天就能送去检查了。虽然希望比较渺茫，但应该可以还原一些照片和信息。"

"小溪，真是苦了你了。"范泽感慨，看着林溪的目光复杂无比。他虽然并不是酷帅狂霸拽的类型，但也算得上温文尔雅，一双眼睛盛满真挚的深情，实在让人无法忽视。

林溪有些不自然，她是知道范泽对她有好感的，只是之前她有男朋友，范泽便和他们都保持着朋友的情谊。而杜子淳出事之后，范泽尽心尽力地帮忙，林溪也多少能明白他的暗示，却无法回应，只能尽量保持距离。可是他们在一个科室工作，就算再怎么疏离也要天天见面。

"小溪，子淳也去世了这么久了，你也应该……应该走出来了。"范泽的话语中充满了怜惜。

林溪立刻坚定地反驳道："他没有死，只是失踪了。"

范泽哑口无言，也不知道如何劝慰，只能无声地叹息了一声，岔开了话题。尴尬地相处了半晌，他便借口到了吃饭的时间，起身出门去买盒饭。

他们所在的办公室属于博物馆的办公区，和保安室连着，即使通宵都没问题。林溪对着电脑屏幕发了好一会儿呆，拍了拍脸颊振作了一下，先把杜子淳的事情抛在一边，整理好了思绪，吃过盒饭之后又投入了工作。

她首先是把案发一周前后的录像用快进扫了一遍，主要查看有没有之前那三名嫌疑人的踪影。答案是并没有。

她思索了一会儿，便开始重新看一遍录像，这回快进的速度慢了一些，主要是为了分辨有没有人在这短暂的几天里重复来看这枚点翠簪的。

确实是有，她都记录了下来，但查看了相应时间其他摄像头的录像，这几个人应该就是来博物馆晃晃打发时间的，嫌疑程度并不高。

长时间盯着电脑屏幕，让她的眼睛都有些酸涩了。林溪伸了个懒腰，这才发现，右手边不知道什么时候出现了一瓶眼药水。

这瓶眼药水不是放在她的皮包里吗？是范泽方才拿出来放在这里的？那小子什么时候变得这么体贴了？

林溪一边在心里嘟囔着，一边旋开盖子开始点眼药水。

清凉的薄荷感在双眼内散开，一下子清除了头脑的疲劳，林溪眨了眨眼睛，等视线重新恢复之后，就发现电脑屏幕上居然一直在重复播放着一个监控时段。前进三秒钟又

145

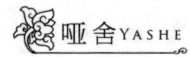

后退三秒，一个画面反反复复地播放着。

而林溪并没有碰键盘上的任何按键。

林溪精神一振，知道她等待的幸运时刻终于到来了！

没错，不知道从什么时候起，她的身边就总是发生灵异事件。例如办案的时候罪犯直接摔倒在她面前，又或者线索直接就摆放在她眼前最显眼的位置，所以她经手的案子破案率才那么高。

林溪其实一开始的时候也有些惶惶然，但时间长了，也就习惯了。

也许，她就是上天宠爱的那个幸运儿呢！

就是买彩票总是不中啊……老天爷果然还是希望她专心办案，当正义的使者啊……

林溪撇了撇嘴，刚想叫旁边的范泽过来看屏幕，但声音却卡在了喉咙里，没有喊出来。

因为在屏幕上来回播放的录像正中央，那个人正好转过了头来。

是她很熟悉的脸。

她一偏头就能看得到的脸。

叁

就像是沉入了黑暗的海底，挣扎了好久才重新浮出水面，找回消失已久的五感。林溪费力地睁开双眼，天花板上的白炽灯刺得让她缓了好久才找回神智。

她这是怎么了？林溪抱着头想了想，对了，她之前不是在看监控录像吗？怎么就躺在地上睡着了？

用脚趾头想也觉得不对劲。林溪迅速坐起身，发现自己依旧是在博物馆的办公室内，在她不远处的地面上，有着一大摊的鲜血。

林溪震惊地站起身，她虽然感到乏力，但并没有疼痛感，必定不是她的血。办公室内除了她之外就是范泽，难道是范泽受了伤？

血迹已经干涸，而墙上的时间显示，已经是9点多钟了。林溪还记得她失去意识前应该是晚上7点多，有两个多小时的时间空白。

不过并不准确，林溪感到肚子很空，不像是吃过晚饭的样子。博物馆的办公室是全封闭的，并没有窗户，所以根本不知道是不是第二天早上的9点多。

146

第八章 海蜃贝

手机也不见了，皮包也不在，电脑也被关上了。林溪在办公室内粗粗扫了一圈，视线定在了某一处，吓得她骤然后退了几步。

那个墙角处，竟然无声无息地站着一个人。

准确地说，应该是站着一个幽灵一样的东西。

林溪视线内的所有东西都是清晰的，但只有那个幽灵是模糊不清的，甚至连面目都看不清楚，隐约只能判定是个穿着警服的男人。

她必须承认，毫无心理准备就看到了一个幽灵，实在是让她心底发毛，差点就尖叫出声了。

仿佛察觉到了林溪的目光，那个幽灵朝她走了过来。

林溪的惊骇也就是那么一瞬间，她立刻就推测到，范泽说不定已经被杀害了，而他的魂魄不知道是什么原因逗留在此处，还能被她所看到。

也许是身边经常发生灵异事件，让林溪的接受程度有了大幅提高，她在须臾间就镇定了下来，对那个幽灵说道："范泽，你放心，我会为你报仇的。"

幽灵闻言停下了脚步。

林溪判断对方是听得到她说话的，压下心中的悲愤和哀伤，连珠炮似的说道："范泽，是谁害了你？既然你还在，那能给我做点提示吗？怎么会这样？起因不就是一支点翠簪吗？又为什么留下我？是为了让我被怀疑吗？还是早就有人预谋要对我们下手了？是因为我们还在追查子淳的那个案件？"

虽然她很努力地让自己保持冷静，但实际上已经开始语无伦次。幽灵向前又走了几步，尝试着想要去碰触她，可是却又像在害怕什么。

林溪以前很害怕听鬼故事的，有什么异动都会疑神疑鬼，但现在反而一点害怕的情绪都没有，抢先一步握住了幽灵的手。

什么都没有抓住，但也许是错觉，她感到掌心一阵冰冷，好像是碰到了对方。

混乱的心忽然间就平静了下来，林溪深吸了一口气，放开对方的手，走到桌前打算打电话报警。她的眼睛没有离开面前的幽灵，心里思索着如何汇报现场情况。

手一抓，居然抓了个空。

林溪怔了一下，以为预估的距离估错了，再次伸出了手。

这次她转回了头，所以眼睁睁地看着自己的手穿过了电话和桌子，而她却一点碰到实物的感觉都没有。

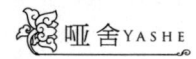

她不敢置信地看着自己的手,双目圆睁。

就在这时,办公室的门被人从外面打开,竟是好几名警员。

"就是这里,案发现场我们谁都没有动过!"

鱼贯而入的众人,没有一个人看向站在办公室中央的林溪。

林溪如雷轰顶,整个人如坠冰窖。

肆

她是……已经死了?

已经变成了幽灵状态?

林溪的脑海里一团乱,有好长时间都处于一片空白的状态。

林溪在一瞬间想了很多。

她想到了父母白发人送黑发人,能不能承受这种打击;想到了自己的人生才走过二十多年,这个世界上还有许多地方没有去过;想到了还有许多许多想要去做,却还没有来得及去做的事情。

想到了自己还没有找到杜子淳。

林溪忽然间就清醒了过来。

身边的幽灵一直围着她转来转去,尝试着用双手碰触她,想要安慰她。

只是自己已经死了的这种事,又怎么可能轻易接受呢?

"范泽,我们能停留在这世间多久?"根据所有的民间传说,魂魄停留在阳世是有时限的。林溪迅速地环视了一圈周围,并没有看到任何像是牛头马面或者黑白无常的存在。

她身旁的幽灵停下了脚步,显然对她的这个问题也无法回答。

林溪苦笑了一声,自嘲道:"我也是傻了,你又怎么会知道?我们都是新鲜出炉的菜鸟鬼。"

房间里的警员们都在安静地工作,派来的是第四科的人,他们警局最优秀的科室。林溪就那样看着他们检查入室门,沿着现场走格子搜索证据,用鲁米诺尔试剂检测是否有被擦拭过的血迹,放置指示牌做证物链,用单色光源搜查足迹,鉴定血泊图案,取血样,取指纹,拍照……

第八章 海魇贝

这些程序她曾经做过很多次，只是没想到会亲眼看到别人来侦查自己的被害现场。

她看着看着，忽然觉得有些不对劲，好像是少了些什么。

奇怪，若是她和范泽都被人杀死了，那为什么现场并没有标明尸体的陈列处？不过随即林溪也就释然了，也许这里并不是案发现场，只是犯罪现场。也许对方把他们弄昏迷之后，搬运到了其他地方下的手。

可是她和范泽都没有得罪过什么人。

而且，为什么选择博物馆这个犯罪地点？等他们看完监控回家的路上，岂不是更容易实施犯罪？毕竟博物馆的监控和保安算是比一般居所严密许多。

又或者，对方是不得不在这个时间来处理他们。

是关于那个破碎的手机卡吗？因为当年杜子淳追查的案子？也许是鉴证组的人走漏了消息……

至于是否因为那个被盗的点翠簪而被害，林溪觉得应该不会那么夸张。若是如此的话，那之前来调查的警员们岂不是早就应该死掉好几个了？况且他们还什么都没查出来呢！

不过，真的是什么都没有发现吗？

林溪隐约觉得最后她好像是看到了什么，却又想不起来了。

身旁的幽灵又凑近了一些，像是想要对林溪说什么，但却并没有发出声音。

林溪也不管对方能不能听到她说的话，指着地上的血泊和血迹分析道："范泽，这应该是你的血吧？不过血泊的面积略大，也许会盖过之前的血迹。但看出血量，应该是你还活着的时候。可是并没有拖拽痕迹和血足迹，难道罪犯还清理了现场？"

林溪一紧张，就习惯说很多很多的话。但现在能听到她说话的，疑似只有一个站着不动的幽灵。林溪自己推断，又自己推翻，来回纠结了许久，久到来取证调查的第四科警员都撤退了。

办公室内几乎所有证物都被拿走了，连电脑、椅子都被搬走了。林溪站在空荡荡的办公室，感到一阵空虚恐惧。

死后，应该要做什么？

或者说她还能做什么？

正在迷茫间，她忽然看到办公室的门被人打开了。

是那个博物馆的馆长。

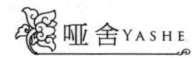

他拄着拐杖，在门口看了半响，举起手中的老式胶卷相机，对着空空如也的办公室，按下了快门。

林溪怔然，被闪光灯晃得双眼一白，片刻之后才恢复过来。

奇怪，怎么已经成了鬼，还会被闪光灯晃瞎眼啊？

不过，更奇怪的，是这个馆长。

谁会无缘无故去照凶案现场啊？

伍

馆长并没有进门，低头好像确认了一下手中的胶卷相机所剩的胶片数量，便拄着拐杖离开了。

林溪犹豫了一下，强烈的好奇心战胜了一切，立刻抬腿跟上。在走出办公室的那一刻，她庆幸自己还能随意走动，而不是像小说中写的那些地缚灵一样，不能离开特定地点。

在她身后，那个穿着警服的幽灵也跟了上来，而且像是察觉了她的意图，快走了几步，一直走在她身前左边半米处。这是保护着她心脏这一侧的行进队列。

林溪怔怔了一刻，随即苦笑。

杜子淳还在的时候，就喜欢这样护着她走路，不管是在执行公务，还是陪着她逛街。杜子淳不在了之后，范泽也经常会模仿杜子淳对她的照顾，只是无论怎么做，她心里都是酸楚不已。

就算能做到一模一样，又能怎样？完全是不同的两个人啊！

林溪心中五味杂陈，她后来也和范泽保持了距离，就是怕对方会误会，只是没想到现在他们两人会落到如此境地。

失魂落魄地跟着馆长一路往前走，等林溪回过神来之后，就发现馆长进了办公室之后，打开了墙上的一个柜门，里面居然还有一个房间！

果然有问题！林溪精神一振，脑海中闪过各种有关于监守自盗的猜测，却在跟进去之后发现这里只是一个洗胶卷的暗房。

胶片相机是使用溴化银等感光材料所制成的胶卷拍摄景物，拍摄后的胶卷要经过冲洗才能在相纸上成像。这种胶片相机发明于两百多年前，但在新世纪里，生命却走向了

第八章 海厴贝

尽头。

数码相机取代了古老的胶片相机，而柯达公司也在2009年就停止生产胶卷了，冲洗胶片的冲印店也同样成为历史。现在这种暗房只存在于电影电视剧中，或者就是骨灰级胶片摄影爱好者的家里了。

没想到，这博物馆馆长居然也是其中一员，只是现在连在保质期内的胶卷恐怕都很难买到了吧？这馆长倒是有兴致。林溪看着暗房之中各种各样的设备，还有大大小小的瓶瓶罐罐，她了解得不多，但也知道这是一些现在很难买到的三色显影液、定影液等冲洗照片要用到的药液。

当门关上之后，暗房里便变得完全黑暗。馆长打开了红色的安全灯，戴上了手套。他显然是冲洗照片的老手了，在微弱的灯光下，动作极为熟练。林溪看了一会儿就觉得无趣了，因为不管怎么看，馆长都是在规规矩矩地洗照片，就是冲洗的药水看起来用得杂了一些，只消看看上面各种各样的标签，想也猜得出是什么有来历的特种药水。

这个馆长明显就是资深的胶片相机发烧友，之前在办公室前面拍照，说不定就是胶卷剩了最后半张，舍不得浪费才照的。林溪小时候家里也用过这种胶片相机，虽然写着额定是36张照片，但卷得省一点，最后还是可以多照一张或者半张的。

线索又是错的。

但林溪一时半会儿也不知道下一步该往哪里去，只能站在暗房之中发呆，无意识地听着窸窸窣窣、叮叮当当或者液体倾倒的声音……咦？为什么暗房之中的呼吸声，有三个人的？

林溪的五官非常敏锐，这也是她当时考警校的优势。她相信她没有听错，而暗房狭小得一眼就能看到尽头，她和那个幽灵为了不和馆长撞上，只能挤在一起，身体相贴。她发现这一点的时候，也极为不自在，却又无可奈何。

这暗房中没有其他人，那么这呼吸声就是他们两人发出来的？

可是死都死了，为什么还会呼吸呢？

林溪想不通，也无人可问。

时间缓慢地流过，馆长在冲洗完照片之后，便把照片用小夹子一张张夹在绳子上，等自然晾干。做完这一切之后，馆长便摘下手套，拿起放在一边的拐杖一瘸一拐地走了出去。

不知道为什么，林溪并没有跟出去，而是站在暗房之中一步未动。

仿佛心底有个声音在告诉她，不要出去。

林溪仰起头，看着暗房之中挂起的一张张照片，随着时间的流逝，相纸上的显影也越来越清晰。这些照片上，大多是馆长所照的古董，在暗房特殊的红色安全灯的映照下，古老的胶片呈现出一种数码相机无法比拟的质感，胶片上所拍摄的古董也都有种沧桑的历史气息。

还有几张是风景照，应该是馆长随手拍摄的，都特别有意境。

林溪闲极无聊，一张一张地看过去，最终停在了最后一张照片的下面。

这张照片有小半张都曝光了，应该是胶卷到了尽头。但依旧可以看得出那是空荡荡的办公室。

只是让林溪震惊的，是在这张照片之上，有两个人影。

照片中间的她两眼空茫地站在血泊之上，而在她的身旁，一个许久未见的俊帅容颜，正面带忧愁地看着她。

这怎么可能？子淳他不是失踪了吗？怎么会在相片里？！怎么会在她身边？！

鼻子一阵酸楚，双眼瞬间模糊，林溪下意识地想要去把这张照片拿下来，一定是自己眼花了。在手指碰到照片的那一刻，她居然迟一步才反应过来，自己不是已经死了吗？怎么还能碰到这张照片？

而在她身后，一双手臂终于抑制不住地把她紧紧地搂在怀中。

"小溪，我一直都在你身边。"

林溪的眼泪，终于掉了下来。

陆

林溪觉得自己是在做梦。

莫名其妙地死了的时候，她并没有觉得自己是在做梦。反而在看到杜子淳的时候，觉得自己是在做梦。

因为这样的梦，她已经做过无数回了。

每次从梦中醒来，都是一场更加锥心的痛。

她甚至不敢回头去看，生怕这又是一场自欺欺人的梦境。

但是奇异的是，身后怀抱中传来的温暖，抚平了她心中的不安。林溪也来不及分析

第八章 海厴贝

为何自己的五感重新恢复,她沉默了一会儿,试探地问道:"……子淳?"

"嗯,是我。"杜子淳特有的磁性声音,低低地在她耳畔响起。

"这一年多来,你一直在我身边?"

"嗯,是我。"

"是你一直在帮我破案?保护着我?"

"嗯,是我。"

林溪闭了闭眼睛,觉得自己真心就是个傻瓜。杜子淳在她身边流连徘徊了这么久,她居然一点端倪都没有看出来!

两人平复了一下心情,杜子淳开始叙述他的经历。

原来在一年多前,他追查案件的时候,被人暗算陷入了昏迷,醒过来就是这样的幽灵状态了。他一开始也像林溪之前一样,认为自己死了,只剩下了灵魂。他一直都没有找到自己的遗体,也知道自己被定义为失踪人口。他原以为自己没过多久就会消散在空气之中,但过了几个月仍保持这样的状态。他经常去探望父母和林溪,白天陪林溪办案,晚上回家陪父母。这样的习惯居然保持了下来,而且无人发觉异常。

他发现他只要集中精神,有强烈的意愿,就能碰触一些重量轻的小东西,再加上相当于隐形的视角,办起案来更是如鱼得水,便一直悄悄地帮林溪破案。

他想要守护她,即使他已经死了。

林溪哭得不能自已。

杜子淳伸手把她的泪珠拭干,知道依着她的性子,普通安慰是不起作用的,便只说了一句话就让她停止了哭泣。

"我知道害了我们的凶手是谁了。"

林溪立刻振奋了起来,杜子淳暗中守在她身边,肯定是看到了谁动的手。林溪思索了片刻,昏迷前的记忆也回了笼,叹了口气道:"应该是范泽吧。"

杜子淳点了点头:"虽然并不清楚他的动机,但我们的情况好像并没有想象中的那么糟糕。"

林溪一怔。

153

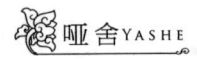

柒

馆长被问话问了一下午，心情不爽地回到办公室。

他怎么知道那个女警员失踪到哪里去了啊，又怎么知道那个男警员是如何受伤的，怎么一个个都把他当嫌疑犯一样审问？

可是，博物馆接二连三地出现事故，是不是有什么问题？

啧，才刚请陆子冈那小子来看过风水，年轻人果然不靠谱。要不要再去哑舍碰碰运气？也许今天老板就在？

不过，这种风口浪尖上，他下了班就往哑舍跑，肯定会被警局的人盯梢啊！岂不是给老板找麻烦？

馆长正犹豫纠结着，就发现自己的办公桌上放着一张照片。

奇怪，他今天洗的照片都好好地挂在暗房里，没记得自己拿出来过一张啊？

拿起那张照片，馆长推了推老花镜定睛一看，脸色立变。

这照片！他记得拍的时候分明是在那间空的办公室！地上的血泊还在呢！

这下馆长也知道不对劲了，许多影视作品里都有演过，胶片相机会拍到魂魄。而且这张照片从暗房里跑了出来，总不会是自己长了脚吧？

身上的鸡皮疙瘩全体起立，馆长也顾不得会不会连累哑舍被警察盘问，立刻驱车去了商业街。

风风火火地拄着拐杖走进门，馆长惊喜地发现今天老板居然在，连忙把照片一放，把来龙去脉都说了一遍。

老板瞥了眼那张曝光过度的照片，稍微提起了一些兴趣，挑眉道："这两人，应是被海蜃贝喷过蜃气。"

"啊？蜃气？海市蜃楼的那个蜃吗？"馆长疑惑地问道。

"是的。小曰蛤，大曰蜃。皆介物，蚌类也。蜃贝，其实就是大一点的蚌。据说吐出的蜃气会产生幻象，形成海面上的海市蜃楼。"老板把手中的书合上，平静地解释道。

"这是传说中的吧？海市蜃楼不是光折射的自然现象吗？"馆长将信将疑。

"但古书上，对于蜃的释义其实有两种。"老板瞥了馆长一眼，才不跟他讲科学，如果科学能讲明白，他干吗还求到这里，"一种是蜃贝，而另一种则是蜃龙。奇异的是，这两种生物的能力都是一样的，吐出的蜃气都会产生幻象。"

第八章 海蜃贝

"你的意思是说,这两种生物,其实就是一种?"馆长这回倒是一点就通。

"没错。蜃贝向来不满其身渺小,嫉妒海中神龙,便幻以龙之形,自称蜃龙。是以海蜃贝一词,隐含了嫉妒和取而代之之心。"老板指了指那张照片,"这海蜃贝若是被人得了去,那这嫉妒的情绪会被无限扩大,直至让人无法忍耐。这两人,恐怕就是受害者。"

"那还有没有救?"馆长殷切地追问道。这案件发生在他任职的博物馆,他自然不能袖手旁观。

"这两人其实也并没有死。海蜃贝虽是邪物,但也不至于害人性命。只不过是吸入了蜃气之后,整个人遁入了幻象,与实际的世界产生了差别。"

"啊?有听没有懂。"馆长一脸迷惑。

一旁的陆子冈倒是听懂了,插嘴道:"其实就是位面错位了。就像是海平面上出现的海市蜃楼,可能会出现几千米以外的景色,也可能会出现多少年前的景色。这两人所在的时空,和我们所在的时空不一样,别人才看不到他们。而胶片相机上特殊的显像材料,才能捕捉到他们的身影。"

"咦?这岂不就是隐形了?"馆长忽然醍醐灌顶,"那支点翠簪也是突然没有的,是不是也是有人利用海蜃贝做出的案件?"

老板并没有回答这个问题,而是随意地开口问道:"你们两人是不是跟着馆长一起过来了?如果在的话,就示意一下。"

放置在柜台上的照片无风自动,自己转了个圈。

目睹了一切的馆长毛骨悚然,怀疑地往四周看看,悄悄地退后了两步,和柜台拉开了距离。

老板朝陆子冈抬了抬下颌,陆子冈会意,去内间翻找东西去了。

"破解海蜃贝的办法也挺简单的,再被喷一次蜃气就可以解除。正好店里还有一只海蜃贝。"老板抬眼,对着空气中的某处淡淡道,"放心,不用付出什么回报,只是以后本店遇到什么事的时候,稍微照拂一下即可。"

老板说得漫不经心,显然也只是客套话。馆长翘了翘胡子,本来还想吐槽两句,但没胆子,还是憋了回去。

不多时,陆子冈便重新走了出来,手中拿着一个锦盒,盒内静静地躺着一个巴掌大的海蜃贝,贝壳七彩缤纷,十分好看,却又有种莫名的诡异之感。

林溪一直握着杜子淳的手,虽然那个穿着绣着赤龙衣服的年轻男子说得轻松,但谁

又知道会如何呢？她下意识地闭上了眼睛。

片刻之后，她等来的却是杜子淳对另一个人说话的声音。

"兄弟，手机借我一下呗？"

林溪睁开双眼，正好看到杜子淳单手拿过那个年轻店员的手机拨号，等接通的空闲时间，侧过头朝她痞痞地笑了一下。

林溪立刻红了眼眶，她这次是真真切切地看到了杜子淳，而并不是一团模糊的幽灵体。

杜子淳一边和电话里的同事解释他的身份，一边爱怜地摸了摸林溪的脸颊。天知道这一年来，他早就这样做过无数次了，只是林溪一直毫无知觉。

林溪的心情激荡，完全没有听到杜子淳在说什么。她贪婪地看着杜子淳的脸，也学着他伸出手去确认对方的存在。

馆长翻了个白眼，对秀恩爱的年轻人彻底没言语了。

杜子淳却忽然脸色一变，匆匆确认两句之后就挂了电话，把手机还给了陆子冈。

"出了什么事？"林溪连忙问道。

杜子淳本不想在这里说，但他又切身体会到了这家古董店的神奇之处，便恭敬地对老板请教道："先生，暗害我们的那个凶手，本来为了洗清嫌疑，自己刺伤了自己，但被鉴定血迹的法医查出问题。之后他却在被收监的过程中，失踪了。"

林溪倒抽一口凉气，她此时倒是能推断出来范泽的心理。他之前估计对海蜃贝的用途也是懵懵懂懂，顶多只是敢对非生物使用，或者是对想要除掉的目标使用，不敢对自己用蜃气。如今暴露了，八成是顾不得那么多了。

这其实也就相当于隐形了，这可怎么抓到对方？

老板却不以为意，轻笑道："这也没什么，不管如何幻化，海蜃贝本身也只是一只贝壳，变不成一条真正的龙。"

杜子淳把这句话琢磨了几遍，眉宇间的担忧渐渐地变成了坚毅。

没错，最艰难的时候他都熬了过来，以后又有何惧？

杜子淳攥了攥林溪的手，他得到了人生中最珍贵的宝物，永远不会放手。

第九章 **青石碣**

其实有些记忆深刻的人和事，并不需要刻立碑碣才能被人记住。

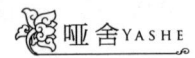

壹

这周以来,医生已经是第 N 次经过神经内科的楼层了。

眼角余光瞥着等待区排号的患者们,医生脚步缓了下来,想要去做个脑部检查的念头越来越强烈。

人的脑部容量有限,想不起来一些往事也是很正常的。可是他现在的情况,已经不能用这种理由来解释了。

最近几年的事情,他就算用力去回忆,也很模糊。

别的不说,什么时候买了房子他总不可能没有印象吧?更何况,他哪里来的钱?!

所以,是不是得去检查一下脑袋,查查是不是哪里受过伤什么的……

想要自己承认自己脑残……这真是个艰难的决定。

医生纠结地扶了扶眼镜,本来想要硬着头皮去神经内科找熟人做个检查,但当他刚要朝科室迈出脚步时,身上的呼叫器就"滴滴"地响了起来。

医生立刻反射性地转身,下意识地松了口气,抓起呼叫器看了眼屏幕,朝楼下快步奔去。

等做完这场临时手术,都已经是深夜 11 点了。医生清洗了双手,脱下手术服,换上衣服准备回家。看着手机上汤远小朋友 9 点的时候发来的晚安微信,医生十分了解地发了条消息,询问是否需要带夜宵回去。

第九章 青石碣

不到十秒钟就收到了回信，汤远小朋友理直气壮地点名要吃香辣蟹，立刻暴露了还没睡觉的事实。

医生笑了笑，香辣蟹那家店就在他回家时路过的商业街，而且他晚饭就是手术的时候和同事轮换，随便塞了一个面包而已，现在也是饿了。

深夜的商业街依旧人声鼎沸，医生买好了香辣蟹，走出商业街一段路后，就在街口等红绿灯。

这是一个丁字路口，虽然离商业街并不远，却因为街道狭窄，并没有多少车辆经过，路灯又昏暗，深夜更是少有人行走，大家宁可多走几步去不远的大路上。医生是懒得绕圈，走近路走习惯了，能让他早三分钟回家比什么都强。

在他等红绿灯的地方，有个破败的石刻。有次医生和汤远一起路过的时候，他家博学多识的小汤远曾经给他普及过知识。什么"方者谓之碑，圆者谓之碣"，像这种鼓形的圆石应该是碣。这块石碣是青色的石块所制，底座长满了青苔，碣面上的文字都已经磨损不堪，辨认不清了，也不知道是因为年代久远还是疏于保护。

医生所在的这座城市具有悠久的历史，名胜古迹不计其数，所以这块青石碣虽然没有被城建清理，也并没有受到重视。石碣上面还贴着许多牛皮癣一样的小广告，办证的油漆字和印章盖满了青石碣表面。医生路过或是等红灯的时候，都会习惯性地瞧上一眼，看看小广告当解闷。

只是今晚还未等他仔细看看新贴的寻狗启事上这个走丢的哈士奇究竟长什么样子，一阵对于寂静的街道来说算得上是轰鸣的引擎声由远及近地呼啸而来。

医生本能地感受到了危险，下意识地朝后疾退了两步，然后眼睁睁地看着一辆轿车从他身侧飞驰而过，狠狠地撞在了青石碣上，发出了一声震耳欲聋的巨响。

青石碣瞬间被撞得四分五裂，石块分散，而轿车的车头也瘪了进去，发动机冒着烟。

街道对面的目击者惊声尖叫起来，被巨响弄得有些耳鸣的医生也回过神。

来不及后怕自己刚才若是没有躲开会怎么样，医生把手中的香辣蟹盒子放在地上，冷静地拿出手机给医院的急诊科打了电话。他一边准确地汇报了出事地点，一边绕到驾驶室那边查看情况。

轿车里只有一名司机，安全气囊已经打开，但因为冲撞实在太过于强烈，司机已经昏迷不醒。车门被撞得变形，医生在两名路人的帮助下卸下了车门，之后阻止了路人想要直接把司机拽出来的举动。因为车祸最容易发生的就是鞭梢式损伤，颈椎和腰椎都容

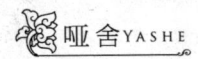

易发生骨折，贸然搬动对方很容易造成二次损伤。

医生弯下腰，靠近司机检查对方情况，扑面而来的浓重酒气让他皱紧了眉头。明知故犯的醉驾，把别人和自己的性命都看成儿戏，完全不值得同情。

这位司机看起来也就二十多岁的年纪，安全带也理所当然地没有系，半边脸已经被血糊住。医生发现他的胸口已无起伏，触摸颈侧也无脉搏跳动，口鼻也没有任何呼吸气流。

看起来要赶紧把伤者从驾驶座上抬下来。医生连忙脱下外套包住了伤者的脖颈保护颈椎，指挥着路人抬着脚，把伤者从驾驶座上搬了出来。检查了一下对方口中有没有被污血或呕吐物塞住，医生便做起了心肺复苏术。

虽然不忿此人喝酒醉驾，但医生依旧尽职尽责地在救人。掌下的心脏完全没有反应，他多少也判断出来这人应该是在高速的冲撞下，颈椎严重受创，恐怕救不回来了。不过他还是按照规范的心肺复苏术进行着抢救，十五次胸外按压之后便打算进行人工呼吸。

就在他低下头去的那一刻，之前还紧闭双目的伤者刷地一下睁开了双眼，沾了血的眼睛直勾勾地看着近在咫尺的医生。

毫无防备的医生被吓了一大跳，差点就要蹦起来了，明明之前还没心跳……咦？现在竟然有了？

没有时间给医生细想，救护车此时已经鸣着响笛开到了。

让出地方给专业急救人士，医生冷静了一下，知道他估计是回不了家了，肯定还要跟着救护车回医院，估计警察来了之后还要做个笔录什么的。他见已经有人报警，便抽空给汤远发了个语音消息，让小朋友自己下楼来青石碣这边把打包的香辣蟹拿走。不管怎么样，食物是不可以浪费的！

医生在说到青石碣的时候，下意识地看向了那碎了一地的石块，心里有种说不出的惋惜。

◜ 贰 ◝

"毕之，明天我要出趟远门。"

在扶苏说出这句话之前，老板就猜到了他要说什么。

第九章 青石碣

或者说，他等扶苏说这句话已经很久了。

扶苏经常像是隐藏着什么，时不时出门不知道去做什么，老板都没太在意。不就是想要去找他那个不省心的弟弟胡亥吗？而且对方的语气也并不是和他商量，而是告知。老板倒着茶的手顿了一下，随即便若无其事地说道："也好，我也要回哑舍一趟。虽然不知为何，但赵高那人依旧活着，务必小心。"

"放心。"扶苏轻笑着回道。接着就再也没提这件事，转而聊起其他琐事，就和过去的许多天一样。

第二天清晨，扶苏就已经离开小院，老板也没太在意，收拾了一下便启程回到了哑舍。因为这期间老板也偶尔会回哑舍看一眼，所以陆子冈也没太惊讶，而是从柜台后站起身，表情严肃地说道："老板，出了点事。"

"何事？"老板随手拿起柜台上的抹布，擦拭着百宝阁的古董们。其实陆子冈都已经擦得很干净了，但这么多年以来，他早已养成了习惯。

"昨天深夜，最后一块青石碣被车撞碎了。"陆子冈拿着手机，调出论坛的页面。上面有人贴出了昨晚发生的那场车祸，一地的鲜血和石块之中，有个熟悉的人影正努力地对躺在地上的伤者施救。

陆子冈握着手机的手一紧，终究还是没有递给老板看。

"那块青石碣？"老板挑了挑眉。

"是那块青石碣。"陆子冈点了点头。

老板把手中的影青瓷盘放回原位，陷入了沉默。

陆子冈也是最近一段时间才接触到了这个领域，心中忐忑不安。

古时的许多建筑风物，都是有着特殊意义的。远的如当初秦始皇断了金陵龙脉，近的如哑舍屋顶上那个喜欢睡觉的吞脊兽。

就拿不远的西湖来说，陆续建了白堤、苏堤、杨公堤，还有周围的一些景致，最后形成"一山、二塔、三岛、三堤、五湖"的格局，都不是胡乱构造的。至于那块青石碣，立碣的时间已经不可考，但差不多应该就是唐时，与白堤、苏堤差不多时间，推断应是镇压之用。

老板不敢轻视那块青石碣，因为虽然碑碣向来都是同时提出，可世间多是立碑。而碣石，当年还是秦始皇立乾坤大阵的时候所用的制式……

沉吟了半晌，老板终于开口问道："可有异状？"

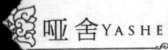

"也许是时间太短，还没发现。"陆子冈刷着微博，时刻关注着。

"那块青石碣的碎块，还能找到吗？"老板眯了眯双目。

"应该是被清理掉了，我去打听打听。"陆子冈说着，就拿起外衣走出了店铺。

老板重新拿起抹布，擦拭着百宝阁上的古董。过了不知道多久，他隐约感觉到好像是有人远远地吵嚷着走近，下意识地转过头。

雕花大门紧紧地闭着，外面的人声渐渐远去。

店内依旧空荡荡的，什么人都没有。

叁

医生昨夜遭遇了倒霉的车祸后，又回到医院帮忙，还给来医院的交警做了笔录。那位司机醉驾当场被吊销驾驶执照，又损坏了公共设施，等伤好了首先要面对的是拘留和罚款。不过这些都不是医生所关心的，等他奔回家的时候，发现香辣蟹已经只剩下了一堆壳，摊在桌子上等他回来。

早上饿着肚子爬起来上班，医生用飞一般的速度奔向商业街，在路过那个丁字路口时瞥了一眼，发现碎掉的青石碣石块已经不见了，应该是被清洁工清理干净并且运走了。在原来青石碣矗立的地方，正站着一个穿着医院病号服的男人。

医生并没有多想，因为这是医院附近的区域，经常会有医院的病人穿着病号服就出来溜达，对方也许只是正好站在那里等红绿灯信号罢了。

短暂地为再也见不到那块青石碣而叹息了一下，医生的全部心神就被早餐吃什么所占据。

还是如往日一般乏善可陈的一天，不过因为本来应该安排在今天的手术，由于患者的并发症提前到昨天做了，所以白天还算是比较悠闲的。医生查完房，在休息室补了一觉之后，又下意识地晃到了神经内科的楼层，来回踱步。

进？还是不进？

"哎哟！听说昨儿个你差点被车撞了啊！真是万幸万幸！"淳戈从后面用病例夹敲了敲医生的肩膀，"你来这里检查？不会是昨天撞到了哪里吧？那也应该去神经外科啊！"

"路过，路过。"医生连忙岔开话题，"你来这里是送病案的吧，快去吧，刚才就听

第九章 青石碣

里面的主任在喊了。"

淳戈立刻忘了之前在说什么，赶紧滚了进去，而医生则拍了拍白大褂，转身下楼。反正淳戈也不用人等，没多久就能追上来。

果然没过一分钟，淳戈就从后面赶了上来，勾着医生的肩膀八卦道："说起来，那位差点撞了你的司机，今天早上天不亮就逃了。"

"逃了？"医生停下脚步，不敢置信地反问道。即使他之后没有再管这个病人，但当时对方心脏骤停，颈椎和腰椎也肯定因为冲撞而受损，按理说现在下床走路都成问题，怎么可能在短短的几小时之后就跑了？

"是啊，都没惊动任何值班人员，就这么跑了。"淳戈耸了耸肩，分析道，"也许是怕惹上麻烦？可是这年头，躲得过初一躲不过十五，驾照都被警方吊销了，资料档案全部都有，怎么可能找不到人？"

医生的脑海里，忽然莫名地闪过了早上在丁字路口看到的那个身影。

"不过跑不跑也不关我们医院的事啦，急救费和医药费他的家人也都给付了，剩下的就是警察要操心的了。不过……喂！怎么走了？我八卦还没说完呢！"淳戈不解地看着医生加快速度离去。

"我忽然想起点事，等下就回来！"医生说到最后一个字的时候，人都已经跑下去好几级楼梯了。

"什么嘛！我还没说到最精彩的部分呢。"淳戈气馁地撇了撇嘴，"神经外科传出来说那司机的颈椎都已经完全断裂了，居然还活着……算了，也许是神外那帮家伙胡编乱造的吧，颈椎都断了还能自己走出医院？这怎么可能？"淳戈自言自语着，摇了摇头溜达回心胸外科。

虽然已经有了莫名的预感，但医生在远远地看到丁字路口站了一个穿着病号服的人影时，奔跑的步伐仍不由自主地慢了下来。

这个年轻的男子脖子上戴着颈托，头发因为手术而被剃光了，上面还绑着绷带。脸不像昨晚被血糊住了一大半，露出了颇带戾气的一张面容。他整个人像是一根柱子一样矗在那里，背脊挺直，双眼茫然地直视着前方，毫无焦距。

医生多看了好几眼，才从这人手上脸上的擦伤确定对方的身份，掏出手机来就要打电话。这人还没脱离危险期，就在这路边不吃不喝地站了一整天，迟早出问题。只是，这人就这副模样站在路边这么多小时，居然都没人察觉出来不对劲？

正当医生要拨电话的时候,对方忽然调转了视线。

"我是谁?"年轻司机的声音嘶哑无比,应该是许久未喝水的缘故。可是骤然听到,却给人一种无法言喻的森然感。

医生差点把手里已经碎了屏的手机再摔一次,好不容易握稳了,才抬头说道:"可能是因为头部撞击引起的暂时性失忆,你应该回医院做检查。"

"我……是谁?"年轻司机又重复了一遍刚才的问题,语气肃穆了许多。

医生愣了一下神,见对方一脸认真的表情,只好挠了挠头不好意思地说道:"我昨天也没看你的病案,没注意你叫什么……"

"我忘了我是谁……"年轻司机见在医生这里获得不了自己想要的答案,便移开了视线,把目光投往对面的街道之上。

"只是暂时性失忆,等回医院做几个检查,开药休养一段时间就会想起来了。"医生见过许多不配合治疗的患者,放软了声音安抚着,同时观察着对方的气色。脸色发青、嘴唇发黑、四肢水肿……医生越看越觉得不妥,低头就要拨号,可年轻司机嘶哑着声音又吐出一句话,立刻让医生又怔住了。

"我的身体在哪里……"

寒意就像是一条毒蛇,瞬间从脚底蹿到了后脖颈,医生无端端地打了个寒战,握着手机的手都有点发抖:"你……你在说什么?"

"我的身体……在哪里……"年轻司机的视线又转了回来,他的头诡异地没有转动,只有一双黑幽幽的眼瞳在来回移动。

医生刚想回答"你的身体不就在面前吗",那年轻的司机就微微抬起了手。

他的掌心之中,握着一块染了血的青色石块。

医生最开始还没看出来这是什么,还在研究,这是什么搞笑的网络段子吗?年轻司机就又重复了一遍,这回基本上就是一字一顿地说道:"我的,身体,在哪里?"

医生这时看清楚了这巴掌大的石块上,还沾着一点纸片,那上面有昨晚瞥到的哈士奇照片,那是原本贴在青石碣上面的寻狗启事。

还低着头的医生通体一寒,再也不敢抬头去看这位年轻的司机,连忙拨通了电话,通知急救室把这位逃走的病人拉回去。在等救护车来的这段时间里,医生度日如年,每一秒都像是在煎熬,只好自顾自地说些话来减轻压力。

"那个,其实不记得事情也没什么的,哈哈。"

"我也经常想不起来一些事,哈哈,连我的房子什么时候买的都不知道……"

"所以记不起来自己叫什么真的没什么啦……哈哈……"

说到最后,连医生自己都觉得很尴尬,好在那个年轻的司机见他不能回答自己的问题,就再也没有开口,而是继续沉默地凝望着街道。

等听到救护车的鸣笛声时,医生就像是被解放了的囚徒,却并没有选择一起回去。他目送着救护车上的护工把年轻的司机拉上去,然后开车远去,而自己慢慢地一步一步往医院走。

后背一片湿冷,都已经被冷汗浸湿,离开了那个丁字路口,回到热闹喧嚣的商业街,医生才缓过神来。

"什么嘛!你撞坏了我的身体,那么你的身体就归我了……"

"哈哈,怎么可能?又不是恐怖小说!"

"喏……值得吃一碗麻辣烫压压惊……"

鲜香的麻辣烫立刻就让医生把这件事扔在了脑后,不过等他第二天上班的时候,八卦的淳戈又凑了过来。

"那个差点撞死你的司机,昨天半夜死了。现在正在征求家人意见,进行尸检。因为 X 光片显示那人的颈椎在车祸遭受撞击的瞬间就已经断裂,怎么还活了一天,这简直就是未解之谜……"

医生一下子就懵了,打断了淳戈的话,直接问道:"死亡时间是几点?"

淳戈在电脑上查了一下:"23 点 45 分。"

医生调出手机通话记录,前天晚上遭遇车祸的时候,他给医院急救科打的电话,是 23 点 46 分。

也就是说,那名司机在颈椎断裂之后,整整活了 24 个小时。

耳畔仿佛又出现了昨天那名年轻司机不断追问的嘶哑嗓音……

"咦?你的脸色怎么这么差?感冒了?最近天气变化快,别着凉了啊!"

"……没事。"

～ 肆 ～

医生按捺不住好奇心,去看了那名年轻司机的遗体,询问了他的家人是否看到一块

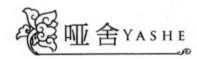

青色的石头，得到了否定的回答。

当晚医生下班回家路过丁字路口的时候，在昏暗的路灯下隐约看到在原本青石碣矗立的地方，有一个六七十岁的老大爷正默立在那里。

医生心生寒意，不敢多看，加快步伐走了过去。

翌日，医生宁肯绕远，也不敢再走这条近路。

不过医生自学医以来，就遇到过无数恐怖又解释不清楚的事件，还有亲身经历或者道听途说的非正常死亡案例。这次差点遭遇的车祸虽然惊险，但也没有时间去惊慌，繁重的工作就压得他无力再去深思此事。

医生累得像狗一样，又路过了神经内科两次，可都没有时间进去，也不知道是应该松口气还是继续纠结。而汤远小朋友今天实在太乖巧，居然在晚饭时间主动来医院送外卖，让医生既惊讶又感动。

"在打什么鬼主意吗，臭小子？"医生接过饭盒，打开一看，是热气腾腾的饺子，欣喜地揉了揉汤远的脑袋。

汤远歪了歪头躲开蹂躏，轻哼了一声道："还不是回报你的夜宵嘛！反正又不远，我吃完顺便就帮你打包了。"

"最好不是做错了什么事提前溜须拍马屁。"医生拆开方便筷子，虚点了汤远几下。

"好啦！我先回去啦！"汤远心虚地轻咳两声，挥了挥手告别。

"对了，回去别走那丁字路口，要走大路！"医生连忙叮嘱道，随后又觉得理由不够充分，再次强调道，"那条小路晚上太偏僻！小心被人拐走！"

回答他的是汤远小朋友潇洒的背影和向后挥了挥的手臂，也不知道这小子有没有听到。

医生忧心了一下，不过留给他的休息时间不多了，马上就要再进手术室，他只能压下心中的担忧，快速地吃了几个饺子之后重新投入工作。

汤远走出医院之后，穿过商业街路过哑舍时，习惯性地往里面瞅了一眼，失望地嘟了嘟嘴，随后又加快脚步离开。

小白蛇不满地用力缠着他的手腕，汤远立刻哀求道："我的小祖宗，不是我不想进去啊！但那店铺里还是那个路人甲看店啊，我师兄根本没回来嘛！你是不是感应错了？"

小白蛇咝咝地吐了吐蛇信。

第九章 青石碣

"我虽然没见过我师兄,但师父说了啊,穿着赤龙服的就是嘛!"汤远絮絮叨叨地安慰着不爽的小白蛇,快走几步就拐进那个丁字路口。

显然他并没有把医生的话听进去,反而走到青石碣原来矗立的地方,开始低头在草丛里寻找着什么。

至于在那里默立的那个老大爷,汤远也只以为他在等人,并没有在意。在丁字路口的后面,是一片城市公园,汤远在树林中低头找了一会儿,看着时间差不多了,就给医生发了条微信,汇报他已经到家了。

医生并没有回,看来应该是在忙。不过只要发消息了,证明他乖乖听话就可以了。

汤远把手机放回兜里,继续找寻着,一直到树林深处,才发现草丛中静静地躺着一块拳头大的青色石块。

"呼,找到了一块!居然飞到这么远。那么就剩下最后一块啦!"汤远轻呼着,擦了擦额上的细汗,"话说,今天就到这里怎么样?如果一会儿大叔打电话过来,我就瞒不住啦!"

小白蛇懒洋洋地在他手腕上翻了个身,一副无所谓的样子。

"那就这样愉快地决定了!"汤远收好这块石头,直起身的时候龇牙咧嘴地捶了捶腰,顺便从兜里拽出一袋肉干塞进嘴里嚼嚼嚼。

一只脏兮兮的哈士奇啪嗒啪嗒地不知道从哪里跑了过来,一双眼睛亮晶晶地盯着汤远手中的肉干。不过,在它刚要扑过来抢肉干时,就被汤远身上陡然蹿出来的小白蛇吓了一跳,立刻退后了两步,却又舍不得走,口水滴答地踱着步。

汤远盯着这个傻了吧唧的二哈,越看越觉得眼熟。不会是之前青石碣上贴过的那张寻狗启事上丢的那只狗狗吧?不过这么脏,他也分辨不出来,看来要叫它的主人来辨认。

汤远的记忆力堪比照相机,很快就想起那串电话号码,拨通之后对方一迭声地感谢,说马上就到。汤远用半袋肉干钓着这只二哈不离开,而它的主人在十分钟之内就飞奔而来,见了之后也不嫌弃这二哈脏污,立刻就搂着脖子开始哭。

汤远也不想要对方的重金酬谢,把那半袋肉干放在草丛上之后,就悄悄离开了。

"要不是这块青石碣,这只狗狗恐怕永远都见不到自己的主人了。"汤远摸了摸兜里的青色石块,脸上浮现出复杂的神情,"小白,你说这块青石碣,其实就算不在了,也会有人记着它的吧……"

小白蛇嗞嗞地吐了吐蛇信。

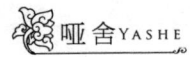

伍

哑舍里的长信宫灯还在幽幽地燃着灯火,坐在柜台后看书的老板扫了一眼窗外的天色。

陆子冈已经跟他汇报了这些天搜集来的情报,最近枉死的人有点多。

虽说这座城市之中,每日因意外、生病、自杀、寿终正寝而死的人有一定的数量,但古怪的是,最近每到晚间11点45分的时候,就会有人死去。已经连续十多天了,逝去了十多条人命了,而且几乎每个人都是在青石碣所矗立的地方死去的。

最初,并没有人发觉,但一连五六天,每日清晨清洁工人都会在那个丁字路口发现一具尸体,死因是各式各样的怪异,就像是从命案现场、病床、出事地点被人抛尸在这里的。可是调出监控记录,却骇然地发现这些死者都是自己走到这里的,更有甚者是硬生生地爬到此处的。

此事也引起了警方的注意,之后连续多日派人蹲守那个丁字路口,一旦发现奇怪的人靠近就会上前询问,说不出自己来历的都会抓走,结果据说每日在拘留所都会死一个人,死因一样不明。

一个今年刚当上巡警的菜鸟警察承受不住压力,被记者挖出了这个新闻。虽然报纸不能登,但网上已经炒得沸沸扬扬,还好那个记者还有些职业操守,为了不妨碍警察办案,没有公布究竟是哪个路口,否则那个地方早就被看热闹的人围得水泄不通了。但也就是因为没有具体地址和照片,大部分人还是把这个新闻当成段子手胡编乱造的恐怖段子看了,没怎么当真。

警察局被死者家属闹得焦头烂额,暂时不想再惹麻烦上身,那个丁字路口只是设了简单的路障,以施工的名义禁止通行了而已。

老板的视线落到了店铺的屋角处,那里莲花漏的水位露出了子时的刻度,此时已是半夜的11点。

陆子冈已经被他打发去休息了,老板合上手中的书,起身披了一件衣服,推开哑舍的大门。

商业街还是如同往日般喧嚣热闹,老板在人群中缓步前行,待他转过街口,穿过路障,就像是来到了一个与世隔绝的寂静世界。

这个丁字路口一如往常一样阴森恐怖,昏暗的路灯下站着一名穿着格子大衣的年轻女子。

老板在离她还有五步的距离停下，盯着那名女子脸上青白的气色，叹了口气道："你该休息了。"

年轻女子闻言一动不动，只有眼球朝老板的方向转了转，幽幽道："我是谁？我怎么想不起来了？"

"那你能想起来什么？"老板循循善诱。

"我能想起来，很久很久以前，有人把我立在此处，我的职责就是站在这里，守护着这片土地。"年轻女子的目光空蒙，像是陷入了久远的记忆。

"我站在这里，千百年如一日。"

"碑碣的存在意义，就是在上面刻下字句，让后人记住一个人或者一件事。"

"可是风吹日晒、战火洗礼……碣面上的字早就已经模糊不清，我也忘记了我是谁，忘记了我是为了什么站在这里。"

年轻女子说话的时候，有一只野狗晃晃悠悠地溜达过来，也许年轻女子的气息与平日的青石碣一般无二，那野狗便习惯性地走近，凑过去闻了闻她的鞋，然后转了个身抬起后腿，大大咧咧地开始撒尿圈地盘。

而那年轻女子也纹丝不动，任凭那野狗尿湿了她的裤脚，甚至连神色都未变分毫。

野狗圈完地盘，继续晃晃悠悠地离开了。年轻女子目送着它的背影远去，淡淡说道："我都习惯了，被狗撒尿、被鸟屎淋头、被贴小广告、被写电话号码……这些我都可以忍受。"

"但是，为什么撞碎我的身体……"

年轻女子的声音倏然间就变得阴冷，让人闻之不寒而栗。

"所以，你就选择其他的身体替代？"老板皱了皱眉。

"我所附身的，都是已死或者濒死的人类。"年轻女子……不，应该说青石碣为自己辩解道。所以它才会每天晚上到 11 点 45 分时，都需要再换一具身体。

老板仰着头，看着天空中皎洁的明月，双手插在风衣的兜里，继续问道："既然有能力获取人类的身体，那你为何还要一直站在这里？"其实这世间，有许多人都不明不白地死去，若不是这个青石碣痴傻到如此地步，每天都站在这里，肯定不会有人注意到它的存在。

青石碣伸出手，掌心握着一块青色石块："我在找我的身体……虽然那个身体已经

169

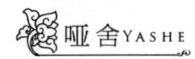

没有什么用处，但毕竟刻印着我的身份。"

"我想知道我是谁。"年轻女子的声音清晰地回响在空荡荡的街道上，比起最初附身的那个年轻司机，青石碣现在所选的身体要健康鲜活得多。

老板凝视着那块沾了血渍的青色石块，随后抬起头上上下下地打量着青石碣这具新身体，摇头叹道："我并不知道之前的那些身体你是如何得来的，但这个姑娘，明显还未死去。"

青石碣神色一僵，随即狡辩道："她本来也是要自杀的，她既然不要这个身体，那交给我用不是很好吗？"

"强词夺理。"老板的语气变得凝重。

天边的乌云遮盖住了那皎洁的明月，平地里骤然起了一阵夜风，卷起了纷飞的枯叶四散而落，一片肃杀之气。

"唷，其实我也不想这样。"诡秘的黑暗中，年轻女子的脸上忽然勾勒出一抹古怪的微笑，"其实人类是个很矛盾的存在，有些人意志坚强，有些人却意志软弱。碰上一些困难的事情或者意外，就想要自我了断。"

"自杀这个念头呢，第一次出现在自己脑海的时候，谁都会嗤之以鼻，觉得是无稽之谈。"

"但第一次出现之后，就会越来越容易想到这个念头，尤其在困境不断袭来之时。"

"而当这个念头越来越频繁地出现，就会自己给自己心理暗示，最后自杀就将会变成摆脱困境的唯一手段。"

老板站在秋风中，听着青石碣一句一句地说着，心中不知为何浮起了扶苏这次离开前的一言一行。

"你说他们是懦夫吧，他们却连死亡都不怕，居然还怕其他事情。"

"自私地了断了自己的生命，完全没有为其他人着想过。"

青石碣恨铁不成钢地说着，之后把目光落在了沉思中的老板身上，唇边的笑容越发诡异："其实，我看你的身体就不错，要不要让给我呢？"

说罢，就抬脚往老板的方向走去。它走路的姿势特别奇怪，身体也不会弯曲，让人一看就觉得浑身发麻。

老板并没有动容，看着青石碣一步一步向他靠近，目光冷漠。

"等等！你要做什么？"一个小男孩的声音突兀地响起。

第九章 青石碣

青石碣的脚步立顿，看向奔跑过来的小男孩儿，表情生动了起来："咦？是你。"

汤远警惕地看着这个浑身上下写着"我很奇怪"的年轻女子，他也经常上网，知道这个丁字路口发生的怪事。他了解的要比普通人更多一些，知道是那个被撞碎的青石碣作祟。前些天都有警察在这里值守，再加上医生晚上看得紧，他没有机会溜出来，今晚他好不容易跑出来，就见到这个年轻女子走向另外一个人，再加上她刚才说的话，看上去就像是不怀好意。

"我认得你。"青石碣的声音居然变得温柔了许多，"你偶尔还会带抹布和刷子来清洗我身上的招贴广告，很舒服，真是很感谢呢。"

汤远不好意思地刮了刮脸颊，害羞了一下，才想起来他来的本意，连忙说道："哎，你的身体我又帮你收好啦！都重新拼好了，就是缺最后一块，我打算再找找，别再用别人的身体了好不好？"

青石碣闻言愣住了，它完全没想到自己还能找到原来的身体。它低下头，摊开的掌心中静静地躺着一块青色石块。

汤远顺着它的视线一看，立刻欢呼了一声道："哦！就是这块！太好了！知道强迫症患者对着缺了一块的拼图有多痛苦吗？！"一边说一边不客气地伸手把那个青色石块拿在了手里。

青石碣一时都忘记阻拦他了，眼睁睁地看着汤远小朋友就那么轻易地拿走了它那一部分身体。

在石块刚离手的时候，一股强大的吸力骤然从前方袭来，青石碣暗叫一声不好，却毫无反抗之力地陷入了黑暗。

汤远吓了一跳，他刚拿走那块青色石块，面前这位年轻女子的表情就忽然狰狞了起来，在昏暗的夜晚看起来宛如厉鬼。但好在下一秒就恢复了安宁，再睁开双眼的时候，眼瞳就变得清澈起来。

"奇怪，我为什么会在这里？"年轻女子莫名其妙地看着面前的俊秀男子和一个可爱正太，显然她并不认识他们。她掏出手机来看看时间，惊呼一声，便忙不迭地离开了。

"咦？就让她这么走了？"汤远虽然没有听到全部对话，但也听了个大概。那名年轻女子本来是想要自杀的，就这样放任不管了？他回头看向自家师兄，看到他掌中有一个像是小竹笼的玩意在滴溜溜地转个不停，显然青石碣的精魄被对方用某种手段强行抽取了出来，随后被关在了笼子里。这个竹笼做工精细，竹条上隐隐有深褐色的斑点，应

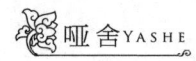

该是斑竹制成。

老板低头看着手中的斑竹笼，淡然道："每个人都有自己的命运，干涉太多有违天道。"

"唉，其实青石碣也挺可怜的。"汤远有感而发，他也不是头一次见到混得这么惨的古董啦，所以只要看见了就忍不住做些力所能及的事情，"它存在的本意就是想要别人记住它，可是时光荏苒，字迹模糊，到头来连它自己都不记得自己了。"

老板瞥了他一眼，平静地说道："其实有些记忆深刻的人和事，并不需要刻立碑碣才能被人记住。"

他并不认得汤远，也并不想认识他。这世上有特殊能力的人，在漫长的岁月之中他也见过数个。他刚想说句话就道别，却忽然眼神一凝。有一条非常眼熟的小白蛇慢悠悠地从这位小正太的衣领处爬了出来，朝他怯怯地吐了吐舌头。

汤远笑得十分可爱，甚至把很少出现的酒窝都展现出来示人了，然后用软萌的正太音清脆地开口道："师兄晚上好！初次见面，我叫汤远。不是吃的那个汤圆！是远近的远！"

老板正惊讶于自己什么时候多了一个师弟的事实，就看到面前的小正太瞬间从可爱的笑容变为惊悚的表情。他还来不及思考这代表着什么，身后就有一个更熟悉的声音气急败坏地响起。

"汤远你这个臭小子！大半夜的不睡觉，出来野什么！幸好我在你身上放了定位手环！快跟我回家去！"

老板心神剧震，手中的斑竹笼一松，青色的光点从缝隙中蹿了出来，立刻消失在黑夜中。

第十章 烛龙目

未来是真的不可改变吗？我并不是很相信呢……

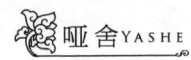

壹

朔月之夜，晴朗无月，夜空繁星点点。

扶苏站在一栋摩天大楼的天台上往下俯视，几乎可以看得到全城，万家灯火璀璨夺目。此等美景，即使扶苏心志坚定，也难免有些心荡神驰。

大地就在自己脚下，好像只要张开双臂，就能坐拥整个天下。

当然，这也只是想象。

他失去拥有这个天下的资格，已经很久很久了。

凛冽的风从耳边呼啸而过，吹得扶苏额发纷飞，露出了眼眶周围被烧伤的丑陋伤疤。

一声清脆的鸟鸣从他头顶传来，一只赤色的小鸟从夜空中借着夜风的力道盘旋而下，最终落在了扶苏的肩上。

扶苏收回迷茫的目光，定定地看着脚下的城市夜景，尝试着在密密麻麻的灯火之中，找出属于哑舍的那一盏。

其实，就算他不在了，毕之也会好好地活下去吧。

就像是过去的两千多年一样。

可是，还是好不甘心啊……

随着时间的流逝，星辰在夜空中缓缓移动，城市的灯光也在慢慢地一盏盏暗下去，街上的车灯也渐渐稀少起来。

第十章 烛龙目

扶苏站在风中，像是一尊雕像一般，许久都没有动过一下。而他肩膀上的鸣鸿却闲不住，不是歪着头梳理自己的翎羽，就是习惯性地为扶苏整理着飞散的头发。不过扶苏的头发不及胡亥的长，鸣鸿尝试了数次，均告失败。不过它倒是从中找到了新的乐趣，跳来跳去地追逐着风中飘散的发丝，玩得不亦乐乎。

忽然，鸣鸿停下了动作，扭头向黑暗中的某处看去，眼神锐利。

扶苏若有所感，顺着它的目光转身看去，正好看到从黑暗之中走出一名身穿风衣的男子。

这名男子穿着一双皮质长靴，走路却悄然无声，风衣的衣摆在风中翻飞，就像是御风而来。他那双妖冶的眼眸，正毫不客气地凝视着扶苏，浑身上下却再无当年的克制与收敛，整个人气势外放，就像一柄被开了刃的利剑，煞气十足。

"令事大人，好久不见。"扶苏勾唇一笑，气势上却完全不输赵高，毕竟他是始皇帝一手培养的继承人。

赵高微微一怔，开口时却是毫无情绪起伏的声调："这个称呼，倒是很久都没有听到了呢。"

扶苏背在身后的手无法抑制地攥紧。这人，是在炫耀他在自己死后当上了大秦帝国的丞相吗？深吸了一口气，扶苏忍住了心中的怒火，因为纠结此事并不能对他有任何帮助。他理了理思绪，缓缓问道："约我见面，所为何事？"

这是一个很奇怪的场面，扶苏面对的，其实就是杀死他的元凶。可他依旧神色冷静，如同面对一个陌生人。

君子报仇，千年不晚。

赵高在扶苏面前停下，把手中的锦盒递了过去，示意他打开。

扶苏没有迟疑地把锦盒接在手中。

这种看似没有戒心的举措，让他肩膀上的鸣鸿扇动了两下翅膀示警，但扶苏依旧毫不犹豫地开启了盒盖。

锦盒里，静静地躺着两颗拳头大小的玉球。

左边的一颗是黑玉的，右边的一颗是黄玉的。

"这是……"扶苏疑惑地皱了皱眉，赵高不会随便拿两颗普通的玉球来给他看的，这两颗玉球肯定大有来历。

"西北海之外，赤水之北，有章尾山。有神，人面蛇身而赤，直目正乘，其瞑乃晦，

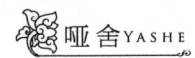

其视乃明,不食不寝不息,风雨是谒。是烛九阴,是烛龙。此乃烛龙目。"赵高的声音平仄全无,一板一眼地说着,听得人极其不舒服。

"其瞑乃晦,其视乃明……闭眼就是黑夜,睁眼就是白昼的烛龙之目?"扶苏有些吃惊,他并不是没见过世面的人。相反,当年他的父皇始皇帝也多少会带着他看一些上古时代传下来的神器。再加之重生后,在哑舍也看过许多奇妙的古董,按理说不应如此失态。

可是这是烛龙之目,传说中的那条烛龙!

按理说,那眼睛不应该这么小吧……而且看起来好像非常普通的样子。

扶苏忍不住开始在心中泛起了嘀咕,脸上的表情也不禁带出了些许疑惑。

"其实这两句,并不是单单只有这种解释。"赵高露出高深莫测的微笑,伸出手虚指那两颗玉球,"瞑乃模模糊糊瞑然之意,晦乃月尽,是阴历每月的最后一天。而视就是看到,明乃清晰之意。"

"也就是说,在朔月之夜,便能看到什么?"扶苏觉得赵高解释得未免也太过于牵强,只是随意地顺着他的话茬问下去。

"左眼可观过去,右眼可看未来。"赵高淡淡说道,"用手碰触,之后闭目即可。大公子若是不信,尽可一试。"

扶苏仰头看了下夜空,并没有看到月亮的身影,这才发觉今晚正是朔月之夜。扶苏又低下头看着锦盒中看似平淡无奇的玉球,并不甚感兴趣地说道:"所有人的未来,不就是步入死亡吗?死亡有什么好看的?"

"哦?没想到大公子是如此洒脱之人。难道你就不好奇,自己将来是怎么死的、什么时候死去?"赵高的声音明明听起来特别阴森,但却带着一股蛊惑的味道。

扶苏双目清明,没有任何动摇。他把盒盖盖上,递了回去,直视着赵高,意有所指地轻笑道:"作为已经死过一次的人,我对这种事,并不是特别在意。"

赵高的唇角弯了弯,却并没有接过那递过来的锦盒,而是锲而不舍地劝说道:"其实烛龙目不光可以看得到最终的未来,任何时间任何人的未来都可以看得到。大公子,你就真的不好奇吗?"

扶苏握着锦盒的手抖了一下,坚定的念头罕见地动摇了一下。

不可能有这种不需要付出任何代价的好事。

而赵高也不可能这么好心,把这么好的东西眼巴巴地送到他面前来。

第十章 烛龙目

但他现在一无所有，好像也没有什么害怕失去的了。

扶苏把递过去的锦盒慢慢地收了回来，摘下手套，露出了指尖已经出现尸斑的手指。在鸣鸿着急的啾啾声中，执意打开了锦盒。却不想，一旁的赵高轻飘飘地又说了一句。

"只是，大公子若是想要看那位上卿的未来，我劝大公子还是不要尝试了。"

扶苏的手停滞在半空中，抬头阴沉地问道："为何？"

赵高又露出了他那种皮笑肉不笑的僵硬表情，指着自己道："不止那位上卿大人，我，还有你那个不争气的弟弟，也都是用烛龙目看不到未来的。"

"因为，我们都是亡者。"

"亡者？"扶苏皱着眉重复着。

"没错，其实死亡在最开始，代表的是两个词。死乃逝去，亡乃逃跑。《说文》曰，亡，逃也。亡羊补牢一词之中，亡羊也是指逃跑的羊而不是死去的羊。"赵高的语气里不免带上些许得意和张扬，即使是毫无起伏的音调也可以听得出来，"死者就是逝去的人，而亡者，事实上就是逃离了死神掌控的人。"

扶苏陷入了沉思，为何亡灵书可以召唤他，难不成他也算是亡灵，而不是死灵？那他应该也算是亡者，也不能用这烛龙目看到自己的未来吧？赵高拿来这不能用的烛龙目，是来逗人玩的吗？

像是读懂了扶苏的心思，赵高戏谑地挑了挑眉："虽然看不到亡者的未来，但与亡者有交集的人类的未来，可窥得一二。"

扶苏因为"人类"这两个字心里略有点不舒服，显然在赵高心中，他自己已经不是一个人类了。

暂且把这个念头抛在脑后，扶苏盯着那颗黄色的玉球半晌，终于把悬空了许久的手按了下去。

鸣鸿又忧心忡忡地鸣叫了起来，但被赵高冷冷一瞥，就噤若寒蝉，一动也不敢动。

黄玉球在扶苏手指接触的那一刹那，便发出了莹莹的黄光。一个竖瞳倏然出现在了黄玉球的中央，就像是一个怪兽睁开了一只眼睛。

扶苏缓缓地闭上了双目。

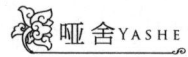

贰

寂静的街道上，有三个人影在静默矗立着，昏黄的路灯在他们头顶闪烁了几下，仿佛又更黯淡了几分。

汤远一脸惊恐。

也不知道是害怕追过来抓包的医生，还是震惊于自家师兄居然失误让青石碣的精魄跑出来了。

不过已经被医生看到，汤远也没勇气现在就落跑，只能反射性地伸手去抓那青色的光点，但却徒劳无功，青色的光点只在他的指间闪现了一下，就瞬间隐匿得无影无踪。

汤远急得直跳脚，虽然他觉得青石碣并不是有邪气的古董，但对方居然已经开始引诱人类放弃生命，这次放虎归山，以后可就不好说了。

"嗯？你在抓什么？这个季节还有萤火虫吗？"医生的声音里还带着显而易见的怒火。

汤远知道这个大叔脾气很好，是很少生气的，看来这次是真把他惹毛了。汤远缩了缩脖子，考虑是不是扑向师兄的怀里求庇护……

不过他这个念头刚冒出来，就发现面前的师兄脸色有点不对劲。

好吧，虽然还是和之前一样的面无表情，但明显可以看得出全身都已经僵硬了。咦？话说刚才不小心让青石碣逃走也不像是师父口中英明神武的师兄会出现的失误啊！原来师兄和医生是认识的吗？没听医生大叔提起过啊！

正琢磨着，医生这时已经大步地走了过来，一把拽过汤远藏在自己身后，对着站在那里的老板戒备十足地发问道："你……你是谁？为什么拐带我家汤远？"

汤远在医生背后无奈地抹了把脸，对着自家师兄做了个"敬请谅解"的手势，随后拉着医生的袖子卖萌道："大叔，不要冤枉人家，我是饿了，想要出来买吃的嘛！"

"骗鬼呢？"医生拧紧了眉头，绷起脸来低头对上汤远小鹿斑比一样的双瞳，没坚持几秒钟就破功了，掐着他的小脸蛋呵斥道，"饿了不会叫外卖吗？这个借口你都用了十几次了，有点诚意好吗！就不会换一个？"

"对不起……"汤远懦懦地道着歉，心想着该怎么解释比较好呢？不过医生大叔也太奸诈了吧！居然在他身上放定位手环！

医生一看汤远的表情就知道这小家伙在编造借口，他决定回去之后再好好收拾这小子，一边想着一边把目光落在了站在对面的年轻男子身上。

其实医生隐约也曾经听说过这个路口最近几天发生的怪事，而且他不仅听说过，还曾经亲眼看见了车祸事发。所以当他在手机上看地图定位，发现汤远小朋友居然一个人跑到这里时，才那么愤怒。每天都会有个古怪的人代替青石碣站在这里，随后死去，医生显然已经把对面的那名年轻男子当成了怀疑的对象。

他仔细地打量着对方，喏，看起来应该在二十岁左右，外面的大衣还很正常，里面却穿着绣着赤色龙纹的古怪衬衫，而且脸藏在了路灯照不到的阴影之中，只能看得到下颌的线条……

医生越看越觉得心跳加速，因为面前的人明明没有见过，却有种令人窒息的熟悉感扑面而来。

"呃……你是……"医生下意识地向前走了一步。

那名年轻男子一言不发，只是默默地把手中的小竹笼收回风衣的口袋，便转身离去。

医生尴尬地停住脚步，因为汤远正死死地拽着他的袖子。

"呐，大叔，我们去吃夜宵吧！上次的香辣蟹你还没吃到呢，我们再去买一盆！"汤远准备用美食糊弄过去，反正他已经跟师兄认亲了，师兄早晚会来找他的！

医生这样一愣神，那名年轻男子就已经穿过路障，消失在熙熙攘攘的商业街中了。

"臭小子，做错事还敢点餐！"

"大叔你最好了，大叔！"

"……走吧。"

"哦耶！"

叁

扶苏睁开双眼，眸中闪烁着复杂的情绪。

手指已经离开了烛龙目，光芒隐灭，烛龙目也重新变成了毫不起眼的黄色玉球。

赵高依旧站在他身侧，脸上的表情还是如同之前一般的似笑非笑，仿佛扶苏闭上眼睛再睁开只是一瞬间的事。

肩膀上的鸣鸿还是不安地鸣叫着，直到扶苏伸手摩挲它的背脊，才把它安抚下来。

"夜还很漫长，你还可以继续看下去。"赵高从容地说道。

扶苏并没有问自己需要付出什么，因为他知道，自从他再次打开这个锦盒，事态就不会再受他控制。无论赵高所图谋的是什么，他都无法抵抗。

谁让这个饵，竟如此诱人。

"你到底，想要什么？"扶苏盯着赵高，想要从他的脸上看出一丝一毫的神色变化。

不等赵高回答，他便自问自答地说道："想要长生吗？不，你已经得到了。"两千多年过去，他依然活着，就足以证明了这一点。

赵高笑而不语。

扶苏转头看向脚下依然璀璨的万家灯火，沉声道："想要这天下？不，你也曾经得到过了。"

赵高的双眸微缩，却也并没有反驳。从某种角度来说，他确实是得到过这天下。

扶苏并没有往下说，他甚至觉得，连赵高自己都不知道想要的是什么。

赵高像是猜出了扶苏心中所想，诡异地笑了一下，随后竟什么话都没有说，转身便遁入了黑暗之中，无声地离开了。

扶苏盯着赵高离去的方向沉默了半晌，最终还是无法忍耐可以看到未来的诱惑，低头把目光落在了烛龙目之上。

那个孩子竟然是毕之的师弟？看起来毕之并不是很想与那个医生相认，他应该另外换人窥探未来才是……

扶苏再次把手放了上去。

肆

好说歹说把医生劝回去值班了，汤远乖乖回到家，如困兽般在屋子里踱着步。

虽然他可以把手环丢在家里，假装自己没有出门，但这么快就破坏对医生大叔的承诺，总感觉特别过意不去啊。

正在汤远绞尽脑汁给自己想借口的时候，门铃忽然响了。

"咦？大叔你是忘带钥匙了吗？"汤远嘟囔着去开了门，却被门外站着的人吓了一跳，旋即开心道，"师兄！你怎么找到这里来了？我还想着怎么去找你呢！你不会也在我身上放了个定位手环吧？"

看着自己这个不着调的小师弟跳着脚地在身上翻找，老板只觉得眼皮抽搐。他还用

第十章 烛龙目

定位吗？医生的家他又不是没来过。

"青石碣的碎石是不是在你这里？"

"哦！是的是的！请进！"汤远连忙把老板请进屋，换了鞋，便领着他往自己住的屋子里走去。

老板在看到狭窄的屋子里立着一尊拼好的青石碣时，眼皮抽搐得越发厉害了。医生的神经究竟有多粗？家里多了一块这么大的东西，难道都没发觉吗？

"呵呵，大叔一般不进我屋子的，他最近在医院也忙了些，所以就没注意到。"汤远像是知道老板在担心什么，贴心地解释着，"所以师兄放心吧，他是个普通人，什么都不知道。"

无知者真是幸福的。老板沉默了片刻，无言以对。

"师兄，这青石碣怎么办？喏，对了，我兜里还有最后一块。"汤远掏出从那名被青石碣附身的年轻女子手中抢过来的石块，对准了缺失的那个地方，打算拼凑上去。

"这个不急，我想先问下，师父是什么时候给我收了一个师弟的呢？"老板上下打量着面前的汤远，心中早已经信了汤远的身份。虽然才刚认识，但这个少年确实是师父喜欢的类型。

譬如当年的他。

不过老板的关注点，却在为何师父会把小师弟放在医生身边，难不成有什么深意？

汤远往青石碣上粘石块的动作停滞了下来。他背对着老板，表情纠结。他其实也后悔找师兄相认了，师父都搞不定的事情，师兄能搞定吗？别又陷进去一个。而且离事情发生都过去几个月了，现在去救师父说什么都来不及了吧……

"呃……这个……"汤远抠弄着手中的石块，在心中斟酌着措辞。

老板也没有催促，耐心地等着他解释。

"师兄，我们还是先把青石碣拼好吧！"

"我并不是怀疑你的身份，毕竟师父喜欢聪明伶俐的孩子。"

"青石碣的精魄都溜走啦！如果不抓紧找到它的话，又会有无辜的人被它占据身体啦！"

"我已有许久没有见过师父了，听闻他老人家还健在，很是欣慰。"

"不过它吃了亏，肯定不会再回那个丁字路口啦！"

"师父是不是又不负责任地把徒弟丢下了？真是太不应该了，怎么也应该亲自把你

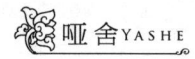

带到我面前。"

"师兄,你说我们去哪里找青石碣的精魄呢?"

"还是说,师父他没办法亲自过来呢?"

"……"

一段鸡同鸭讲过后,屋内陷入了尴尬的沉默。老板已经察觉到了这个小师弟在顾左右而言他,肯定另有内情。而他的推测,说不定就已经接近了真相。难道当初的那个人,真的还活着……那么师父还真是危险了……

坦白从宽,抗拒从严。汤远衡量了一下轻重,便选择性地说了些许。

老板静静地听着,不过就在他打算详细追问的时候,大门处忽然传来了钥匙扭转的声音。

汤远一蹦三尺高,在屋中急得团团转。有钥匙的,除了医生还有谁?怎么这么快就回来了?医生大叔不是值班去了吗?!

老板只来得及掏出斑竹笼收了那座拼起来的青石碣,医生就已经打开了屋门。

"小汤圆,我和别人调了值班,你应该是乖乖在家的吧……你怎么会在这里?"医生的声音骤变,眼神变得十分警惕。

老板看着对方戒备的目光,虽然心知这是正常人的反应,但心脏依旧紧缩了两下。

奇怪。

他明明都已经没有心跳了,为何还会感到痛楚呢?

伍

扶苏再次睁开双眼,并没有感慨太久。因为在他身周,鸣鸿正在追着一个泛着青色的光点。

很眼熟的青色光点。

鸣鸿发现了扶苏醒转,立刻就不再管那个飞舞的光点,兴冲冲地飞了回来,落在扶苏的肩膀上,亲热地用头顶蹭了蹭他的脖颈。

扶苏摸了摸它的背脊,忽然有点想念那个不省心的弟弟了。

也不知赵高究竟把那小子关在哪里了,他找了这么久都没找到。刚才是怕赵高觉得可以用把柄来要挟他,所以没有主动提起。结果那家伙居然在走之前都没说过半句有关于胡亥的话。

这是在吊他的胃口呢？还是在警告他不要轻举妄动呢？

可惜，胡亥也算是亡者，这烛龙目无法看到他的未来。

扶苏正在沉思，那青色光点见鸣鸿不再追它，反而凑过来，忽忽悠悠地开口问道："对这个残酷的世界厌倦了吗？"

"……"扶苏环顾了一下四周，并无他人。这个从毕之手中逃脱的青石碣精魄，难道看到他站在天台上，就以为他要跳楼自尽吗？

扶苏向前走了一步，已经站在了天台的边缘，仿佛夜风再大一些，就能把他从这里吹下去。鸣鸿受惊，从扶苏的肩膀上展翅飞起，啾啾直叫。

"等……等等！"青色光点立刻出声，阻止扶苏再往前一步，飞到他的耳边，温柔地劝诱道，"如果你不想要自己的这具身体，那么把它让给我如何？你有何未完成的愿望，我承诺帮你完成！"

扶苏缓缓伸出手，并不见动作有多灵活，却准确地把那点青色光点按在了两指之间，让其无从逃脱。

"放心，我还不想就这样死去。我想要完成的事情，没人可以取代得了呢……"扶苏的唇角勾勒出一抹笑意，看着一旁跃跃欲试的鸣鸿，笑着递了过去，"乖，拿去玩。"

陆

深秋的寒夜之中，寂静的院子里，只有风吹动枯叶的飒飒声，萧索得像是这个世界只剩下了自己。

虽然早已感受不到寒冷，胡亥还是紧了紧身上的狐裘披风，因为他感觉自己的身体连内部都已经冻僵了。

看，连手脚都不听使唤，明明想要进屋去休息，可是他还是坐在廊下，一动未动。

胡亥不知道他被关在这个院落里有多久了，日升月落，时间对于他来说再平常不过，季节的变化所带来的冷暖他也感受不到。

对于赵高的安排，从他还是秦朝最受宠的小公子时起，就已习惯了服从。甚至早已经丧失了反抗的勇气，导致现在都不敢离开这里半步。

在漫长的岁月里，胡亥早就已经学会了如何排遣寂寞，不知不觉地又放空了自己的思绪，发起呆来。直到一只妖冶的赤色蝴蝶出现在他的视线里。

胡亥立刻回过神，震惊地看着夜空中翩翩飞舞的赤色蝴蝶。

他所震惊的，并不是能在深秋看到蝴蝶，而是赵高把他囚禁在这个院落里，设了特制的结界，不仅他不能随意外出，连外面的生物也无法靠近。

他从未在庭院中看到过如此美丽的蝴蝶，更何况在廊下风灯的映照下，这只赤色的蝴蝶周身仿佛都泛着瑰丽的荧光，像是在夜空中燃着的火焰，梦幻得几乎像是他的幻觉。

胡亥呆呆地凝望着这只火蝴蝶，这种赤红的火色，让他想起了许久不见的鸣鸿。他下意识地伸出手，尝试着想让火蝴蝶落在他手上，但火蝴蝶却翩然转身，朝回廊的方向飞去。

不甘心放弃的胡亥笨拙地爬起身，已经冻得僵硬的腿难以弯曲，跟跄了两步才慢慢地缓了过来。他发现火蝴蝶飞的方向是屋内，想起孙朔还在，顿时觉得有些古怪起来。

孙朔呢？胡亥这时才发觉不对劲。他今晚在外面待的时间有些太长了，而孙朔居然也没有来找他，劝他回去休息。

心中有股既放松又恐惧的心情。天知道这有多可笑，孙朔明明是他的侍从，结果他反而会怕对方。虽然孙朔从未对他不敬，可是那令人胆寒的目光和笑容，每每接触到都会让他觉得不寒而栗。

火蝴蝶红色的小身影在回廊的尽头倏然地转了个弯，立时就不见了。

胡亥来不及细想，跌跌撞撞地追了上去。囚禁他的这座庭院其实还有点规模，而且他为了避开孙朔，挑了一处僻静的地方发呆。胡亥沿着回廊走了好一段路，断断续续地看着火蝴蝶的身影，最终看到它闪进了还燃着灯火的主屋。

主屋的大门开了一条细缝，隐约可以看得到屋内的屏风前端坐着一个人，因为低着头，看不清楚面目。胡亥忐忑不安地瞥了一眼，却惊愕地发现，从身形上判断，那人并不是孙朔。

胡亥从门缝之中左右张望了一下，发现偌大的厅堂之中，除了这名闯入者之外，孙朔正站在灯光照不到的角落里，像一个真正的人形木偶一般，一动不动。

"既然回来了，就进来吧。"那名男子并没有抬起头，但依旧察觉到了胡亥的存在。

胡亥听到对方声音的那一刻，就僵在了原地。

竟是赵高。

大脑空白了一瞬间，等胡亥回过神来的时候，他的身体已经先于他的理智，遵从了赵高的命令，自动自发地推开门走了进去。

因为恐惧，双手在不自觉地颤抖着，胡亥无数次想象着，再次见到赵高时应该如何面对他。胡亥不禁摸了摸藏在腰间的匕首，觉得就算把这利刃捅进赵高的胸膛，也不一定能够成功地杀死对方。

毕竟在某种程度上来说，他们已经不能算是正常人类了。

"丞相，将我囚禁于此，究竟是何意？"胡亥深吸了一口气，努力让自己看起来语气强硬，可惜效果并不好。

坐在屏风前的赵高抬起了头，胡亥在看到他的容貌时不由自主地后退了一步。在昏暗的灯光下，赵高那双妖冶的双眸，就像是从深渊中爬出来的恶魔，骤然看到，让人心悸不已。

"方才，我去见了你的皇兄。"赵高并未回答胡亥的问题，反而像是漫不经心似的，提起了另一个话题，"呐，话说，你皇兄一句话都没有问到你哦，他应该猜得出你在我手中吧？不愧是秦朝的大公子，真是沉得住气。"

"你要对我皇兄做什么？！"胡亥立刻向前迈了两步，色厉内荏地追问道。

火蝴蝶在厅堂内飞了一圈，最终落在了赵高的指尖，亲密地用触角摩挲着。赵高冰冷的眸光中闪过一丝光芒，口中却依旧平淡无波地说道："我又能对大公子做什么？只是送他一对烛龙目罢了。那么好的东西，你不会不记得了吧？"

胡亥闻言，心神剧震。

烛龙目，他当然知道那是什么！

能看到过去和未来的一对玉球！

那并不是什么宝物！而是能让人绝望的邪物！

是一切悲剧的罪魁祸首！

胡亥痛苦地捂住了头，无力地蜷缩在地。他痛恨这样无能为力的自己，却又无可奈何。

当年的他，得到那一对烛龙目之后，喜不自胜，觉得整个帝国都在自己手中。

他在黑色的烛龙目之中，可以看到他想看到的别人的过去，把他们的弱点一一掌控。

他在黄色的烛龙目之中，看到未来他将会登基为皇，成为天下之主。

而后来，他也如愿坐上那尊龙椅，就如他曾经通过烛龙目看到过的画面一样。

可是，烛龙目并不能展现所有的未来，他并没有看到他的皇兄会因此而死，也没有

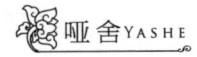

看到大秦帝国几年之内就毁在他的手中。

最初的他，并不想继承皇位，曾去抗争过，不让烛龙目所展现的未来实现。可是无论他如何努力，未来总是会如同烛龙目所预测的一样出现在他面前，无一例外。

渐渐地，他就放弃了努力，反正无论他做与不做，未来都是那样。

他的人生并不是在自己的意识下度过的。他就像是提线木偶一般，身上绑满了细线，被所谓的"命运"掌控，就像是在蜘蛛网上被缚的猎物，无法挣扎，也无法逃脱。

"那种……那种诱惑人心的邪物……怎么可以给皇兄……"胡亥咬牙切齿地说道，他抬起头盯着赵高，一双赤瞳几乎要滴出血来。

赵高把手指尖上的火蝴蝶拈起，直接投入了手边的油灯之中。

噬啦一声，油灯上的火焰蹿起了一尺多高，迅速就把那只火蝴蝶吞噬殆尽。

胡亥呼吸顿止，他怎么忘记了，面前的这个男人，向来都是视世间万物为刍狗，随意杀死，随意丢弃。

赵高并不觉得自己做的有何惊世骇俗，语气毫无起伏地淡淡问道："既然你说那是诱惑人心的邪物，那你有没有被它所诱惑？"

胡亥低垂眼帘，银白色的睫毛抖动了几下，无声地默认。

"当年我就很好奇，大公子那样光风霁月的人，是否也会被烛龙目所诱惑。"在跳动的火焰旁，赵高脸上的笑容也被映照得晦暗不明，显得十分诡异，"现在终于有机会了呢。"

胡亥瘫软在地，再次痛恨自己的无能为力。

柒

鸣鸿的嘴喙之中含着一个青色光点，时不时吐出来，又在对方想要逃走时一口吞掉，玩得不亦乐乎。青色光点被它玩弄得光芒暗淡，看起来就快要真正消散在空气中了。

一旁的扶苏正闭着眼睛坐在高楼天台的边缘处，一动不动。鸣鸿早就习惯了扶苏的这副样子，反正这个晚上扶苏就是一直睁眼闭眼，表情也都随之变幻莫测。

只是，这一次，扶苏再次睁开双眼的时候，脸上的表情却是难以言喻的复杂。

鸣鸿顿时没有了玩弄青色光点的心情，叼着青石碣的精魄，跳到了扶苏的肩膀上求赠。

第十章 烛龙目

扶苏这次却没有伸出手安慰它，反而陷入了沉思。

这次通过烛龙目看到的画面，实在是让扶苏震惊不已。

烛龙目所预测的未来，时间越是近，就越是清晰完整。但若是想要看更远一点的未来，那么画面就开始模糊，也变得断断续续的了。

他最后一次看到的画面，应该是同现在一样的黑夜，或者是没有什么灯光的房间里。只有短暂的片段，但也足以让扶苏看清楚发生了什么。

他竟然看到，毕之拿着一柄利刃，面无表情地刺入了医生的胸膛。

……

这应该，就是赵高把烛龙目交给他看的原因吧。

……

扶苏长叹一声，抬头仰望夜空。

斗转星移，沧海桑田。

两千多年过去，头顶上的星辰依旧闪烁如初。即使微有变化，也不甚明显。扶苏很快就通过星宿位置，确认了现在的时间。

还不算太晚。他虽然通过烛龙目看了许多次未来的画面，但其实在现实中，只不过过了很短的时间。

扶苏再次拿起了烛龙目，可是这次，却并不是黄色的那个。

"未来是真的不可改变吗？我并不是很相信呢……"扶苏的喃喃自语，最终消散在凛冽的夜风之中。

捌

医生很烦躁，汤远这小子居然毫无戒心地放一个陌生人进家门！不管汤远如何舌灿莲花，医生都打定主意不会再信他了！明天！明天就送这小子去学校！让老师好好管教管教他去！

医生教育了汤远一个多小时，终于把他唠叨得点头认错了，才放他去休息。他自己正要洗洗也去睡，就听到门铃响起。

一看墙上的钟，都快凌晨两点了。

难道是刚才离开的那家伙又回来了？之前趁他还没反应过来就一脸行色匆匆地离

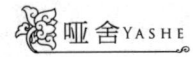

开,他还没来得及盘问对方的身份呢!

医生想到有这可能,连门上的猫眼都来不及看,就迫不及待地拉开了门。

门外空无一人,门铃还在铃铃地响着。

地上只有一个黑色的玉球,孤零零地放在那里。

医生退后了一步,第一反应就是这不会是一个炸弹吧?

但旋即就笑自己也太一惊一乍了,炸弹早就不长这样了。

真是奇怪,究竟是谁放了这个黑球在他门口?

话说之前来他家的那个人,总觉得有点熟悉,感觉在哪里见过的样子……

医生走出去左右看看,确定楼道里空无一人后,这才满脸疑惑地弯腰把这枚玉球捡了起来。

手指在碰到这黑玉球的一瞬间,玉球便发出了刺眼的亮光。一个竖瞳倏然出现在了黑玉球的中央,就像是一个怪兽睁开了一只眼睛。

不会真的是炸弹吧?!

医生下意识地闭上了眼睛。

第十一章 走马灯

塞翁失马,焉知非福?

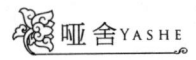

壹

医生在碰到莫名其妙出现在楼道里的黑玉球之后，陷入了一片黑暗。

等他再次恢复神智时，发现自己的眼前竟然出现了熟悉的画面。

有些老旧的宿舍楼，斑驳的马路，道路两旁几乎遮天蔽日的梧桐树……这不是他的大学校园吗？

路边是一个个摆着旧物的摊位，摆摊的卖家和闲逛的买家都是学生，医生分辨了一会儿，才确认这是他毕业的那一年，快要离校的时候……

……

医生从小的梦想，就是当一名救死扶伤的医生。

他也是一直朝着这个方向努力着，并且他以优异的成绩从医学院毕业了。

实习的医院也已经找好了，一切都朝既定的计划按部就班地前进着，医生也是满怀斗志。

作为学校每年的传统，在实习期开始前的一个周末，快要毕业的学姐学长们都会在校园之中固定的一条马路两旁，摆上带不回去的东西。课本书籍、参考笔记、篮球足球、生活用品等等，琳琅满目，吸引了许多学弟学妹们来淘宝，从一大清早开始，整条马路就熙熙攘攘地挤满了人。

第十一章 走马灯

医生也和同宿舍的好友淳戈折腾了一个摊位，象征性地把旧物一件收个三块五块地卖了出去，但由于周围同类的竞争者实在太多，也就是体育用品很快地被扫光了，其他东西都还无人问津。

他们倒是也不急，他们的实习单位都已经大致定好了，比起其他人要悠闲许多，因此被室友们派出来当摊主。反正卖旧物的钱也不会太多，都算在一起，作为他们宿舍散伙饭的资金来源。

淳戈像有强迫症一样，把塑料布上面的旧物一个个摆放得整整齐齐，这才满意地拍了拍手坐了下来。他盯着一旁正在修理闹钟的医生，皱了皱眉问道："听说你定了实习单位了？是市医院？"

"差不多定了，下礼拜一去参加最后的面试，应该差不多。"医生这些天忙得脚不沾地，回到宿舍倒头就睡，和淳戈也是才有空聊这些事情。

淳戈闻言一副恨铁不成钢的表情："为什么不和我一起去一个地方？按照你的成绩，努努力，应该进得去省医院的。"

医生无奈地翻了个白眼，他的这个好友什么都好，就是有点太天真了。老牌的三级甲等医院是那么容易就能进去实习的吗？他的成绩又不是医学院数一数二的，医院系统内也没有熟悉的人可以咨询拜托，就像是无头苍蝇一般乱转，能找到一家三级乙等市医院收留他就已经很不错啦！再说他对自己的能力还有些忐忑，据说省医院里的竞争特别激烈，也不知道能不能挺得住，先从低一点的地方积累经验也不错，等能力够用了再往高爬。

不过他也知道淳戈是为他好，便把心里想的都慢慢地说了出来。淳戈却是依旧无法接受，在他看来，连努力都没有过就已经退缩，根本就是懦弱的表现。

医生无力反驳，也不知道怎么反驳。淳戈出身医学世家，从小耳濡目染，所见所闻所出入的都是顶尖的医院，当然思维也就跟普通学生完全不一样。而他自己则父母双亡，单独一个人在这个城市挣扎打拼，没有任何靠山，自然想的是要求稳为主。

观念认知不同，谁也说服不了谁，完全无法沟通。医生知道淳戈其实是想和他在一个医院工作，但现实又不是童话，怎么可能那么容易就实现？医生耐着性子听着淳戈唠叨了好半天，终于还是忍不住放下手里的闹钟，找个去其他摊位逛逛的借口，留下淳戈看摊。

虽然周围人声鼎沸，但对于医生来说反而找回了清静。他本是随意出来溜达一下，

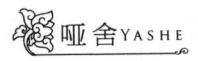

但逛着逛着就忍不住认真了起来,好些东西都想要买回去。

不过他来这里是为了卖旧物,而不是买更多的旧物回去啊!医生克制了想要买东西的冲动,从路口逛到了路尾,发现尽头有个摊子有点特别。

摊位上放着一个纸盒子,上面写着"义卖"两个字。摊主是个理了板寸的男生,正在跟围观询问的同学讲解情况。医生一听才知道,这些旧物都是一名医学院学生的遗物。

那名因为车祸而去世的学生名叫殷韩,是医学院名列前茅的优等生。据说很早就定了去淳戈去的那家三甲省医院实习,是真正的学霸,没想到天有不测风云,居然这么年轻就逝去了。

殷韩的父母都在偏远山区,来学校办了手续,拿了他的衣物留作念想,之后就回去了,剩下的书籍课本还有杂物便留了下来。同寝室的室友决定把这些遗物义卖,得到的善款会转汇给殷韩的父母。

寸头男生长得一般般,但伶牙俐齿,很快就让围观的同学纷纷解囊。摊位上的所有东西都没有价格,全都凭买者心情随便给。医学院的学生连尸体都解剖过,自然也就不会觉得遗物有什么膈应人的。再加上殷韩的成绩好,学习认真,课本和笔记很快就被疯抢一空,就连文具用品也都卖出去了大半。等医生挤进去一看,摊位上几乎都空了。许多同学即使没有拿东西,也都往纸盒子里塞钱,医生也掏出钱包塞进去一张红票子。

医生也认识殷韩,虽然并不熟悉,只是点头之交,但也愿尽微薄之力。可能因为他塞的面额太大,那个寸头男生见他转头就要走,连忙拉住他,劝他在摊子上选个东西拿走。

"就当留个纪念也行啊,同学一场不容易。"

寸头男生果然能说会道,医生也不禁回过头扫了眼摊位上剩下的东西,最后拿起了一盏古旧的灯。这盏灯像是古旧的煤油灯,不到二十厘米高,青铜材质,表面还有些因为年代已久而产生的铜绿。一共有六个面,却只有一个面是纸糊的,其余五个面都是不透明的墨色玻璃。看起来古香古色的,却有个电源的插口,不过应该是坏的吧?

"哎哟!真是好眼光!这是殷韩最喜欢的一盏灯,据说还是走马灯,原来是需要点蜡烛的,后来宿舍不能用明火,他就自己改成了电灯泡,据说插上电就能自动转。"寸头男生口若悬河,当然他说的是据说能自动转,实际上能不能转他也没留意过。

医生倒是觉得无所谓,只是拿起来了就不好再放下去,便让寸头男生找了个塑料袋,拎着走了。

等他转悠回去的时候，淳戈倒是没有再提之前的话题，反而调侃他又买回来一个不实用的旧物，劝他赶紧把这走马灯摆着卖掉算了。

医生偏不，他倒是想要看看这走马灯插上电之后会是什么样子，等晚上回到宿舍之后，便迫不及待地插上了电。

走马灯并没有坏，闪烁了一下之后就亮了起来，是一种令人心情柔软的暖黄色，那只有一面纸糊的灯罩上，映出了一个剪纸的纸画。

"咦？这画的是什么啊？"淳戈凑过来问道。

纸糊的灯罩因为年代久远而有些昏黄发皱，但依旧能分辨得出来这纸画上面左边有两个人，而右边是一匹离开的马。

"两人一马，鞍前马后？但位置也不对嘛！"淳戈吐槽道。

"又不是看图猜成语。"

"……不是说这灯是可以自己转的走马灯吗？怎么这么久都不见它换个面？"

两人守在走马灯前面半天，也没见画面转动，便不再抱希望。说实话这灯能亮起来就已经超出他们的期望了，而且这走马灯的光芒确实温暖不刺眼，医生便也没有关上，索性就放在那里当床头灯了。

淳戈清点了一下没有卖出去的旧物，把自己的那份就先带回家了。临近毕业，学校也不要求他们毕业班每日都留校，家就在本市的他周末都回家住，和医生打了个招呼就离开了。

贰

回家住了两天，回到宿舍的淳戈刚推开门就愣了一下，震惊地问道："你怎么还在宿舍啊？这都快 11 点了吧？你今天不是要去市医院面试最后一轮吗？"

医生抬起头来，懊恼地把手中的闹钟往桌上一放："我以为这闹钟被我修好了，结果还是坏的，早上根本就没响！手机我也设置了闹铃，我居然也没听到。"

"所以……你就睡过头了？"淳戈满脸同情，"给人事处打电话了吗？"

"打过了，对方说名额已满，让我不用再过去了。"医生颓废地低下头，面试是最后一关，录取率是 70%。他本来是有七成的可能被录取的，但现在因为他没到场，连一

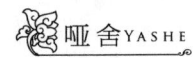

成的可能都没有了。

淳戈一时也不知道说什么好,陪医生安静地待了几分钟,视线扫到桌上的那盏走马灯,便停住了。也许是因为走马灯发出的光芒并不刺眼,所以晚上也没有关掉。"哎哟!这灯还真能自己转吗?之前我看到的不是这样的纸画吧?"

医生没什么精神地瞥了一眼,发现纸画左边依旧是两个人,而右边却是两匹往回跑的马。他并不关心这纸画有没有变,没什么兴趣地叹气道:"有可能不一样吧。谁知道呢,我都没注意。"

淳戈总觉得这两幅画所描绘的意义有点熟悉,但一时半会儿还想不太起来。他又坐了一会儿,忽然注意到了一个文件夹。这是医生的简历资料,本来是要今天带去面试的,现在却由于它主人的粗心,静静地躺在桌面上。

"唉,你还没吃早饭吧?我出去帮你到食堂带点盖浇饭回来。"淳戈悄悄地把这个文件夹拿了起来,放进了自己的背包里。

"哦,多谢了。给我来个辣子鸡丁,让食堂的师傅多放点辣椒。"虽然心情不好,但一提起吃,医生还是要求颇多。

"知道了知道了,等着哈!"淳戈拎起包就往外走。

叁

医生这几天就像是在做梦一样,因为错过了市医院的面试,他那天一整日都提不起精神,结果却在傍晚接到了另外一个通知面试的电话。

居然是淳戈要去的省医院!

对此,淳戈的解释是,本来要去这家医院的殷韩意外去世,便空出来了一个名额,他利用家里的关系帮他把简历递了进去,但能不能进去还是要看医生自己的努力。

医生知道淳戈虽然说得轻松,但实际上肯定是搭了特别大的人情,琢磨着日后一定要找机会还回来。医生便接受了这份雪中送炭的情谊。

面试非常顺利,医生当场就签了入职合同,晚上请淳戈吃了一顿大餐。

因为高兴,两人喝了许多啤酒,相互搀扶着回到宿舍的时候,桌上的走马灯正亮着,散发着温柔的暖光。

"嘿!这灯好!可以当夜灯了,晚上起夜都不用开大灯晃眼睛了。"淳戈醉醺醺地坐在椅子上,凑过去看那盏走马灯,随即一愣,"这灯还真能自己转!你看,这纸画又变了!"

医生走过去一看,发现果然又换了一幅纸画,上面画的是一个人从马上摔了下来,正抱着的腿有些错位。医生下意识地就判断道:"这人的腿应该是摔断了,不过这样的姿势不对,不应该抱着断腿,否则骨头会错位,无法对接愈合,处理不好就会有后遗症。"

淳戈闻言翻了个白眼:"行啦,你这是准备面试题都准备入魔了吗?一个纸画你也能看出来这么多。"

医生喝醉了酒的脑袋正晕乎乎的,好容易清醒一秒钟,这时候又是一团糨糊了:"你……你慢慢看,我去洗洗睡了。"

淳戈却越琢磨越觉得不对劲:"哎!你还记得前两张纸画不?画的是什么?"

"两人一马,两人两马,现在这是一人一马。"医生简单地用一张图四个字来概括,抓重点抓得那叫一个快狠准,不愧是做题做得经验丰富。

淳戈念念有词,忽然一拍大腿道:"这是……塞翁失马啊!"

医生被他一惊一乍吓得一呆,喃喃地重复道:"塞翁失马?"

"是啊!两个人是指塞翁和他的儿子,第一张纸画就是塞翁家的马走失了,第二张纸画是走失的马带回来一匹良马。而现在这张就是塞翁的儿子骑这匹良马的时候摔断了腿。啧,这走马灯,画的是塞翁失马,还真是挺应景的呢!"

"咦?还真的是呢。"医生点了点头,"塞翁失马焉知非福,福祸相依。呵呵,这倒是和我这几天的情况很像呢!你看,我不是因为闹钟坏了没赶上市医院的面试嘛,结果谁想到还能进得去省医院呢!"

淳戈表情复杂地看着傻笑的医生,不得不泼他冷水道:"如果照这个结论推断下去,那你接下来应该遇到的是祸事了呢。"

"……是不是兄弟啊?居然说这种话吓唬我?"医生的酒立刻就醒了一半。

"嘿嘿,开玩笑嘛!"淳戈也没把自己说的话当回事,两人闲聊了一会儿,便分头洗漱去睡了。

只留下那盏走马灯,在漆黑的夜里,散发着幽幽的光芒。

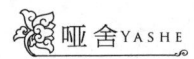

肆

在实习期开始之前还要参加培训,医生重新买了个闹钟,保证每日都提前到达岗位。

虽然对这份工作的辛苦早就有心理准备,但工作强度还是大得让人难以承受。带他们的主任经常是一副恨铁不成钢的表情,时不时还呼喝怒骂,让人不禁努力再努力,就为了能得到一句认可的夸奖。

当然,这对于菜鸟来说,很难。

只是,只要真正热爱这份职业的,接触了之后就不会再放开手。

亲手救死扶伤,亲眼看到濒危的病人重新恢复生机或者逝去,亲身经历了与死神抢人的过程,亲自接受了家属的感谢与悲痛,成就感与无力感交织,每一个患者都像是一个新的挑战,根本无法退却。

实习生之间也有相互竞争,也有互相帮助,医生和淳戈两人还住在学校宿舍,每天都在新闹钟的鸣叫声中互相督促着爬起床,然后挤公交车去医院上班。

其实说起来,每天花在路上的时间来回就有两个多小时了,医生打算听从前辈们的建议,在省医院附近租个房子。不过他们休息都是轮休,根本没有周末的概念,还没空去找房子。

这天清晨,医生便把自己的想法和淳戈说了。

"找个房子好,我也在琢磨呢,毕业需要盖的章差不多都盖齐了,等下礼拜就不用去学校了。"两人下了公交车后,快步往医院大门走去。淳戈听了医生的打算,赞同地点了点头,"不过我应该会直接住家里,就不陪你合租了哈!"

"好吧,那我自己住个小点的。"找人分摊房租的计划破灭,医生只好打消这个念头。不过他也知道淳戈是为了陪他才住在宿舍的,他家离省医院也就是二十分钟的路程。

此时离医院营业还有一段时间,整个医院只有临近大门处二十四小时开着的急诊室有人。医生路过急诊室的时候,像是若有所感,回头瞥了一眼,却看到角落里有个穿着黑色唐装的男人站在那里,那深色的布料上,隐约绣着一条赤色的红龙,因为距离的关系,有些看不清那人的脸容。

"发什么呆呢?"淳戈见医生并没有跟上来,转头问道。

第十一章 走马灯

"哦，那里站着一个人，穿的衣服很奇怪。不会是哪个社团的 COSER 吧？"医生回过头，戏谑地吐槽道。

"哪里？那里没有人啊！"淳戈朝医生方才看的方向，疑惑地看了又看。

"……别吓唬人。"医生无端地起了一身鸡皮疙瘩，不过他再扭头看去，果然墙角下空无一人。他干笑了两声道："呵呵，也许是我眼花了吧。"

"切，在讲鬼故事吗？"淳戈以为是医生跟他开玩笑，报复他不跟他合租。毕竟这货前科太多，想当年他们刚开解剖课的时候，那鬼故事讲得那叫一个吓人，简直都被他讲出心理阴影了！

医生也没多解释，也许就是他看错了吧。之后也没有时间让他纠结此事，等他们换好白大褂之后，就又开始了实习地狱，被主任指使得团团转，楼上楼下地来回跑，只有在等电梯的时候才能喘口气。

去超声科取了主任要的片子，医生趁着电梯没来的时候掏出手机看看新闻，不过等他都翻了三页了电梯还没来，才反应过来这等的时间也太久了点，电梯间已经聚集了许多病人和家属们，纷纷指责这医院的电梯太不管用了，两台电梯没有一个下来的。有些人等不及去了另外一处远一点的电梯间上楼，而更多的人还是等在这里。

想了想主任那双杀气比手术刀还锋利的眼睛，医生决定还是走楼梯。他推开旁边楼梯间的门，仰头向上看着好像毫无终点的楼梯，想到他要爬八楼，总觉得腿都有些软了呢！

不过自己选的道路，就算哭着也要走完。医生苦中作乐地开始一边爬楼梯一边拿出手里档案袋的片子，想象着一会儿主任会问他什么问题。

在有电梯的情况下，很少会有人走楼梯。所以当楼上传来了向下走的脚步声时，医生诧异地抬头看了过去。

一个穿着黑色唐装的年轻男子正一步一步走了下来。他身上那件引人注目的黑色唐装，在右手的袖筒处绣着一条暗红色的龙，蜿蜒着顺着他的袖子盘旋而上，张牙舞爪的龙口正对着领口，乍看上去这条龙就像是活物一般，马上就要咬断他的脖子。而他胸口对襟上绣着的那几颗深红色的盘扣，就像是黑夜中滴上去的几滴血。这种诡异而又栩栩如生的绣品，实在是让人无法移开目光，甚至于忽略掉对方的长相。

两人一上一下，擦肩而过，当医生回过神的时候，就只能低头注视着对方的头顶，目送着他下楼，直到再也看不见。

医生呆呆地听着对方远去的脚步声，心想当真有这么一个人啊！看来早上并不是他眼花了。也不知道对方是身体哪里不舒服才来医院看病的，八成也是因为等不到电梯，才走楼梯的吧？

这只是个转身就忘记的小插曲，医生还隐约听到楼下传来一声闷响，也没太当回事。等他气喘吁吁地爬到八楼时，却接到了淳戈打来的电话。

"我在哪儿？我在八楼啊！电梯太慢了我没等，直接爬的楼梯。主任是不是等片子等急了？我这就送去。"医生以为淳戈是来催他的，连忙解释道。结果淳戈在电话里气急败坏说的话，却让医生大惊失色。"什么？你是说，刚刚电梯坠毁了？就是我们常用的东区的那个？"

电梯事件的调查结果很快就出来了，是因为电梯老化，又载了临近承重点的乘客，所以导致坠毁。好在楼层并不太高，乘客大多是腰椎受伤，或者就是摔断了腿，而又在医院里面，抢救及时，并没有危及生命的重伤患者。

医生却是一阵后怕，因为若是他刚刚没有走楼梯的话，那么他肯定就会乘坐那个电梯了。

淳戈也觉得医生命大，这件事也在医院内部引起了恐慌，毕竟他们在医院工作，每天至少都会乘坐电梯数次，这以后还怎么坐电梯啊？等到晚上他们下班回宿舍之后，医院的QQ群还在讨论这事。

医生决定今晚叫顿好的外卖来给自己压压惊，不过鉴于还要考虑房租问题，他还是决定只叫个披萨不要意面了。刚挂下电话，就看到对着电脑的淳戈脸色有点惨白。

"怎么了？今天差点摔断腿的是我不是你哦！大不了明天我们一起爬楼梯吧！"医生提议，旋即苦着脸道，"不过这意味着我们要再早十分钟出门。"

"你不是说，今天那个电梯好长时间不下来，你才选择走楼梯的吗？"

"是啊，怕主任等时间长骂人啊！不过也多谢了主任的严厉，否则我肯定等电梯了！"

"估计你要谢的是其他人。"

"啊？"

"据监控室的人说，今天那个电梯那么久都没下来，是有人在楼上按着电梯好一会儿，不让电梯下去呢。"

"呃……这也没什么奇怪的吧，也许他是在等朋友一起？"

"是一个人,而且他按了好几分钟电梯开关之后,并没有上电梯,而是走楼梯下去了。"

医生忽然想到了在楼梯间擦肩而过的那个年轻男子。他求证地看向淳戈:"不会……是个穿黑色唐装的男人吧!"

"就是他!你居然真遇到了!"淳戈崩溃,"难道是个能掐会算的高人?!知道这电梯会出事,所以没坐?还是他是死在医院里的亡魂,徘徊不去,给电梯下了诅咒?!"

医院里最不缺的就是鬼故事传说,淳戈已经被QQ群里前辈们的想象力搞得快要发疯:"快说!你有没有看到他的脸?!长得什么样子?!"

"呃……我好像真没注意到他长什么样。"医生不好意思地挠了挠头,他当时的注意力全在对方的衣服上了。

淳戈这可待不住了,犹如困兽一般在宿舍里转来转去,念念叨叨地琢磨着是不是要换个医院实习比较好。医生却不以为意,反正以他对淳戈的了解,害怕归害怕,但这家伙不会影响正事。否则就这点心理素质,早就从医学院退学了。

"啊!这走马灯又换了一张图!我早上看的时候还没变!"正踱步的淳戈忽然发现了新大陆,自从他对这走马灯产生了怀疑,就时常留意着。

医生循声看去,发现走马灯上的纸画这回要细致许多,人物也多了起来,还有了场景。可以看清楚那上面描绘的,是村里在征兵,塞翁的儿子因为腿断了,而逃过一劫。

"若不是那个高人按了电梯,说不定你今天也会摔断腿的。"淳戈喃喃自语地推断着,"难不成这走马灯真的是预示着即将到来的是福事还是祸事?"

"你想多了吧……"医生说得也并不是那么理直气壮,"不过,塞翁失马的故事到这里不是结束了吗?也就是说我最后肯定是好事嘛!"

"可这走马灯有六个面哦……"淳戈幽幽地说道。

"……"医生顿时无言以对。

伍

因为实习生都采用轮休制,医生休息的那天,淳戈并不休息,所以医生只好自己去找房子。

他站在医院的门口,茫然四顾,一时不知道去哪儿找房产中介。

鬼使神差的,他忽然想到了淳戈之前的戏言。

按照淳戈的推断,塞翁失马故事的寓意是,一件事情的果,是下一件事情的因。走丢的马,引来了野生良马,又因为野生良马,塞翁的儿子摔断了腿,而又因为腿瘸了,逃脱了兵役。

以此而论,他最近经历的事件,是因为面试迟到丢了市医院的名额,因此得到了省医院的录取,又因为进了省医院遭遇了电梯事故。若不是那个神秘唐装男子按住了电梯,他现在铁定也是跌断了腿。

医生继续往下想,如若按照他跌断了腿来考虑,电梯事故受伤的病人们现在都打了石膏,伤势都不重。他就算是受了伤,主任那铁血的性格也不会放他随随便便休息。那么现在他坐着轮椅,铁定也不会选择太远的房产中介找房子。

医生找了医院门口的保安,询问了一下最近的房产中介,果然出了医院大门往右拐的胡同里就有一家。医生站在中介外面,店面玻璃上贴着一墙房源信息,看得他眼花缭乱。

再次求助于之前的理论,若是他坐在轮椅上,那最上面的房源肯定是看不到的,应该往下面看。

医生蹲下身,扫了一圈视线范围内的房源,果然在一处角落里,发现了一个便宜又合适的廉价出租房。

果然!好事就是省钱啊!医生摩拳擦掌,认定这么好的房源肯定是因为房产经纪人放在角落里,才无人问津的。按照这个价格,他本来打算交半年的租金,足足可以租下来一年啊!他立刻冲进店内,指名要去这个房源看房,房产经纪人欲言又止,但见他坚持,便还是从抽屉的最里面把钥匙找到,带着他去看房了。

房子很好,离医院就隔一条街,走路十分钟不到。各种家具家电齐全,一室一厅,卧室和客厅都朝南,而且客厅又隔出一间,还有张床,完全就是另一间卧室,实际上就是两室。以后还可以找人来合租,这样更加省钱。医生的小算盘打得啪啪直响,看过之后就满意地打算和中介签协议。

这必须捡漏啊!否则寝食难安!

房产经纪人看医生真的要租,迟疑半响,才下定决心说道:"客人,您就不好奇这房子为什么这么便宜吗?"

"啊?有什么问题?"医生立刻收了笑容,追问道,"水电费欠费太多?厕所漏水?

还是有极品邻居放摇滚扰民？"

"比那个严重多了。"房产经纪人瑟缩地左右看了一眼，压低了声音，像是怕被什么东西听到一般，"这是一个凶宅，死过人的，还是枉死……之前有几任租客都租过，没多久就都退租了……"

"哦，这没什么嘛！"医生还以为对方会说什么难以解决的问题呢，闻言松了口气。他一个学医的，生老病死见得多了去了，难道还怕这个？

房产经纪人劝了又劝，见医生毫不介意，便也不再说什么了。毕竟他仁至义尽，该说的都说了，反正这房子租出去的佣金虽然少，但苍蝇再小也是肉啊！

两人愉快地回到房产中介签订了合同，医生交了钱，便拿到了钥匙。从看房到签合同全过程不超过一个小时，还没到中午吃饭的时候。

反正宿舍的东西不算太多，难得的休息日如果不赶紧搬家，估计下周才能住上新房子。医生索性回宿舍收拾了一下，暂时先带了必需品过来，等明天淳戈有空再借他家里的车搬家。洗洗涮涮拾掇拾掇，买买生活用品，等淳戈下班的时候，就弄得差不多了。

"哎哟喂！行啊你！不声不响地就租完房子了啊！"淳戈得到了消息，拎着暖房的吃喝，上门查看，"居然还有一张床！这是不是说如果下班太晚的话，我直接可以睡你这里啊？"

"行！哥也不坑你，房租是睡一晚一顿早饭钱！"医生打趣道。以这么便宜的价格租到了房子，让他心情很好。不过还是不要把这是凶宅的事情跟淳戈说了，这家伙胆子太小，知道之后肯定都睡不着了。就只说了之前这间房子的主人出了意外，家人不想睹物思人，所以才把房子便宜租了。

"咦？不是说明天才搬家吗？怎么今天就把这走马灯带过来了？"淳戈留意到厨房的台子上摆着眼熟的走马灯。走近一看，倒抽一口凉气，"我就知道，你能这么快租到这房子就是福事。你看，走马灯又变了下一幅纸画！"

"我是打算拿来当夜灯的。"医生一愣，他倒是忙着收拾，没注意。不过他也挺好奇塞翁失马的第五张图画的是什么，毕竟流传到现在的寓言里，只到第四张纸画。

走马灯上的纸画在温暖的黄光下映照得纤毫毕现，画着的内容一看便知。

塞翁的儿子因为没有参军，留在了故乡，却因为战火侵袭，村内劳力都被征兵征走了，农田无人耕种，十室九空，饿殍遍野。塞翁和塞翁的儿子两人饿得奄奄一息。

医生和淳戈对视了一眼，前者扯出一个勉强的笑容道："这个……也许是预示着我租房子花光了钱,会没钱吃饭?不过我不是还有你可以借我钱嘛!"

"如果只是这么简单就好了……"淳戈总觉得有种不祥的预感。

陆

第二天,淳戈借来了家里的车,帮医生把宿舍里的东西都搬走了。因为都是男生,平时也没有太多物品,淳戈看车厢内还能装下,便把自己的东西也收拾了一下顺便一车带走了。而且在帮医生往新家搬的时候,又那么不小心地把自己的东西也搬上去了几件。

医生看到也没说什么,这家伙要是来他家住,他举双手欢迎啊!这样他的早餐就有人包了啊!

淳戈自从套出了医生花了多少钱租的房子,总觉得他捡了个大便宜,来来回回地问他在这里睡了一晚有没有什么异常情况。医生表示没什么问题,就是睡到半夜隔壁好像有些吵。现在房子的隔音效果都不行,外面不远处就是商业街,大晚上的还能听到飞驰而过的汽车轰鸣声,但这并不影响睡觉。

淳戈狐疑地在房间里转来转去,用鸡蛋里挑骨头的目光来挑剔着这个房子,甚至挪开书柜家具,不检查清楚不安心。

"咦?这墙上有根红线,是电话线吧?"淳戈挪开了一个单人沙发,看到了一根红线。

"可能是吧,不过我都有手机了,就不用开通固定电话了。"医生拿着拖把拖着地,"这沙发就换个位置吧,放那里!放那里!"

淳戈按照指挥行事,不过总觉得墙上那根突兀的红线很奇怪,对于强迫症来说,总想要拔掉。他看了几圈,最后干脆找了一个小茶几放在前面挡住了。

之后淳戈又在柜子里翻出来一箱落满灰尘的书。令他惊奇的是,这些书籍居然都是医学相关的,还有很多都是外国的原文书,上面都做满了笔记和书批,笔迹娟秀,书的扉页上写的名字是"李桦"。

"应该是个学姐。"医生觉得这些书的主人是个妹子,因为像他们汉子很少有这么细心地做笔记。而且这个出租房后来虽然改了格局,也换了家具布置,但从一些装修的细节上依旧能看得出来费了很大心思,有些少女心。

"还是个学霸学姐。"淳戈翻开书看了看,虽然这些书都有些年代了,但依旧能看得出来这些都是当时顶尖的医学资料,至少以他们现在的水平还看不太懂。

"唉,可惜了。"

两人都觉得那位枉死之人,应该就是这位学姐。唏嘘了一阵之后,两人就愉快地把这箱书笑纳了。反正放着也是落灰,还不如物尽其用。他们擦拭干净书籍之后,把它们整整齐齐地摆放在书架上。

安顿好了之后,医生就匆匆回医院继续上班了,他只是请了半天假,还是苦苦哀求主任才得来的。若是回去晚一分钟,恐怕就会被扒一层皮。

淳戈被医生塞了一套备用钥匙,倒是也不急着走,从书架上抽了两本书坐下来打算看一会儿。不过当他刚翻了两页,就觉得屋里实在是太静了。

那是一种难以形容的寂静,有医生在的时候还不觉得,等到只剩他一人,就是寂静得难以忍受。像是掉入了一片黏稠的液体之中,除了自己的呼吸声,什么都听不见。不知道这是不是心理作用,淳戈总觉得背后发寒,整个人都毛骨悚然。

可是这里明明临近商业街!怎么可能什么都听不到!连车声都没有!

淳戈越想越害怕,立刻站起身,连书都不看了,拎着钥匙就锁门走人。他也没打算和医生讲,毕竟这事看起来更像是他自己吓自己,他也没脸说啊!

医生搬完家的翌日,主任宣布恭喜他们勉强通过了考察期,正式进入实习期。

实习生们听到之后一片哀号,这么折腾居然还是考察期?他们好不容易才适应了一些,结果告诉他们接下来更艰苦?

不过可能是被折磨惯了,医生再苦再累也咬牙坚持着。好在他及时搬了新家,回家早,起床晚,算下来每天能多睡上两小时。所以就算在医院被加重了负担,医生也觉得比之前要好太多了。

只是令他奇怪的是,淳戈的家要略远,但淳戈却一次都没提出来在他家借住。医生邀请了几次,见淳戈没答应,也就不再提了。不过医生早就打算好了,什么时候淳戈来他家住,他就提出让他请客,去商业街那家看起来无比高大上的韩家私房菜吃一顿!

每次上班从那古香古色的门口路过,医生都会想象着那里面的吃食会有多美味,总是口水直流。可是想象都是丰满的,现实是骨感的,没过几天医生就发现那家店被绿色的幕布遮了起来。他在隔壁吃小笼包时,听街坊邻居八卦,说是换了东家,不再开饭店了,而是要开古董店。

这老板是怎么想的?在一条满是吃喝玩乐的商业街上开古董店?不应该去古玩一条

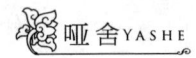

街吗！

医生吃大餐的梦想破灭，一整天都很低气压。而这一天还特别忙，高速路发生了连环车祸，他们一直在急救室工作到半夜11点多才被轮换去休息。这个时间已经没有公交车了，医生便再次邀请淳戈来他家睡一晚。淳戈犹豫了一下，真的是太累了，一想到明天早上还要早起，也就同意了。

医生回到家随便洗洗倒头就睡了，一夜无梦。

感觉好像刚躺下没几分钟的样子，就被人推醒了。医生艰难地睁开眼睛，就看到有人坐在他床边，窗外的天刚泛起了鱼肚白，微弱的天光透过昨晚忘记拉窗帘的窗户照进室内。因为背光，根本看不清楚这人的脸容，更显得这场景阴森恐怖。

"你干吗？！"医生打了个寒战，脑内的想象力狂奔，彻底醒了。他定睛一看，才发现是一脸惨白的淳戈。这才反应过来他昨晚是邀请了淳戈回来在客厅睡了一晚的。

"房……房间里……有东西……"淳戈说话的声音都是颤抖的。

"有什么东西啊？"医生拿起床边的夜光闹钟一看，还远远没到他设置的时间，便打算蒙上被子继续睡个回笼觉。

淳戈怎么肯让他如愿，拽着他开始诉苦。

据他说，这一整晚他都没怎么睡，总感觉一闭上眼睛，就有人在看着他。身上各处都不停地传来被刀割开的痛感，他挣扎着爬起身，跑到医生的房间，却不管如何都推不醒对方。他甚至想走连门都打不开，想要报警手机没信号。

"你再不醒我都要崩溃了！"淳戈抓狂地说道。

其实他现在看起来都已经崩溃了。

医生在心里吐槽着，安慰对方道："是你想多了吧？身上有不舒服的感觉？是不是你没有及时晒你那床被子啊？我就说你不能犯懒，现在都有跳蚤了吧！至于怎么出都出不去，打电话没信号，估计都是你的幻觉。因为最近都没休息好，所以鬼压床了吧！哎哎，虽然是鬼压床这么惊悚的名字，但医学上这是睡眠瘫痪症的症状，你是个学医的啊！不能相信唯心主义嘛！"

淳戈见他怎么说医生都不信，也来了脾气，穿上外套和鞋子就走了。

医生听着外面关门的声音，重新躺下睡回笼觉，自言自语地嘟囔道："这不是能开门出去吗？真是的……"

等到天色大亮，闹钟响起的时候，医生才不情不愿地起床。仔细回想一下早上发生

第十一章 走马灯

的事情，决定上班的时候要去嘲笑淳戈。

不是说好了今天早饭他请客的吗？！为了逃脱请客，用这么一招可真是太 LOW 了啊！

医生憋足了一肚子的话，结果到了医院却发现淳戈今天压根就没来上班。发消息没人回，打电话也没人接，医生开始有些担心了。等到中午，医生实在没忍住，跑到主任的办公室询问。

"淳戈啊？他请假了，明天来上班。"主任一反平日里的严肃认真，笑得格外慈祥。

医生抖了抖，硬着头皮追问道："主任，你怎么批假了啊？而且还那么高兴？"不是应该严厉批评这种请假行为吗？

"我看起来是那么不讲情面的人吗？"主任冷哼了一声，"每个人都会遇到突发事件，就算是身为医生也不可能百病不侵，请假不是很正常的吗？再说如果强挺着不请假，心中有事或者身体不舒服，这样反而容易走神做错事。我们如果做错事，那严重了可是会出人命的！知道了吗？以后有事可以请假！"

医生没想到自己只是问了一嘴，就又被教育了半天，连忙唯唯诺诺地应了。

"不过要是请假的次数太多，想要混日子，考勤过不去，那我也只能做辞退处理了。"主任连敲带打地说教了一番，才放医生离去。

医生耷拉着脑袋，淳戈不来就不来吧，同事们都知道他们关系好，这货的工作还都推给他做了，他这一整天一个人当两个人用，感觉自己都累瘦了两斤。

必须要让淳戈请吃大餐了！

等医生第二天再见到淳戈的时候，却没来得及提出这个要求，就被拽到了角落里。淳戈神神秘秘地塞了一个巴掌大的木盒子给他。

"这是什么？"医生低头一看，发现是一个灰扑扑的木头盒子，上面的木漆都掉了一些，看起来破旧不堪。

"这是好东西！我特意回了趟老家去庙里给你求来的！你回家放在地上，镇压邪物！"淳戈拍着胸脯保证着。

医生只觉得匪夷所思，什么好东西？不会是被哪个和尚给骗了吧？他正打算打开看看究竟是何物，淳戈就立刻按住了他的手。

"不行，你不能看，也不能乱碰！"淳戈犹豫地想了想，咬牙道："算了，还是等下了班，我亲自去你家一趟吧！"说罢把木盒从医生怀里抢了过来，生怕他乱开。

205

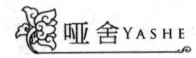

医生看着好笑，也没当回事。

等下了班，淳戈果然抱着那个木盒去了医生家里，神神叨叨地找了个地方，放在了那个有电话线的墙角处。淳戈像是一刻都不敢多留，立刻就打道回府了。走之前他特意看了眼走马灯，发现还是原来的那幅纸画，说明祸事还没有渡过，叮嘱医生多加小心。

医生却并不当回事，而是对着墙角的那个木盒子看了好久。结果吃饭也想，洗澡也想，刷牙也想，躺在床上还在想。这下可好，不打开看看他都睡不着觉了！

替自己找了个要检查家中所有东西的借口，医生便掀被而起，走到客厅那堵墙前，犹豫了半晌，还是打开了那个木盒。

木盒之中，静静地立着一枚看上去像是秤砣的金属制品。

医生好奇地拿了出来，发现这是一枚青铜铸成的老虎雕塑，上面还有一些锈迹斑斑的铜绿。那老虎脚踏在一座山石之上，昂首怒吼，倒是惟妙惟肖。

不过怎么看，怎么觉得这是骗人的玩意。

医生把这铜老虎放了回去，想了想觉得这木盒放在这里也不碍事，索性也就不移动了。

在他站起身往卧室走时，却差点被绊了一跤。他低头一看，发现是那根从墙上伸出来的红色电话线。

奇怪，也许是今天淳戈搬茶几的时候，不小心把这根电话线拽出来了吧。

想着有空要记得把这电话线剪断或者折起来收好，医生打着哈欠走回卧室，完全没有看到那根红线无风自动，竟"嗖"地一下钻进了没盖严盒盖的木盒之中……

医生躺在床上的那一刻就睡着了，但半梦半醒之中，发现自己竟然身体不能动了！

在意识之中，他还能清楚地判断出来，他现在应该就是产生了他曾经说过淳戈的那个睡眠瘫痪症，也就是俗称的鬼压床。可是随着时间的流逝，他却觉得莫名地恐慌了起来。

身上真的开始像淳戈所说的那样，一下一下痛了起来，就像是被人用刀割下一片片肉一般。

医生想要起床，却四肢无力，根本无法坐起身。想要大叫，却完全喊不出声。

他转动着眼球，希望能从活动眼部肌肉开始，从这种睡眠瘫痪症之中解脱出来，却在转向房间一角的时候，看到了一道红色的影子蹿过。

如果他没看错的话，那是一条……红色的龙？

第十二章 博压镇

认识我，也不见得是件好事呢……

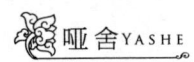

壹

　　睡眠瘫痪症经常出现在人将要进入到深度睡眠或者快要清醒的时候，多发于青少年时期，经常熬夜压力大休息不好的人最容易发生这样的情况。

　　因为意识清醒，身体却无法动弹，像是有千斤大石压在胸口，再加之与梦境相结合产生的幻境，所以被人形象地称之为"鬼压床"。

　　说来也奇怪，医生从未遇到过鬼压床。

　　所以在刚刚意识到的时候，医生还很严肃地反省了一下最近是不是太忙了，身体都受不了了，在向他隐晦地抗议。

　　但随着身体上的疼痛完全无法忍受了之后，他便不由自主地恐慌了起来。

　　再加上他分明看到屋内黑暗的角落里，那条一闪而过的赤色身影。

　　医生回忆着淳戈的话，从他描述的遭遇之中，完全没有提到过会看到一条赤龙啊！

　　难道是木盒里的……不对，那是只老虎啊！并不是龙！

　　越是思考，医生就越是混乱。

　　他告诉自己这是"鬼压床"而已，身上疼是因为被子虽然晒过但还是有了跳蚤……不对，因为肢体临时性瘫痪，处于麻痹状态，他应该是感觉不到身体的疼痛才对！

　　所以，这一切都应该是他的脑电波在快速动眼期产生的幻觉，准确地说他看到的也都是他的梦境。

第十二章 博压镇

日有所思夜有所梦，据说日前有研究表明，梦境有可能是大脑根据过去一周里发生的事情所形成的。也许是他平日里看到的东西，影射到他的脑海。

对，之前电梯坠毁事件里，出现的那个唐装男子，身上就穿着一件绣着赤龙的唐装。

也许因为此人救过他一次，在潜意识里，他第一个想到的就是对方。

看，再仔细看看，那里果然有个人。那条赤龙是那人身上唐装的刺绣，因为衣服的布料是黑色的，屋里也没有开灯，所以一眼看上去才只看到那条赤龙。

医生简直都为自己严谨缜密的逻辑推理点赞了，但他也觉得幻想出来的人影并没有什么用，他身体上的感觉是越来越痛了，甚至让他都忍不住想要大叫。

跟淳戈所体验过的一样，他也喊不出声。

医生心中焦急，虽然他理性分析得头头是道，但因为从未遇到过"鬼压床"，难免有些心惊肉跳。也不知道是因为淳戈之前的渲染，还是身上无法忍耐的痛感，他总觉得如果再这样继续下去，他也许会永远醒不过来了。

正焦躁不安时，他隐约听到有人在他耳边喃喃低语。

"奇怪，有长命锁护体，阳气旺盛，理应不会遇到此等灵异之事……"

长命锁？怎么有人知道他戴着长命锁吗？还是他幻想着自己从小戴到大的长命锁是什么特殊的护身符，而产生的幻听？

医生呆呆地看着慢慢接近的年轻男子，视线里一张俊秀的面容越来越清晰。

怎么连对方的长相也都幻想出来了？

这个唐装男子好像拿出了什么东西晃了一下，医生瞬间感觉到手脚恢复了知觉，蚀骨一般的疼痛也如潮水般退却。

医生一个鲤鱼打挺坐了起来，直勾勾地看着正在床畔站着的年轻男子，自言自语道："咦？居然还在？那我是还没醒过来？"他一边说着，一边还伸出手去握住了对方的手。

看，冰凉冰凉的，果然是没有温度。

捏了捏。咦？这种触感，这是……真人？

医生连忙松开手，震惊地揉了揉眼睛，把床头柜的眼镜戴上。他还掐了下大腿，痛得龇牙咧嘴还不忘质问道："你……你是怎么进来的？我明明锁好了门的！"

唐装男子却并没有理会他的问题，反而在屋内四处查看起来。

医生跳着脚下了床，去按墙上的开关，却毫无反应，依旧是一片漆黑。"怎么这时候还停电了？"医生为了缓解心惊胆战的气氛，尴尬地笑了两声。

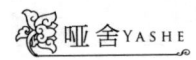

唐装男子却皱了皱眉,刚想开口说什么,客厅那边就传来了一声闷响,像是什么东西崩裂开了,震得地板都晃了晃。

"难道是新买的暖瓶爆了?网上买的就是不好啊!"医生干巴巴地猜测着,但实际上这话说得连他自己都不信。那声音根本不像是一个暖瓶爆了就能发得出来的。

唐装男子抬脚往客厅的方向而去,医生环顾了一下黑漆漆的卧室,觉得一个人留在这里更恐怖,连拖鞋都来不及穿,立刻跟了上去。

说来也奇怪,明明这个人莫名其妙地闯入了他的家里,身份也不明,但医生下意识地就觉得对方不会对他不利,反而让他有种可靠安心的感觉。

毕竟,若是这唐装男子想要对他做什么,刚刚也早就做了。而之前的电梯事件,其实也可以说是阴差阳错的巧合,但医生却觉得是对方特意救了他。

从卧室走出来,就能看到厨房那边隐隐传来淡淡的温暖光芒,破开了这一片阴气森森的黑暗。

"这不有电吗?看来是卧室的灯坏了。"医生松了口气,觉得他把走马灯整夜开着当小夜灯,是个很明智的决定。他扫了眼客厅,发现没有人,便朝厨房走去。

那名唐装男子果然是站在走马灯旁边,温暖昏黄的灯光打在他俊秀的脸容之上,更显得他神仪明秀,朗目疏眉。他听到医生的脚步声,却并未回头,而是轻声叹道:"原来是走马灯,怪不得……"

这声音如清风拂耳,摄人心魄。医生怔然,原来他之前半梦半醒之间听到的声音,果然是这个人说的。他连忙追问道:"这走马灯果然有问题吗?"

唐装男子低垂眼帘,沉吟了片刻,像是在犹豫是否说实话。眉宇间沉积的郁色,最终化为了惆怅无奈,开口叹道:"祸兮,福之所倚;福兮,祸之所伏。这盏福祸走马灯,是民间一位做走马灯的大师所做的精品,画了塞翁失马焉知非福的故事,本意是告诫世人看淡世情,以平常心处世。"

"福祸走马灯……"

"可是随着时间的流逝,这盏福祸走马灯的灯纸因为各种各样的原因破损,流传到某人手中之时,被人指点,用暗琉璃遮住了五面,只留一面示人。这盏福祸走马灯,便彻底成了邪物。"

"邪物?!"医生大惊,下意识地后退了一步,但又觉得离这位唐装男子远了不太安全,悄悄地朝对方又靠近了一小步。

第十二章 博压镇

"这盏灯每次只会现出一张纸画，会预示着拥有这盏福祸走马灯的主人即将遭遇的是祸事还是福事。祸事之后是福事，福事之后是更大的祸事，就像是滚雪球一样，越来越让人难以承受。"

医生回想着，他最开始遭遇的祸事，也不过就是没有被医院聘用。而第二件祸事就已经要摔断他的腿了，那么这么推算，第三件祸事岂不是要他的命？！

那唐装男子转头看向了医生，像是猜到了他心中所想，点了点头道："没错，这盏福祸走马灯从改造以来，从来没有转到过第六张纸画，没有人能转完一个轮回。可叹那位最初的拥有者，本想着是要拥有最大的福事，却因为贪心而丧命。"

医生刚想冲口而出说他骗人，就忽然想起这盏福祸走马灯是殷韩的遗物。而后者也是被省医院录取之后，遭受意外而亡……

越想越心惊肉跳，医生立刻上前把电源插头拔了下来，可是断了电的走马灯依旧亮着，那原本看起来温暖柔软的光芒，现在在医生眼中却是如幽冥鬼火般恐怖。

"这……这都断电了……"医生的声音都有些颤抖了。

"断了电也没用，这福祸走马灯只要走到了第五张纸画，就无法再停止下来了。"

医生瞪着眼睛看着那张画着饥荒的纸画，又看了看那名唐装男子，期待对方能搞定这件事。

唐装男子伸出手来，在医生希冀的目光中，拎起了那盏走马灯，往厨房外走去。

医生连忙跟上，却见那名唐装男子并没有走出大门，反而朝客厅而去，其间时不时地拎着那走马灯上下晃动，不知道有什么神秘奇妙的意义。

最后，那唐装男子在一堵墙面前蹲下，皱眉道："这墙裂了。"

医生震惊，原来这家伙真的只是把这么恐怖的福祸走马灯当成照明来用啊！喂！这样大意真的没关系吗？！

内心吐槽归吐槽，医生还是走了过去，面前的这堵墙裂了一道手指宽手臂长的缝隙，黑黝黝地像是有一阵阵的冷风从里面吹出来。他又仔细看了看，发现地上的木盒被掀开，而那根红色的电话线不知道怎么缠绕上了那个铜老虎，整个都嵌在了墙壁的缝隙之中。

就像是……就像是那根红线是有生命的，想要把那个铜老虎拉到墙壁中去，被墙壁阻隔，进而裂开……

医生不寒而栗，觉得自己的想象力实在是太丰富了一些。他强迫自己从实际来考虑

问题："这墙裂了可怎么办？是不是要给房东赔钱啊？我才住了没多久，要不找个水泥工糊上吧……不过不知道邻居那边有没有影响，明天抽空还是要去隔壁问问看。"

"不用去隔壁。"唐装男子打断了他的碎碎念。

"啊？为什么？"医生奇怪。

"因为这道墙壁的另一边，根本就不是另一户。"唐装男子的声音凝重，却并未解释。

医生刚想追问，就听到卧室那边传来了手机铃声，他来不及多想，直接回卧室拿起床头柜上的手机。屏幕上显示的是淳戈来电，医生便按下了接通键。

"终于打通了！你刚才在干什么？怎么一直不在服务区内？！"淳戈的大嗓门从手机听筒里喷出来，医生立刻把手机拿远了一点。

"我也不知道为什么，一直在家啊！"医生无力地说道。

"就是因为你在家我才担心啊！"淳戈忽然声音压得很低，"你知道你住的房子有什么问题吗？"

"啊？什么问题？"医生又把手机贴回了耳朵上。

"我去拜托人查了下'李桦'这个名字，结果没想到居然是十几年前骇人听闻的案件凶手！"淳戈的声音都透着寒气，"这位李桦是我们的学姐，因为男友背叛，便用手术刀一刀一刀地片下了对方的血肉。最后据法医鉴定，那个可怜的男人在还剩下一个骨架的时候，居然还活着！"

医生吓得一个哆嗦，差点把手机都扔在了地上。

"当然，最后那个男人还是死了，李桦自首。由此可推断，你住的那间房子是凶案现场啊！快搬出来！"淳戈着急上火地催促着。

"可是……凶宅也没什么吧？"医生还是舍不得这么便宜的房租，虽然遭遇了鬼压床，但他也没发生什么嘛！

"没什么？！我又查了一下你那栋楼的平面图，你住的那间房根本不对劲！本来应该是两室一厅的！也就是，客厅那堵墙后面，用水泥封了一个房间！"淳戈恨铁不成钢地吼道。

医生毛骨悚然，突然想起了刚刚那名唐装男子所说的话，墙壁另一边根本就不是另一户……原来，竟是这个意思吗？！

"而且更恐怖的是，据传那男人被割下来的肉并没有全部找到，谁知道那个房间里

第十二章 博压镇

封了什么乱七八糟的东西！喂？喂！你在听我说话吗……喂……"

电话忽然间就断掉了，医生盯着屏幕上"无服务"的字样，背后蹿起了阴寒的冷意。他几乎同手同脚地往外面挪去，路过客厅的时候，眼角余光瞥见那名唐装男子还蹲在那里研究着墙上的裂缝。医生却越想越觉得恐怖，几步冲到了门口，便想要逃离这个诡异的房子。

可是，门如同严丝合缝似的，完全打不开。

医生使出了吃奶的劲儿，累得浑身大汗淋漓，可往日轻易就能拉开的门，却如同有十万斤重，纹丝不动。

"在解决了那东西之前，你是出不去的。"

医生被突然出现的声音吓得魂不附体，慢一拍才反应过来这声音他刚听到过，连忙转过头，发现唐装男子正站在他身后不远处。也许是对方一脸镇定的模样让医生稍微冷静了些许，他鼓起勇气颤抖着问道："那……那东西……是指什么？"

"就是死于此地的冤魂。"唐装男子平静地叙述道，"一般来说魂魄只能在世间留存七日，只有执念颇深的冤魂才能长久流连不去。"

唐装男子边说边走回客厅，医生见状赶紧跟上。他听到此言，深以为然，那倒霉男人可是活活被凌迟致死，换谁估计都受不了。

"其实若无人供养，这只冤魂也不会困于此地甚久。"唐装男子指着那堵裂开的墙，淡淡道："这房间的格局被人改过，那堵墙后面封着的，恐怕就是那只冤魂。"

"所以……之前那些租户没住几天就退租，还有我朋友来借住经历的，都是这冤魂所为？"医生想到淳戈的描述，忽然感觉有点不对，"不过我之前也没感觉有什么异样啊？偏偏今天晚上出事？"

"你身上有护身符，一般妖魔鬼怪不得近身。今晚出事，是因为这个东西。"唐装男子张开了手掌。

医生借着走马灯的光芒，看到了他掌心中躺着那只淳戈送来的铜老虎。

"这是博压镇。"唐装男子知道医生听不懂，继续解释道，"简单地说，这是一枚镇纸。镇，博压也。在纸还没有发明出来的古代，这种就叫作镇石，用于压镇席子或者床帐，所以一套有四枚。后来又成为了六博棋的棋镇，置于棋盘四角。在古墓中，博压镇也是那时所流行的镇墓辟邪的随葬品。"

"那照这样说，这应该是镇压邪物的宝物啊！怎么反而适得其反了？"医生知道淳

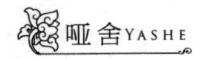

戈肯定是好意,送这东西是要救他的。

"你那朋友求的人,估计也是一知半解。这博压镇一套四枚要同时出现,才能灵力加成,自成体系,镇守一方天地。这套博压镇如若我没有看错,应是四神博压镇。这枚白虎博压镇按照五行学说,应该放在正西方。这放的方位错误,又孤掌难鸣,岂不是送上去的大补品?"唐装男子话音未落,那根红线就如同有生命的毒蛇一般,朝他手上的白虎博压镇窜去。

医生一声惊呼,却被那名唐装男子飞快地拽出了客厅,眼看着那条红线在眼前越蹿越长,如附骨之疽一般,穷追不舍。

眼看着那根红线就要抽到他脸上了,一只白皙如玉的手毫不犹豫地抓住了那根红线,同时把他甩向了卧室。

卧室的门砰然关紧,门外一声低喝道:"乖乖待着,不要出来。"之后便是一阵令人心胆俱裂的搏斗声。

医生又怎么肯让陌生人为自己出生入死?他拧着卧室的门,却像是之前开大门时一样纹丝不动,也不知道对方是用了什么神秘的手段。

医生只能心惊肉跳地贴着门板听着外面的动静,想象力大开,简直是煎熬。

也许是过了很久,也许只是几分钟,医生已经完全无法判断时间的长短了,当卧室的门把转动的时候,他下意识地退后了两步。

门缓缓打开,伴随着走马灯温暖柔软的光芒,唐装男子站在门口。他的样子稍显狼狈,本来梳理齐整的发型变得有些凌乱,本来就足够白皙的脸色越发显得苍白。也许是医生的错觉,总觉得对方身上赤龙服的颜色又深了几分,像是血液的颜色。

"已经无事了。"唐装男子轻描淡写地说道。

医生壮着胆子走出去看了看,发现客厅那堵墙上的裂缝还在,但红线已经消失不见。

"明日找个水泥工,堵上即可。"唐装男子淡淡地说道。虽然除掉了冤魂,但这间房子为了豢养怨鬼而被改了格局,又被其盘踞多年,阴气十足,应该会招惹一些奇怪的东西。医生心这么大,估计不告诉他,他也发现不了。而且有长命锁傍身,医生倒不会察觉到什么异样。这次若不是突然出现的博压镇,也不会出事。水泥封住的室内摆放的也只是死者的遗物,并无大碍。唐装男子想了想,便也没有再多说什么。

医生还想再追问什么,手机铃声便震天响起。这点比什么测试都管用,一定是冤魂已收,磁场也恢复了正常,手机又有信号了。医生并没有忙着接淳戈打来的电话,而是

第十二章 博压镇

把目光放在唐装男子手中的博压镇上。这东西无论是不是能镇压邪物的宝贝，医生都自认无法驾驭。要是再惹来什么东西可怎么办？所以他想了想，开口问道："那枚博压镇，能否麻烦天师保管？"

"天师？"唐装男子一怔，随即勾起唇笑道，"天师是捉妖的。"

这唐装男子从见面以来，一直都是绷着一张俊颜，这一笑倒是如冰雪初融，仿佛身周的温度都瞬间回升了几度。医生呆了片刻，连忙道歉："抱歉抱歉，那捉鬼的是……道士？反正肯定不是和尚吧？"医生朝唐装男子头上的短发看了几眼。

"快接电话吧。这枚博压镇我就收下了，作为……'捉鬼'的报酬。"唐装男子的笑容加深了几分，蕴含着些许纵容和无奈。

医生连忙接了电话，装成睡眼惺忪的模样，几句话安抚了手机那边跳脚的淳戈，顺便确认了那枚博压镇是对方送给他的。他还想再多说几句，却见那名唐装男子转身要走，连忙匆匆挂了电话，追了上去。

"等等！你手受伤了！等我去拿创可贴！"医生早就注意到对方的右手掌心有擦痕，估计是刚刚握住红线时受的伤。

唐装男子闻言一愣，却也并未坚持离开，而是寻了客厅里的沙发坐下。

医生拿出医药箱，里面有着各种常备的急救药，有些是医院里才有的高级货，当然这也是医学生的福利。医生找到消毒的碘伏和创可贴，单膝跪在沙发前，低头细心地为对方处理着伤口。

唐装男子的目光落在了医生的颈间，他戴着的长命锁因为跑动而垂在了睡衣外面，在走马灯昏黄的灯光下，泛着润泽细腻的玉光。唐装男子的眼神专注，并没有注意到手上的伤很快就被处理完了。

"啊！走马灯上的纸画变了！这是不是意味着我的祸事已经躲过去了？"

医生欣喜的话语拉回了唐装男子的心神，他抬起头，正好看到茶几上的走马灯之中，纸画正缓缓地转动。那上面所画的，是在饥荒之中即将饿死的塞翁和塞翁的儿子，救了一名昏倒在地的男子，却不想那其实是微服私访的王爷。这位王爷感念他们的救命之恩，把他们接到了京城，赐予锦衣玉食颐养天年。

"这是……得遇贵人？哈哈，也许今晚我已经遇到了最好的事情呢！"医生收拾着医药箱，意有所指地笑道。

唐装男子苦笑，喃喃自语道："认识我，也不见得是件好事呢……"

"咦?你说了什么?对了,我还不知道你叫什么呢!"
"……再过一阵子,我的店就要开业了,离这里不远,欢迎光临。"
"咦?什么店什么店?现在捉鬼也可以开店营业了吗?"
"……古董店。"
……

医生从回忆中惊醒,他低头看着掌心中又恢复了原状的黑玉球,惊怒交加。

这是他的回忆?

为什么他没有任何记忆?

影像中的他和淳戈都是四五年前的年轻模样,而那名唐装男子和今天来家里的陌生人却没有半点区别,就像是……就像是岁月在他的脸上,没有留下任何痕迹一般……

医生呆呆地站在原地许久,久到连汤远都察觉到不对劲,跑出来看他在干什么。

医生先是把黑玉球放进衣兜里,关上门回到房间。然后去了汤远的屋,后者睡的就是客厅改的那个房间。医生站在那堵墙前,沉默了半晌,抬手把墙上的壁纸给揭开了。

"喂喂!大叔!你半夜不睡觉发什么疯啊!就算是生我的气,也不要糟蹋房子嘛!"汤远急得直跳脚,"你要看什么啊?咦,这墙之前裂过啊?这豆腐渣工程。不过,这修补的痕迹也太丑了点。"

"是我自己补的……"医生恍恍惚惚地说道。断断续续的画面闪过,他想起来那时因为囊中羞涩,又因为这条裂缝的形成太过于匪夷所思,怕旁人误会,便自己买了一点水泥和沙子,回来搅拌了一下,磕磕绊绊地补上了。之后又觉得惹眼,等又有了点钱之后,才买了壁纸糊上。

汤远眨了眨眼睛,没有接话。

医生把撕下来的壁纸随手往汤远手里一塞:"自己想办法贴上去吧!"

"喂!"汤远怒,刚想抗议,就发现医生大叔看着他的目光认真得让人害怕,"怎……怎么了?"

"今晚来的那人,你认识?"医生一字一顿地问道。

"是……是啊!他是我师兄!"汤远一开始说得有些心虚,后来又觉得这是事实啊!凭什么他要心虚?便挺起了小胸膛,一副骄傲的模样。

"我要见他,现在就要。"

第十二章 博压镇

贰

本应身在哑舍里的老板，此时却站在一处深山老林之中，天空乌云密布，星月无光，更显得此处阴森恐怖。

在山林的深处，蛰伏着一间废弃已久的宅院，院门口的灯笼早已破损不堪，碎裂的灯纸在寒风中猎猎作响，门前静默矗立的两只石狮子上面也爬满了变得枯黄的爬山虎枝条，猛然间看去，就像是被绳索缠缚捆绑在此。

若是陆子冈也在此地的话，就能认出此地是当年参加六博棋棋会的那个宅院。只是今时不同往日，这个宅院早已不复当年的恢弘大气，只余一片萧索。

老板站在宅院门前许久，才伸手推开那扇半掩着的大门。

院内的落叶铺满地上的青砖，看起来已经很久没有人来过的样子。

稍稍辨别了一下方向，老板便朝宅院的正西方走去。

这间六博棋的宅院并不似普通宅院那般坐北朝南，又或者是坎宅巽门。整个院落就像是一个棋盘一般，呈正方形分布，而四角正好处在东南西北四个方向。

只是初到这个宅院的人，没有天空上的天体识别方向，恐怕都不会察觉到这个异样，默认为此宅院是坐北朝南。

老板一路行来，只有夜风吹起落叶的飒飒声随着他的脚步声响起，他目不斜视，一直走到正西方的角落处。在院墙的根底下，有一座石台，在石台之上，嵌着一块铜质的把件。

老板的双目眯了眯，因为这正是他当年从医生手中收过来的白虎博压镇。

这块白虎博压镇本应该乖乖地躺在哑舍内间的某一个锦盒之中，可是如今却被人安放在了此处。若不是他查点哑舍之中的古物，还发现不了有些古董莫名其妙地失踪了。

也正是因为这枚白虎博压镇的丢失，老板推断出这间六博棋宅院出了问题。博压镇，镇，博压也。这其中的博字，可做众多普遍之解，也可指六博棋之博。

"若是我没猜错的话，其余三个方位之上，也都有一枚对应的四神博压镇。"老板看似喃喃自语，却转过头来，视线对准了回廊上的某处，"真是小看你了，竟然连散落四方的四神博压镇都能集全。"

"呵呵，我都已经重回现世，还有什么不可能的呢？"伴随着毫无起伏的阴冷声线，一个人影慢慢地从黑暗中走了出来。虽然身上的衣服和发型有异，但那张阴郁的面容和妖冶的双眼，都不会让老板错认他的身份。

"令事大人，好久不见。"老板不卑不亢地淡淡道，他此行早已有准备会遇到赵高，只是没想到对方会来得如此之快罢了。

赵高闻言却是轻笑，摇头叹道："这个称呼，倒是在不久之前才听到过呢。"

老板怔忡，脸色立变道："你见过大公子了？你对他做了什么？"在这个年代，能对赵高唤出令事大人这个称呼的，除了他之外，也就只有扶苏了。

"我能对他做什么？现在可是法治社会。"赵高摊开手戏谑地调侃了一句，一脸的无辜。

对于他的这句话，老板是半个字都不会信。他目光凌厉地看着对方半晌，开口徐徐道："赵高，你想要的是什么？"

"上卿此言何意？"赵高挑了挑眉梢，双手环胸，一副洗耳恭听的模样。

"你若是想要位极人臣，权倾朝野，也已经做到了。"

"你若是想要成为一国之君，那么胡亥也不是你的对手，完全可以取而代之，可是你并没有。"

"你费尽心机攀至高位，却把整个帝国玩弄在股掌之间，覆雨翻云，所为的就是将其亲手摧毁？"

"所有人都有自己想要的东西、想要成为的人、想要建立的功业。可是你的所有行事都完全无迹可循，我想不透。所以，在我从秦始皇陵爬出来之后，特意去邯郸调查了一番。"

老板空灵的声音在破败的宅院之中回荡着，说到最后一句时，赵高脸上泰然自若的表情终于有了些许变化。

他低头摩挲着指尖，轻笑出声道："哦？那上卿大人查到了什么？"

"赵高，为赵悼襄王赵偃的二公子，于长平之战坑卒之日出生，集四十万士兵血煞而生，被观测星象的太史令判定为凶兆而生之子。自小在王府中备受欺辱，因出生时辰被祖父厌恶，连族谱都没有登入。"老板缓缓说道，一时间耳畔仿佛出现了古战场厮杀血战的金戈铁马之音，再细细凝神听去，不过是落叶索索作响罢了。

赵高的嘴角弯起一抹令人玩味的笑容："看来，我是小看了上卿大人。"

"如此身世，令事大人在赵国过得极为艰辛，也是可想而知的。而令事大人与始皇帝的友情，恐怕也是从少年时期在邯郸结下的。"老板并不畏惧赵高眼中的寒意，继续说着他的推测。

"上卿所料不错。"赵高坦然承认。

"而令事大人在母后惨死之后转投秦国，辅佐始皇帝覆灭赵国。始皇帝赏赐你的那顶赵武灵王武冠，恐怕也有些许执念在其中吧？"老板想起当年那枚掀起波澜的紫蚌笄，不禁摇头叹道，"赵姬赵太后之死，恐怕也是你下的手吧？为的就是赐死赵悼倡后。当年大公子还被此事牵累，失去圣心，令事大人还真是下得一手好棋。"

"上卿当年所做之事，才真是令在下惊叹，不愧是师父所收的好徒弟啊！"赵高抚掌而笑，可是妖冶的双目之中却没有半点温度。

"令事大人一直在暗中助始皇帝一统天下，可在之后又毫不留恋地把这个帝国毁于一旦，做事全没准则法度，全凭喜好心意。这样肆意妄为之人，也无怪乎师父会将你封印在封神阵之中，永世不得超生。"老板的声音转冷，完全不在乎所说之言是否会触怒面前之人。

"看来，你知道的倒是真的很多嘛！"赵高随意地靠在廊柱上，语气却又恢复了毫无起伏的声调。

有些事，自是与他的小师弟汤远接触之后，对方告知他的。老板仰头看向乌云已经散开的夜空，两千多年过去，天穹之上的星辰却依旧按照着它们的轨迹运转着。

人生苦短，譬如朝露。

"人活在世上，所追求的理想也好，目标也罢，说到底不过就是为了在世上留下所存在过的证明。"

"人生短短数十年，有志者会追求去做名留青史的事情，让后人敬仰。抑或此举做不到，那遗臭万年也可以。"

"有些人，会写书或者故事，希望这些文字能够成为书籍，被人们口口相传，长长久久地存在下去。"

"有些人，会建造一些建筑，或雄伟磅礴，或美轮美奂，或层楼叠榭，或雕栏玉砌，以期可以永存世间。"

"也有些人，会做一些巧夺天工的瓷器玉器铜器等等，祈求这些物事精致到可以被权贵富豪收藏，祈求这些物事可以流传下来。"

"这其实也就是古董存在的意义，每一件都浸染了岁月的痕迹，都是许许多多的人存在过的证明。"

"那么，令事大人可否告诉我，你所追求的究竟是何物？若说令事大人所追求的是遗臭万年，那确实已经达到了。那么现今呢？"

老板一句接一句地质问，却并没有让赵高动容半分，他似笑非笑地哂然道："上卿大人既然找到此地，也应猜到几分了吧？"

老板沉默了下来，许久之后，才皱眉道："此地是师父所建，是为让胡亥以人为棋，下六博棋之用。而一旦出现生死，便可依照这盘棋的法则，褫夺对手阳寿。而依着师父的性子，这宅院并不会如此简单。"

"哦？"一阵夜风穿堂吹过，赵高束在耳后的长发四散而起，有些许遮住了他的面容，让人有些无法看清他脸上的表情。

"宅院如棋盘，四角也如棋盘一般，预留了给博压镇摆放的地方。而这一套四神博压镇一旦集齐，恐怕此处会自成一方天地，成为……阴宅……"老板说到最后，难得地有了些迟疑，"此处，应是师父为你准备的阴宅，只是最后怕无法将你一举拿下，才改的乾坤大阵，将你封印。"

"呵呵，当年那道人所建此宅，是为了跟我公公平平下一盘棋，以生命为赌注的一盘棋。"赵高轻蔑地嗤笑道，"可惜最终关头，他反而临阵退缩，诓骗我入阵，被活活囚禁了两千多年。"

"那你是要……"老板隐约猜到了赵高所求，但没有最后听到，实在难以置信。

"没错，我想要的，是把他欠我的这局棋下完。"赵高撩起吹到额前的碎发，露出邪魅惑人的脸庞，笑得志得意满，"以我和他为两方枭棋，输者便彻底从这世上消失。"

老板的眼中闪过一丝寒芒，冷然道："还有一种选择，就是不用下棋，我现在就去送你见阎罗王！"

只是还未等老板有所动作，赵高轻描淡写地一抬手，石台之上的四神博压镇转动了些许角度，就直接让老板胸口一痛，口吐鲜血，竟是直接站立不稳单膝跪在了地上。

"傻瓜，我是你的师兄，你想要做的，我又怎么会猜不到？"赵高露出一抹森然的笑意，转身便走。他阴寒的声音断断续续地传来："你最好在一年之内找到其余五个棋子和五名执棋人。我可以先透露一些信息给你，我这几年来收集了数不胜数的邪物，要谨慎挑选作为棋子的古物哦！"

老板擦掉唇间的血渍，目光锐利。

他绝不怀疑赵高所言的真实性，而其如此胸有成竹，恐怕哑舍之内收藏的古物，无一可与之匹敌。

难不成，要去中原各地的守藏库，挑选合适的古物?

夜风吹过，落叶簌簌作响。

老板缓缓站起身，表情凝重。

赵高这是抓住了他的软肋，让他无从选择。

可是守藏库……

老板摸着胸前的玉璇玑，这玉璇玑是开启守藏库的钥匙。自从当年此物不小心被扶苏滴血认主，每逢开启守藏库就只能带着扶苏前去。在扶苏过世之后，他就只能带着当时的扶苏转世同去。

扶苏之前被赵高提起，恐怕也已经落入赵高手中，后者才那么有恃无恐，不怕他不就范。

那么……就只有一个选择了吗……

他实在是，不想那个人再被卷入事件当中啊……

老板闭上了眼睛，攥着玉璇玑的手微微颤抖着。

【《哑舍》第五部　完】

后 记

哑舍第五部的主题，是拥有邪恶之气的古董。

这个世界有光就有影，有正就有邪，有好人就有坏人，有好的古董……自然就有坏的古董。

这世界也不是非黑即白没有灰色地带的。

在哑舍之前的故事当中，也有邪气的古董。例如会引起猜忌他人的天钺斧、可以挑起最大野心的玉带钩等等，但大部分还都是对主人有所帮助的好古董。

其实正邪与否，主要还是取决于使用它们的主人。就如同利剑可杀人，也可守护，端看持剑之人，是何心思。

人心是最难测的东西，所以这一部我打算挑战一下。

诸多诱惑人心、让人难以保持本心的原罪，我挑了一些来写。

后记

当面对一步步逼近的死神，如果你可以用别人的阳寿换取自己活命的机会……

当面临生死家国与君臣约定之间的抉择，你是会选择慷慨赴死还是颓然苟活……

当身处一个时间停滞的废墟，你是贪恋此处无尽的生命，还是拼命想要逃脱这个囚笼……

当面对国仇家恨与父亲期待有所冲突，究竟是忘记仇恨还是背负而活……

当陪葬死者的陶俑模拟了生者的身体，究竟是所谋何事……

当泼天的富贵迷了双眼，名和利都唾手可得，是否还能保持清醒的理智……

当可怕的占有欲盈满心间，阻拦在面前的无论是谁都可以挥手摧毁……

当心底的嫉妒如杂草般滋生，又拥有可令对方从这世间轻松消失的能力……

当复仇之后，是立即收手，还是殃及池鱼……

当可以看到既定的未来，是向命运低头还是奋起抗争……

当祸事之后就是福事，福祸相倚，究竟是人心不足还是天道轮回……

当镇压之物被邪气沾染，棋盘已立，以天下为棋，究竟胜负如何……

这回并不是像之前几部一样，着重于古代的故事，而更像是第一部那样古代与现代的故事交织，却已经没有了第一部那样童话梦幻般的爱情。也许是我现在的心境变成熟了的缘故吧……

拥有邪恶之气的古董写得有些压抑，也许大家看完这部之后心情会有些憋闷，但这也是正常的。世界不止有正能量，希望大家在遇到负能量的事情时，可以及时排解心情，不要扩大负能量在心中的影响。我选择这一部的主题，也是希望挑战一下人性的黑暗面。

不过有可能因为我本身性格就开朗乐观，并没有按照原计划每一章节都是黑暗的。好吧，就是不承认自己是后妈！事实上还是可以给大家发糖的亲妈！

当然，有些邪气古董的选择也是为了兼顾主线剧情，并不能成独立故事。还有一些关于邪气古董的设定因为篇幅关系没有来得及写，不过没关系，以后的剧情有机会就写出来给大家看！

这里照例和大家聊聊我在写这一部查史料时发现的有趣事情。

历史上的富豪很多，但最土豪最霸气的，当属石崇。

我很早就想写石崇这个人，但无论从哪个角度，这位爷怎么看都是反角的样子，所以我一直留到第五部才写他。翻阅了石崇的生平，我发现这位也是个厉害人物。

石崇的父亲是三国曹魏到西晋时期的重要将领，西晋开国元勋石苞。

"《晋书·卷三十三·列传第三》中曰：石苞，字仲容，渤海南皮人也。雅旷有智局，容仪伟丽，不修小节。故时人为之语曰：'石仲容，姣无双。'"

父亲是个大帅哥，那么儿子肯定也是。咳，这并不是重点，重点是石崇是石苞最小的儿子，但石苞临终的时候，却并没有把家产分给石崇，并且预测自己这个幼子虽小，后自能得，铁口直断了自家儿子以后的豪富。

石崇年纪轻轻便白手起家。嗯，史料上记载，这位是靠劫掠富商致富……做的居然是无本生意啊！当然那奢侈的斗富是真事还是后人添油加醋已不可考，但也足以说明石崇的奢靡。

我很早就看过石崇斩美人劝酒的记载，所以最开始构思出来的故事和定稿完全不一样，石崇帅气有钱又残酷无情，是个很有趣的角色。但随着我查找的史料越来越多，有关这件事的疑点就越来越多。

那"斩美人劝酒"的轶事，在《世说新语》之中《汰侈》的第一篇就挂在了石崇的名下。可《晋书·王敦传》之中明明白白地写着是王恺曾经置酒宴，斩美人劝酒。

"《世说新语·汰侈》：石崇每要客燕集，常令美人行酒。客饮酒不尽者，使黄门交斩美人。王丞相与大将军尝共诣崇。丞相素不能饮，辄自勉强，至于沉醉。每至大将军，固不饮，以观其变。已斩三人，颜色如故，尚不肯饮。丞相让之，大将军曰：'自杀伊家人，何预卿事！'"

"《晋书·王敦传》：时王恺、石崇以豪侈相尚，恺尝置酒，敦与导俱在坐，有女伎吹笛小失声韵，恺便驱杀之，一坐改容，敦神色自若。他日，又造恺，恺使美人行酒，以客饮不尽，辄杀之。酒至敦、导所，敦故不肯持，美人悲惧失色，而敦傲然不视。导素不能饮，恐行酒者得罪，遂勉强尽觞。"

后 记

《晋书》和《世说新语》之中所讲述的事情差不多，但宴客的主人却完全不同。

《晋书》之中的前文中虽有石崇的名字在，但依据古代请客的惯例，一般一次宴会只会有一个主人，就是文中反复提到的王恺。

原文之中并没有准确的年代，我只好根据晋书前后所提到的王敦官职和王导的反应推算出大概的年代，再与石崇的人生际遇比对，猜测在王恺设宴之时，石崇尚未发迹。

为此，我纠结了许久。

是为了故事的精彩而忽略正史？

还是要尊重正史，把已经设定好的故事全部推翻重来？

最终，我还是选择了后者。

因为若是我查资料的时候并没有注意到，彻底疏忽过去也就算了。知道了并非如此，强写出来的故事估计也不会让我自己满意。

我之后几易其稿，才有了现在《苍玉藻》的故事。

《世说新语》离石崇所在的年代不过百余年，就已经出现了张冠李戴的现象。不过《世说新语》是一本记载奇闻异事的笔记小说，加以润色也是这本书的看点。

至于《苍玉藻》之中提到的曲水流觞，真正出名的是在二十多年后的一次聚会，在那次酒宴上出现了天下闻名的《兰亭集序》。

我相信曲水流觞这个习俗，断不会是这次聚会首创的，所以才想象了一个王恺豪奢至极的场景，也不知道当年真正的富豪是否如此，再加之后面写到的金谷园，反正这已是我所能想象的奢靡极限了，希望大家满意。

像这样构思好的故事在查阅资料的时候被反复推翻的情况，实在是太多啦！多到我都已经麻木了……所以《哑舍》废弃的大纲和文档特别多，多到我自己都不忍翻阅……

不过第五部的故事，涉及史实的倒不是太多，能让我尽情发挥想象力写一些稀奇古怪的设定。

225

例如神奇的天光墟，各个时代的杰出人物可以忽略时光的界限，共聚一堂。不过碍于篇幅，没有继续展开，有机会后文应该还会出现这个副本地图。

《海蜃贝》源自于某一天晚上我做的梦，难得做得十分完整。也许是因为我的脑洞太大，每天晚上的梦境都如同美国大片一样，而且大部分精彩情节都会记忆深刻，即使醒过来都会记得。不过有许多梦境都没有逻辑，无法使用，《海蜃贝》这篇却比较例外。我记得梦中女主发现自己原以为死去多时的男主其实就在身边时，那种激动澎湃的心情，醒过来之后就立刻打开了文档。

而《青石碣》这个故事来源于我曾经看到过的一则新闻。一座几百年的桥头立碑，被醉驾的司机撞碎了。这条新闻已经很久远了，但我依旧记得当时看到这条新闻时的震撼。我并不记得那名司机是否受伤，新闻之中好像也没有那座碑被撞碎的画面。在岁月之中，被损坏的古董数不胜数，若是古董也有生命，它们是否也会不甘心呢？

至于老板和医生的初遇，是我在很久之前就已经想好的，只是一直想要放到这里来写。失去记忆的医生，回想起当年两人初遇时的情景，会是什么反应？这一部最后两个故事我一气呵成，写得十分畅快！希望大家看得也开心。

虽然预定要在这一部结局的，还是没有收尾成功，只能下一部继续努力了……
医生恢复记忆、老板与之相认、赵高所设的棋局……这些都要在第六部中去写了。

至于第五部结尾的时候所提到的守藏库，就是《哑舍》第四部之中提到的"库"的概念的延伸。

"《周礼·夏官·司弓矢》：'司弓矢掌六弓、四弩、八矢之法，辨其名物，而掌其守藏与其出入。'"
"《左传·僖公二十四年》：'初，晋侯之竖头须，守藏者也。其出也，窃藏以逃，尽用以求纳之。'"
古时的博物馆和藏书室，被称之为守藏室。而负责守藏室的官吏，被称为守藏吏。

后记

身负看守宝藏守护宝藏之责。相传,老子便是诸多守藏吏之一。准确说来,哑舍算是其中一处守藏室,而老板和师父也算是守藏吏。

每一部《哑舍》都有新的挑战,第六部我便打算换成探险模式,挑战一下我的想象力,希望能给大家展开一个不一样的哑舍世界。

去各地的守藏库寻宝什么的,说不定写到的地点就是大家去过的地方哦!

敬请期待!

必须郑重感谢一下各位勤劳辛苦的编辑们,《哑舍·伍》的出版离不开你们的努力。
当然,还要特别感谢晓泊,现在哑舍开业已经六年啦,从插图到画集,再到漫画,和他的合作也越来越好,我们一起继续努力。

最后还要多谢读者朋友们的支持,哑舍的成长也离不开你们的关注。如果喜欢这个故事,喜欢这家店,喜欢老板,那么就请继续期待吧!

至于《哑舍》的第六部什么时候出版……

这个我真没法保证,因为最近的脑洞真是一个接一个……坑越挖越多……第六部什么时候与大家见面……争取明年吧……泣……

玄色 于 2016 年 2 月 13 日

PS:郑重声明,截止到 2018 年 11 月,《哑舍》系列在市面上的小说只有《哑舍·零》《哑舍》《哑舍·壹》《哑舍·贰》(新旧两版)《哑舍·叁》(新旧两版)《哑舍·肆》(新旧两版)《哑舍·伍》(新旧两版)《哑舍》系列精装套盒以及《哑舍·古董小传》,《哑舍》漫画版(1-12 册),《哑舍·叁(漫画版)》(1-4 册),《哑舍·零》漫画(1-6 册)以及《哑舍大画集》《哑舍大画集·壹》《哑舍大画集·贰》《哑舍·四季歌》《哑舍·踏歌行》《哑舍 2018 戊戌年·经典纪念历》。此外,各种所谓同人、外传书籍都是假冒伪劣的盗版书,请大家认清楚,不要购买。

老板的时间轴

公元前238年,二十二岁的嬴政按照惯例到秦国旧都雍举行冠礼,并用天下闻名的和氏璧制成了玉玺。(《和氏璧》)

公元前232年,姬青盯着两枚几乎一模一样的犀角印,最终砸碎了其中一枚。(《犀角印》)

公元前230年,胡亥出生,秦始皇开始统一六国大业。

公元前221年,秦始皇统一六国,称始皇帝。

公元前219年,赵高送给胡亥一柄司南杓。(《司南杓》)

公元前214年,胡亥耽于玩乐,修建和六博棋棋盘一样的庭院。(《六博棋》)

公元前213年,胡亥非常想要父皇赐给他兄长扶苏的青镇圭。(《青镇圭》)

公元前212年,道人在路过泗水彭城时,随手打捞了沉入泗水中的九鼎之一,重新炼制了一番,添加了乌金,最后便成了炼丹药的小药鼎。(《乌金鼎》)

公元前210年,始皇帝在出巡途中驾崩,赵高用白泽笔篡改遗诏,扶苏被杀。老板被骗到秦始皇陵,被杀。(《白泽笔》)

公元前209年,刘盈得到了一个看似永远盛满清水的漆盂。(《震仰盂》)

公元前207年,秦朝灭亡,胡亥"身死"。(《铜权衡》)

公元前202年,秦末乱世,老板假扮的韩信与项羽在垓下决战,项羽自刎于乌江江畔。(《虞美人》)

公元前202年,刘邦登基建立大汉,剖符作誓,赐功臣们丹书铁契。(《免死牌》)

公元前130年，陈阿娇皇后被罢退居长门宫。

公元前124年，霍去病从姨母手中得到一枚青铜镜。(《鱼纹镜》)

公元前110年，老板在市集之上，买到一个桐木偶人。(《巫蛊偶》)

公元前105年，汉武帝偶然间梦见逝去的李夫人，赠予他蘅芜香。汉武帝醒后遍寻不着，却闻到一阵香气，芳香经久不散。(《蘅芜香》)

公元3年，王嬿第一次从头到脚戴着金簪玉佩，厚施脂粉，以此生最美的装扮坐在未央宫中，成为了大汉皇后。可是她的夫君却用敌视的目光看着她。(《獬豸冠》)

公元10年，刘秀在地摊上用金错刀换了一个算盘，上面有一颗算盘珠却不能动。(《定盘珠》)

公元186年，汉末年间，老板在周家做夫子，教了两个学生，周瑜和周瑾。(《留青梳》)

公元190年，被幽禁的汉献帝刘协在快要饿死的时候，得到了几块馍馍和一枚玉带钩。(《玉带钩》)

公元294年，石崇参加王恺的宴会，回程的时候得到一枚青绿色的玉珠。(《苍玉藻》)

公元422年，刘裕在咽下最后一口气时，终于松开了那枚一直庇佑他逢赌必赢的骰子。(《象牙骰》)

公元448年，北魏太武帝收到一尊破裂的佛像，灭佛运动太过，导致其后代子孙均英年早逝。(《独玉佛》)

公元560年，高长恭得到一面战无不胜的黄金鬼面具。(《黄金面》)

公元600年，还是皇子的杨广辗转得到了一枚龙纹铎。(《龙纹铎》)

公元705年，中国历史上第一位女皇帝闭上了她的眼睛，在她的陵寝中用寿山石刻制了一座无字碑牌位。(《无字碑》)

公元 706 年，哑舍展出了一条价值连城的裙子，引起了长安上流社会的争相追捧。它的主人是安乐公主李裹儿。(《织成裙》)

公元 719 年，卢生郁郁不得志，进京赶考名落孙山。一天，他旅途中经过邯郸，在客店里倚枕而卧，梦到自己高中进士官至户部尚书，儿孙满堂，享尽荣华富贵，结果一觉醒来，发现店主家煮的米饭还没熟。(《黄粱枕》)

公元 866 年，一只漂亮的小翠鸟，被母亲从鸟巢中赶了出来。(《点翠簪》)

公元 951 年，十二岁的赵匡义在哑舍得到了一把据说只有天子才拿得起来的天钺斧，之后发现他的兄长赵匡胤也拿得起来此斧。(《天钺斧》)

公元 1061 年，王俊民中了辛丑科状元。不久，老板在开封府的某个巷子角落里，捡到了裂纹越发多起来的玉翁仲。(《玉翁仲》)

公元 1066 年，九月壬午，西夏大将仁多瀚率三万精兵进犯环州城，久攻不下。武襄公之子狄咏血战三日，三千人杀敌万余人，终因城墙崩塌而败。三千人无一人退降，尽殉国。(《无背钱》)

公元 1100 年，宋朝，哑舍在开封汴梁。老板遇到了宋徽宗赵佶。赤龙服绣上了龙纹，四季图认主。(《四季图》)

公元 1135 年，南宋，在杭州西湖的断桥边，白露借了一把伞给一名书生。(《白蛇伞》)

公元 1253 年，忽必烈率十万蒙古兵攻大理，高泰祥兵败被俘，被当众处死。(《影青俑》)

公元 1348 年，元末年间，老板在某一间小寺庙中找到一根很眼熟的蜡烛。
公元 1370 年，这座寺庙被改名为皇觉寺，但是蜡烛却少了最重要的那一根。(《人鱼烛》)

公元 1371 年，皇觉寺外，朱元璋放弃追逐人鱼烛，由此获得了一把可以分辨他人言语真假的折扇。(《五明扇》)

公元 1390 年，韩国公李善长一族被满门抄斩，李定远抱着爷爷给的一个铜匣，默默地咬牙许了一个愿。(《天如意》)

公元 1532 年，明朝，嘉靖年间，哑舍在苏州，陆子冈与夏泽兰相遇。陆子冈留在哑舍，得锟铻刀。

公元 1542 年，哑舍搬到京都，陆子冈与夏泽兰再次相遇，锟铻刀重逢。壬寅宫变，夏泽兰因为受到牵连而死。长命锁刻成。(《长命锁》)

公元 1552 年，陆子冈因为得罪皇帝被判斩首。(《锟铻刀》)

公元 1554 年，山东都指挥佥事戚继光在兵营里有请夫人阅兵。(《屈卢矛》)

公元 1673 年，清朝，康熙年间，哑舍在京城，老板为了躲避剃头令，成为戏子。约稿洪昇，阻止了他卖掉奚墨。(《廷圭墨》)

公元 1759 年，回部酋长霍集占叛乱被清廷诛杀，将军兆惠将其王妃生擒送与乾隆。乾隆封其为香妃，为了讨其欢心，从异域各地搜集来七颗颜色迥异的宝石水晶，做成了一条回忆手链送给了她。(《香妃链》)

公元 1925 年，10 月 10 日，北平故宫博物院成立。

公元 1933 年，2 月 6 日，故宫第一批文物古董开始正式装车起运，上百万件古董因为战乱，开始了万里迁徙。

公元 1945 年，康熙墓景陵被盗，随葬的九龙杯不知所踪。(《九龙杯》)

公元 1947 年，12 月，南京朝天宫，所有迁徙的文物古董终于又归于一处。

公元 1948 年，开始陆续有文物分批转往台湾。(《菩提子》)

公元 1965 年，湖北省荆州市附近的望山楚墓群中，出土了一把锋利的战国宝剑。(《越王剑》)

公元 2008 年，哑舍迁至杭州一条古老的商业街，医生在某个晚上推开了哑舍的店门。

公元 2008 年，老板卖给一个年轻律师一枚虎骨坡形扳指。（《虎骨韘》）

公元 2010 年，有杭州市民称在灵隐山麓的法云村附近，曾经目睹过一匹长颈短腿的神兽羊驼草泥马。（《山海经》）

公元 2010 年，大名鼎鼎的推理小说家萧寂身陷凶杀案，掀起了国内舆论对畅销小说内容导向性的争论。（《水苍玉》）

公元 2010 年，老板和医生为了找另一件金缕玉衣，去了趟秦陵地宫。（《赤龙服》）

公元 2011 年，胡亥发觉了自家皇兄转世的存在。

公元 2011 年，老板和医生去了趟埃及，找到可以召唤远古亡灵的亡灵书。（《亡灵书》）

公元 2012 年，扶苏占了医生的身体，老板开始收集十二种帝王古董镇厌乾坤大阵。

公元 2013 年，陆子冈从堆满奇珍异宝的哑舍内间中，翻出了一个罗盘。（《涅罗盘》）

公元 2014 年，北京燕郊发现一座明朝古墓，出土了若干件珍品，其中有一对镂空连理枝玉手镯，其内侧有清晰可见的子冈款，被专家初步认定是嘉靖年间著名琢玉师陆子冈难得一见的玉镯雕品。（《双跳脱》）

哑舍的故事，还在继续……

老板的时间轴 ~~~ 有待慢慢补充 ^_^

Ya she
哑舍·伍

作者
玄色

封面&插图
晓泊

封面设计
余一梅

内文设计
方茜

图片总监
杨小娟

特约编辑
罗长敏

执行编辑
丁琪德

责任发行
周冬梅

出版社
长江出版社

总出品
湖北知音动漫有限公司

制作出品
知音动漫图书·新阅坊

平台支持

图书在版编目（CIP）数据

哑舍. 伍/玄色著.
—武汉：长江出版社，2018.11
ISBN 978-7-5492-5676-1

Ⅰ. ①哑… Ⅱ. ①玄… Ⅲ. ①长篇小说—中国—当代　Ⅳ. ①I247.5

中国版本图书馆 CIP 数据核字（2018）第 054467 号

本书由玄色委托湖北知音动漫有限公司正式授权长江出版社，在中国大陆地区独家出版中文简体版本。未经书面同意，不得以任何形式转载和使用。

哑　舍 . 伍 / 玄色 著

出　　版	长江出版社
	（武汉市解放大道 1863 号）
发　　行	湖北知音动漫有限公司
作品企划	知音动漫图书·新岡坊
责任编辑	陈　辉　江　南
特约编辑	罗长敏　丁琪德
装帧设计	方　茜　余　梅
印　　刷	武汉鑫兢诚印刷有限公司
版　　次	2018 年 11 月第 1 版
印　　次	2024 年 12 月第 15 次印刷
开　　本	700mm×1120mm　1/16
印　　张	14.75
字　　数	270 千字
书　　号	ISBN 978-7-5492-5676-1
定　　价	35.00 元

版权所有，盗版必究（举报电话：027-68890818）
（如发现印装质量问题，请寄本公司调换，电话：027-68890818）